María de Sanabria

Diego Bracco

María de Sanabria
A LENDÁRIA EXPEDIÇÃO DAS MULHERES QUE ATRAVESSARAM O ATLÂNTICO NO SÉCULO XVI

Tradução de
LUÍS CARLOS CABRAL

EDITORA RECORD
RIO DE JANEIRO • SÃO PAULO
2008

CIP-Brasil. Catalogação-na-fonte
Sindicato Nacional dos Editores de Livros, RJ.

B788m   Bracco, Diego
    María de Sanabria / Diego Bracco; tradução de
    Luís Carlos Cabral. – Rio de Janeiro: Record, 2008.

    Tradução de: María de Sanabria
    ISBN 978-85-01-07842-1

    1. Romance uruguaio. I. Cabral, Luís Carlos. II.
    Título.

                    CDD – 868.993953
08-2445   CDU – 821.134.2(899)-3

Título original espanhol:
MARÍA DE SANABRIA

Copyright © Diego Bracco, 2006

Todos os direitos reservados. Proibida a reprodução, no todo ou em parte,
através de quaisquer meios.

Direitos de publicação exclusivos em língua portuguesa somente para o Brasil
adquiridos pela
EDITORA RECORD LTDA.
Rua Argentina 171 – Rio de Janeiro, RJ – 20921-380 – Tel.: 2585-2000
que se reserva a propriedade literária desta tradução

Impresso no Brasil

ISBN 978-85-01-07842-1

PEDIDOS PELO REEMBOLSO POSTAL
Caixa Postal 23.052
Rio de Janeiro, RJ – 20922-970

EDITORA AFILIADA

I

MARÍA DE SANABRIA sorriu como se desafiasse todas as proibições. Sabia que se agisse com habilidade descobriria, em primeira mão, o que acontecera com o náufrago mais admirado e desafortunado de seu tempo. Aguardou o momento propício, driblou a vigilância de seu pai e se apossou do livro em que Cabeza de Vaca narrava seu infortúnio. Fez saber que não se sentia bem e imediatamente depois do jantar se retirou para seu quarto. Bloqueou os sentidos para não ser incomodada pelo calor da noite de final de verão, o burburinho proveniente da rua e o mau cheiro que uma brisa leve espalhava por Sevilha.

Começou a ler e sonhou acordada que se disfarçara de homem para embarcar na expedição que levara Cabeza de Vaca ao Caribe em 1527. Imaginou que enfrentava ao seu lado as calamidades que dizimaram aquela armada sem sorte. Viu-o combater a tempestade com uma segurança desprovida de soberba e se sentiu dominada pela admiração. Encheu-se de desejo ao contemplar seu poderoso tronco nu açoitado pela chuva. Na calma da noite posterior à tempestade, coube-lhe se deitar com o náufrago. Olhou-o com paixão sob a tênue luz da lua, beijou-o e guiou as mãos do marinheiro sob suas roupas para lhe revelar seu segredo.

Ao ler, María desembarcou ao lado da única pessoa que conhecia sua condição e dos trezentos homens que haviam escapado da fúria do vento. Todos contemplaram com amargura a orla pantanosa cheia de jacarés e serpentes onde a tempestade os lançara, mas ela só viu flores. Depois de alguns meses, o território inóspito, os ataques indígenas, a fome, a sede e as doenças reduziram a expedição até que, dos trezentos que haviam desembarcado, só restavam quatro. Ao capricho do que é sonhado mesmo quando se está desperto, María ignorou as influências do sofrimento sobre seu aspecto e seu caráter. Abraçada, protegida e protegendo Cabeza de Vaca, viu-se na florida margem de um arroio lamentando os mortos, mas sem sofrer por eles. Durante os seis anos seguintes, foi companheira de viagem e de destino daquele que sentia como seu esposo e companheiro. Alentou-o durante o tempo em que foi escravo dos índios, seguiu-o de aldeia em aldeia quando se converteu em mercador e lhe ensinou o que só as mulheres sabem quando se tornou curandeiro.

María comemorou sem alegria a circunstância que reuniu Cabeza de Vaca aos outros três sobreviventes. Caminhou com eles até o oceano Pacífico e depois ao México, percorrendo milhares e milhares de quilômetros de terras que nenhum europeu visitara. Pelo caminho, ouviram inúmeras línguas e aprenderam seis delas. Assombraram-se com o carinho que certas tribos dedicavam a seus filhos. Às narinas de María voltou o cheiro de carne chamuscada; a seu ouvido e a sua pele, o gemido dos sodomitas que vira perecer na fogueira. Pareceu-lhe estranho que em algumas tribos houvesse homens casados com homens que andavam vestidos como mulheres e faziam o trabalho delas. Aceitou a hospitalidade de índios que se entorpeciam com fumo e davam tudo o que tinham por ele; resolveu que devia provar o tabaco. Ao final da noite, María estava terminando a leitura e vivera quase uma década de naufrágio e paixão. As últimas páginas trouxeram indícios da presença de espanhóis que anunciavam o fim da viagem. María sentiu próximas as fronteiras de seu próprio paraíso e quis que não fosse verdade. Assim como os índios, observou que Cabeza de Vaca e ela vinham de onde o sol se levantava, e os espanhóis que procediam do México, de onde se punha. Odiou-os como quem chega nu e descalço e encontra homens arrogantemente vestidos, montados em cavalos e armados com lanças.

Acabou de ler que Cabeza de Vaca conseguira voltar à Espanha não sem antes driblar tempestades e corsários, mas desta vez não sonhou que fazia parte da expedição. O resto da história era muito conhecido e, detalhe a mais, detalhe a menos, era levada e trazida pela boca de nobres e criados, de prostitutas e marinheiros. Não havia quem ficasse alheio à discussão sobre os motivos de Cabeza de Vaca. Circulavam mil opiniões a respeito dos fatos que o haviam levado a lançar-se ao mar em vez de desfrutar a vida reconquistada, as imensas .posses e a fama descomunal. Cada um tinha sua própria idéia sobre o tamanho dos tesouros que esperava encontrar para obter os favores reais e partir como governador às remotas terras do Rio da Prata.

Nas estalagens e nos portos, nas igrejas e nas casas da nobreza se discutia e se tomava partido a favor ou contra o governo de Cabeza de Vaca nas Índias. Condenavam-se ou indultavam-se os amotinados que o haviam deposto para impedir que lhes tirasse as cinqüenta mancebas que cada um possuía. Desde que regressara, em 1545, enfrentando inúmeras acusações, faziam-se conjecturas e até mesmo apostas sobre o que aconteceria com ele. Muitos garantiam que sabia muito e se calava a respeito de tudo. Opinavam que jamais revelaria a localização de Eldorado antes de ser reconduzido ao governo do Rio da Prata. Não faltava quem assegurasse que seus amigos conspiravam para facilitar sua fuga para as Índias. Dizia-se que

Cabeza de Vaca aguardava com paciência o atendimento de suas reivindicações porque já encontrara a fonte da juventude. Alguns murmuravam que retomaria o governo das vastas terras encantadas da mão das amazonas. Eram muitos os que prognosticavam que, à força, jamais diria nada sobre o ouro, os milagres guardados pelos índios antropófagos e a selva do Paraguai.

"Não foi o fato de ter sobrevivido", pensou María, "o que me impeliu a amá-lo. Amo-o porque, quando conseguiu voltar, desprezou a grande fortuna e a imensa fama e voltou a embarcar. E agora...", pensou a jovem, "porque está apodrecendo na casa onde o encarceraram enquanto uma corja de covardes quer sucedê-lo. E entre eles, em primeiro lugar, este homem desprezível que é meu pai!"

De novo um sinal de desgosto aflorou no rosto da jovem, que não podia impedir que sua mente comparasse o náufrago a seu pai, a seu meio-irmão e aos homens que a cortejavam. Consertou imediatamente a expressão, consciente da importância de ter uma aparência perfeita se quisesse atingir seu objetivo. María fechou o *Naufrágios* e o escondeu, à espera da ocasião mais propícia para devolvê-lo ao seu lugar sem que ninguém percebesse. Enquanto o fazia, intuiu que tinha o mundo ao alcance de suas mãos e que grandes feitos lhe estavam reservados. O crescente ruído de passos, murmúrios e risos abafados anunciou que a casa retomava suas atividades matinais. María voltou então ao mundo que os homens chamavam de realidade e recordou que se aos 17 anos estava sob a tutela de seu pai, logo passaria a de quem se convertesse em seu marido.

"Estúpidos", sussurrou, enquanto em sua boca se insinuava uma careta de desafio. María de Sanabria começou a dissimular as marcas da noite insone, pois decidira arrancar uma permissão incomum de seu pai. Queria que dom Juan de Sanabria permitisse que ela o acompanhasse na visita ao deposto governador de Rio da Prata.

"María", sorriu, dizendo a si mesma, "fique muito bonita, mantenha-se completamente calada e você conseguirá o que quer."

A jovem sabia que muitos aspiravam suceder o deposto Cabeza de Vaca à frente do governo. Percebia que seu pai, Juan de Sanabria, nobre, dono de grande fortuna e primo de Hernán Cortés, era quem tinha mais chances. Ele estava também a par de todos os detalhes a respeito do que se propunha, já estava acostumado a monologar longamente tendo sempre o cuidado de evitar ser ouvido pelos criados, mas, no entanto, não se importava com a presença da filha.

"Meu pai", esboçou um sorriso irônico murmurando para si, "não me considera mais do que um belo móvel incapaz de entender o que diz. Que continue acreditando! Que continue pensando que graças à minha beleza e à de minha irmã negociará bons casamentos que lhe custarão dotes irrisórios e lhe darão netos menos indecisos do que meu meio-irmão."

Depois de se arrumar e de examinar cuidadosamente sua aparência, encaminhou-se à sala em que seu pai costumava trabalhar. Procurou evitar que o desdém que lhe inspiravam os troféus que dom Juan de Sanabria conquistara comandando homens à distância, da retaguarda, enrugasse sua testa ou transparecesse em seu sorriso. Parou em um canto com atitude de quem contempla embevecida, mas sem capacidade de discernir entre o relevante e o desimportante.

Dom Juan percorria o aposento de um lado a outro fingindo não ter percebido a presença da filha.

— Cabeza de Vaca deve ser judeu... — murmurou. — Só um judeu se esforçaria tanto para não revelar onde estão os tesouros que, de qualquer maneira, não irá desfrutar. Que posso lhe oferecer? Como poderei seduzi-lo? — perguntava-se sem parar. — Por um lado — dizia —, devo dar a impressão de que sou o mais fiel de seus amigos. Quero que acredite que se eu governar Rio da Prata não hesitarei em enforcar aqueles que o depuseram. Quero que acredite que estou disposto a arrancar confissões que provem sua inocência ao Imperador. Por outro lado, devo lhe oferecer uma parte das riquezas, talvez a metade, já que, de qualquer maneira, sempre haverá tempo para não cumprir as promessas — sussurrou, mostrando os dentes como se sorrisse apenas com o lado esquerdo da boca. — Não ignoro — balançou a cabeça em atitude negativa — que não é estúpido nem santo; depois, até mesmo um santo desconfiaria de tanta promessa... — apertou os dentes e abriu-os para exclamar: — Judeu mesquinho!

María assistia em silêncio ao monólogo de seu pai, que não parava de voltar ao ponto de partida sem se decidir como iria tentar e menos ainda conseguir que o prisioneiro confiasse em sua palavra. Juan de Sanabria se deteve diante da pesada mesa que usava como escrivaninha. Sentou-se como se quisesse se proteger atrás da madeira, suficiente larga para impedir que alguém armado com uma espada o alcançasse. Verificou com uma olhadela rápida a localização da comprida lança que deveria estar sempre ao alcance de sua mão direita. Começou a bater na madeira com a ponta dos dedos indicador e anular. À medida que aumentava sua irritação diante da inutilidade de suas reflexões, crescia a freqüência e a intensidade do gesto. Já incapaz de se concentrar na visita que faria à tarde a Cabeza de Vaca, levantou-se e começou a passear nervosamente pela sala. Seu olhar se deteve por um instante na figura da filha, que se situara ao lado de uma armadura, como se procurasse ressaltar a própria insignificância.

— Talvez, pai... Talvez ele queira contar a mim o que não está disposto a dizer ao senhor — aventurou-se María e imediatamente fixou seus olhos no chão, como se estivesse envergonhada de ter interrompido o pai.

O relâmpago de ira que brilhou nos olhos de dom Juan de Sanabria foi substituído por uma expressão de incredulidade. Depois observou sua filha minuciosamente e a cupidez foi abrindo caminho em seu semblante. Ao fim murmurou:

— Pode ser... Pode ser.

Com a excitação de quem conseguira vencer uma grave dificuldade, abandonou precipitadamente o salão para voltar logo depois.

— Por que você acha que poderia persuadi-lo? — perguntou à filha sem preâmbulo.

Como se fosse obrigada a falar contemplando a ponta de seus sapatos a jovem murmurou:

— Não sei, pai, mas ouvi dizer que não há um nobre na Espanha que não sonhe em se casar comigo...

— Esse homem não é um nobre! — berrou Juan de Sanabria, e depois acrescentou em tom de quem resolveu tudo e dá ordens com confiança em si mesmo: — Ninguém deve ficar sabendo; ninguém deve achar que sua visita é mais do que compaixão por um homem derrotado; você só precisa fazer com que goste de você!

Dom Juan voltou a abandonar a sala, não sem antes exigir da filha que estivesse pronta quando soassem as 7 horas. Afastou-se procurando uma fórmula que não contrariasse os hábitos sociais e que ao mesmo tempo lhe permitisse deixar sua filha a sós com o prisioneiro.

NA MESMA hora, a quinhentos passos dali e pela terceira vez em menos de um mês, Cabeza de Vaca esperava, naquele sábado, 18 de setembro de 1546, a visita de dom Juan de Sanabria. Da acanhada casa que lhe fora destinada para servir de cárcere observava o vôo de uma bandada de pássaros. Acompanhou com o olhar o tênue "v" que desenhavam no céu escuro do final da tarde. Murmurou pensando na visita iminente: "Juanito, daqui a pouco você será comido pelos vermes que acabarão alimentando essas aves."

Antes de ser governador do Rio da Prata, Cabeza de Vaca fora curandeiro em tribos indígenas da América do Norte e sabia quando o tempo de uma pessoa deixava de ser contado por lustros. Repugnavam-lhe igualmente as maneiras e o caráter de Juan de Sanabria e, mesmo que estivesse a seu alcance, nada teria feito para deter o avanço de sua enfermidade. No entanto, eram-lhe imprescindíveis suas relações na Corte para obter uma sentença favorável e retornar vitorioso ao governo que lhe fora arrebatado.

"A ambição e a cobiça desse miserável são minhas únicas armas", pensou, e acrescentou, repassando mentalmente o plano que estivera imaginando: "Hei de lhe vender Eldorado ou a fonte da eterna juventude. E se é tão cheio de cobiça como parece, preferirá os metais preciosos a dez anos de vida", sorriu.

Bateram na porta e o único criado se apressou a abrir. Para surpresa do dono da casa e ao mesmo tempo inquilino da prisão, dom Juan de Sanabria não estava sozinho.

— Ilustre dom Álvar Núñez Cabeza de Vaca — saudou o visitante com cortesia exagerada —, atendi às súplicas de minha filha María que, atraída por sua grande fama, ardia de desejo de conhecê-lo.

O governador deposto previra detalhadamente o que ia dizer, insinuar e calar. Preparara-se para estar diante de um indivíduo que acreditava disposto a vender a esposa ou a mãe em troca da fama e da riqueza. Havia se vestido para ter o aspecto de um derrotado, imagem que desejava transmitir.

Durante um instante a confusão tomou conta de Cabeza de Vaca. Acreditava que Juan de Sanabria era desprovido de honra, mas não esperava que mostrasse suas cartas tão abertamente e tão cedo. Percebeu que a presença da jovem o impediria de falar e agir como previra. Duvidou do efeito de suas palavras diante de uma testemunha, embora Juan de Sanabria repetisse que a inteligência das mulheres e dos cavalos só era suficiente para que soubessem quem devia cavalgá-los. Além do mais, achou María muito bonita, distraiu-se um instante contemplando-a e por um momento se sentiu ridículo em sua roupa justa e listrada.

"Cuidado, Álvar", pensou sorrindo, "não é o anzol nem a vara, mas sim a isca o que engana... Não parece ser feita da mesma madeira do velho", disse para si enquanto observava a jovem de viés. "Não, não deve ser; certamente a mãe deve compensar com sua beleza o aspecto de bacalhau deste homem", acrescentou para si mesmo enquanto impedia que aflorasse a expressão de avidez que a jovem despertara em sua alma.

Recuperou logo sua compostura habitual e, inclinando ligeiramente o corpo, convidou-os a entrar. Recebeu-os de bom humor, como quem tivesse perdido uma reunião de negócios e ganhado outra de menor utilidade, porém mais interessante:

— É uma dupla honra, dom Juan de Sanabria. Agradeço-lhe sua visita; fico contente que sua preciosa filha tenha se dignado a me visitar quando a fortuna já deixou de fazê-lo.

Don Juan entrou, sentou-se e convidou sua filha a imitá-lo como se se sentisse dono da casa. Cabeza de Vaca pegou uma cadeira, apoiou-se nela e olhou o visitante, esperando que iniciasse a conversa.

— Não há notícias nem daqui nem de lá — afirmou o recém-chegado, e continuou: — a Corte não decidiu nada sobre sua causa nem sobre minha nomeação. Nenhum ser vivo chegou do Rio da Prata desde que no passado ano de 1545 vieram o senhor e os traidores que o trouxeram acorrentado.

— Acorrentado não, pois escapei antes de chegar — sorriu Cabeza de Vaca. — A Corte tem para mim, dom Juan, mistérios maiores do que os muitos guardados pelas selvas do Paraguai — voltou a sorrir. — Porém, mais do que os mistérios, temo que as misérias dos negócios com os quais entretemos nossos dias sejam tema indigno da jovem que nos acompanha — acrescentou com galanteria.

Como se não tivesse ouvido, Sanabria comentou:

— Na Corte, acreditam que o senhor conhece os mistérios da selva, mas os invejosos temem seu poder. Talvez, digo talvez, se acreditassem que o senhor resolveu compartilhar esses segredos comigo, conseguíssemos acelerar minha nomeação e chegar a uma solução para a sua causa.

Os dois homens ficaram em silêncio durante alguns instantes. Cabeza de Vaca se perguntava como deveria responder sem escárnio ou agressividade. Sorriu para si mesmo enquanto continha o desejo de dizer a seu interlocutor: "Embora tenha se disfarçado, eu o conheço muito bem." De imediato disse a si mesmo que precisava dar a impressão de que levava a proposta a sério, um pedido descarado para que o ajudasse a ocupar o posto do qual fora destituído.

"Não é possível que esteja reivindicando o cargo de maneira tão brutal; deve ter previsto algo", Cabeza de Vaca procurava adivinhar o jogo de seu interlocutor e por um momento esqueceu a presença discreta de María de Sanabria.

— Bem, bem... — tentou articular uma resposta que não descartasse nem aceitasse o que havia sido solicitado. — Bem — repetiu pela terceira vez, e ia acrescentar que precisava de tempo para refletir sobre assunto tão grave quando a porta foi sacudida por batidas fortes.

— Pedem que dom Juan vá com urgência a sua casa — avisou um criado visivelmente agitado pela corrida. Sanabria ordenou a María que aguardasse enquanto enviava uma criada para buscá-la, desculpou-se e partiu abruptamente.

"Ora, ora", sorriu para si Cabeza de Vaca. "Então era esse o plano! A verdade", raciocinou, "é que eu sabia que seria capaz de vender a mãe e a esposa, mas nunca pensei na possibilidade da filha... E...", se disse com ironia não desprovida de cobiça, "se se trata de comprar, pode ser que a filha seja uma aquisição muito melhor."

Após a partida de Juan de Sanabria, María deteve por um instante seu olhar no governador deposto e depois voltou a fixar os olhos no chão. Então murmurou com suavidade e segurança:

— O que você está pensando me envergonha.

Cabeza de Vaca fitou-a com curiosidade. Não esperava aquela voz nem aquela altivez. Esperava ainda muito menos que a jovem se permitisse lhe dispensar um tratamento que só se dá aos da mesma idade ou aos muito conhecidos. Sorriu com cortesia e perguntou:

— O que você acha que eu penso a ponto de se envergonhar?

— Li seus *Naufrágios* — respondeu a jovem. — Sei quem você é e sei que sabe quem são os outros.

Surpreso com o elogio, Cabeza de Vaca voltou a sorrir dizendo para si mesmo: "Ora, ora, a jogada de Juanito superou em muito minha aposta mais audaciosa."

Vacilou um instante e respondeu:

— Estou surpreso; não sei quem é você.

— Sabe que sou a enviada de meu pai, um homem que não economiza meios para obter o que deseja — murmurou a jovem.

Cabeza de Vaca mergulhou em um silêncio desconcertado e demorou a encontrar uma resposta. Deu meia volta em torno da cadeira em que se apoiava e se sentou. Olhou para a nesga do rio Guadalquivir que podia ser vista do quarto, balançou a cabeça fazendo um movimento de quem ia negar e segurou o queixo com os dedos polegar e indicador. Depois afirmou pausadamente:

— É verdade; sei o que dom Juan de Sanabria deseja, mas o que você quer? Por acaso ler meu livro foi um ato de obediência? Por acaso foi dom Juan quem permitiu que sua filha o lesse? Se for assim, juro que não entendi quem é seu pai.

— Uma boa filha obedece a seu pai — afirmou María.
— Uma boa filha respeita o que seu pai lhe ordena. Mas não está nas mãos nem mesmo da melhor das filhas querer o que sua alma rejeita.

— Bela frase — sorriu Cabeza de Vaca —, mas você não respondeu — observou.

— Graças a minha mãe, aprendi a ler em livros que tratavam da vida de santos. Li, sem que meu pai suspeitasse, seus *Naufrágios* e outros relatos a respeito de grandes realizações. Juan de Sanabria acha que está me usando para seus objetivos. Sua surpresa e a doçura com que me trata lhe dão razão. Mas eu me vali dele porque, é verdade, morria de vontade de conhecê-lo.

— Conhecer-me?
— Conhecer o náufrago de seus *Naufrágios*.
— Não sou mais aquele. Depois do naufrágio fui governador e agora sou prisioneiro.

— Talvez seja o mesmo, mas em roupa diferente — afirmou María com a fé de quem expõe a própria esperança.

— Não, não sou mais aquele.
— Se não é mais, quando deixou de ser?
— Quando deixei de ser? Quando...? Não sei...

Sorriu. A expressão de seu rosto evidenciava que a nostalgia o levara a outras terras. Como se voltasse, acrescentou:

— Agora estou preso e poderia fugir, mas fico para lutar pelo poder e a riqueza que me foram arrebatados. Não sei, não sei quando o aventureiro que havia em mim me abandonou — insistiu enquanto a saudade o levava a navegar por outros mares e abria seus sentidos à música do que havia sido um dia. — Assim que consegui voltar do México, depois de nove anos de naufrágio, fiz com que o Imperador me mandasse socorrer e, depois, descobrir e governar o Rio da Prata — sorriu Cabeza de Vaca ao recordar. — Gastei tudo o que tinha para preparar minha armada e embarquei rumo à costa do Brasil. Depois dali cruzei mil maravilhas para chegar a Assunção do Paraguai. Que lugar!

Cabeza de Vaca riu e em sua expressão relampejou por um instante a grosseria. Fez um gesto de quem sacode pensamentos inadequados à ocasião e explicou:

— Muitos já chamam Assunção do Paraguai de paraíso de Maomé porque cada espanhol se apoderou, alguns mais, outros menos, de 72 índias. Que as donzelas que cabem a cada homem mereçam as graças de Alá! Quem poderia querer ali um governo de justiça e de descobertas!

Cabeza de Vaca fez uma pausa em seu relato e deteve longamente seu olhar em María, tentando adivinhar o efeito que suas palavras estavam causando. Seu semblante se revestiu de seriedade, e afirmou:

— É mentira que fui levado até lá pelo ouro e pelo poder. Gastei tudo o que tinha porque ainda sonhava em descobrir não sei o que, mas descobrir...

Voltou a interromper seu monólogo e desta vez ficou absorto, olhando sem ver pela janela. Com um sorriso no qual brilhava a nostalgia, recordou que sua viagem ao Rio da Prata havia começado com música e terminado com o ranger das correntes. Deixou-se levar pela saudade: falou do calor e da falta de água durante a navegação pelo trópico. Recordou que antes de acertar a proa para começar a cruzar o oceano, o medo e a sede os haviam levado a se aproximar da costa da África.

— Estávamos na mais completa escuridão — entrefechou os olhos enquanto contava —, e uma hora antes do amanhecer os navios estiveram muito perto de se chocar contra penhascos imensos. Nenhum de nós percebeu ou pressentiu aquilo. Então o grilo que um soldado enfermo havia embarcado com ele para se consolar começou a cantar. Fazia dois meses e meio que navegávamos e o bichinho não cantara nenhuma vez, mas naquela madrugada sentiu a presença da terra e começou a cantar. Despertamos com sua música e então vimos os rochedos; estavam a um tiro de besta da nau. É verdade; se o grilo não tivesse cantado, quatrocentos homens e trinta cavalos teriam se afogado.

María teve a impressão de que as palavras ficaram flutuando no pequeno aposento. Ela também manteve os olhos entrefechados. Voltou a sonhar, como fizera ao ler *Naufrágios*, e reconheceu a voz de seu capitão. Mas, ao levantar a vista, recordou o que havia golpeado seu coração no exato momento em que Cabeza de Vaca lhe fora apresentado. Seus olhos a agrediram, confirmando que o espírito do náufrago permanecia no corpo de um homem que começava a ficar velho.

— O senhor não deixou de ser um náufrago — suspirou.

Cabeza de Vaca sorriu e negou com a cabeça. Ia responder quando batidas na porta anunciaram a chegada da criada que vinha à procura de María.

"O tempo exato: como Juanito calcula bem!", sorriu para si Cabeza de Vaca.

— É isso — murmurou María com voz suave, mas audível. A expressão do prisioneiro voltou a ser de intensa curiosidade e depois, como quem havia compreendido, convidou:

— Espero que o interesse de seu pai e seu próprio desejo me permitam voltar a ter o prazer de receber sua visita.

— Sem dúvida — respondeu María com altivez e, sem nenhum gesto protocolar, dirigiu-se à porta. Teria gostado de se distrair em uma caminhada que lhe permitisse pensar, mas sabia que seu pai devia estar esperando-a ansiosamente. Mandou, com um olhar, que a criada ficasse calada, e aproveitou os minutos que a separavam de casa para decidir o que e quanto diria de sua entrevista.

Assim que entrou, dom Juan lhe perguntou:

— Aquele desgraçado gostou de você?

— Pai, parece-me conveniente que lhe conte como transcorreu a conversa.

— Não me faça perder tempo.

E acrescentou com um sorriso brincalhão:

— Ele disse onde o ouro está escondido? Deu-lhe um mapa preciso? Caso contrário, só preciso que me responda se gostou de você!

Como se estivesse envergonhada por ter falado mais do que devia, María respondeu com humildade:

— Acho que o suficiente, pai.

— Então pode se retirar. E se prepare, pois será necessário repetir a visita — disse dom Juan em um tom que não admitia réplica.

Em atitude de perfeita humildade, María se inclinou ligeiramente e saiu em silêncio. A cólera relampejava em seus olhos enquanto se esforçava para impedir que os insultos que ferviam em sua mente brotassem de seus lábios. "Finalmente, você conseguiu", murmurou para se tranqüilizar.

ENQUANTO ISSO, Cabeza de Vaca dava voltas em seu quarto, sentindo-se como se estivesse dentro de uma jaula. "Vamos ver, vamos ver", repetia, procurando recuperar a calma de que necessitava para analisar todos os detalhes do novo cenário.

"É evidente que os vermes que não distinguem entre o bom e o miserável logo devorarão Juan de Sanabria. Além do mais, é óbvio", continuou refletindo, "que Juanito é tão covarde que vai ignorar isso enquanto puder. Acha que pode ir ao Rio da Prata e encontrar Eldorado como se viajasse pelo Guadalquivir", sorriu Cabeza de Vaca com desprezo. "Acredita que tenho a chave de tesouros sem fim e quanto mais acreditar nisso mais fará para conseguir minha liberdade. Enquanto achar que quero uma parte do butim estará disposto a conceder. Já deve estar espalhando na Corte que estou acabado e aceitarei ficar sob suas ordens. Deve estar dizendo a seus amigos que, de qualquer maneira, se eu insistir em embarcar não haverá o que temer porque o mar é pródigo em imprevistos. Mas por que enviou sua filha? Estará disposto a obrigá-la a se casar comigo para me dar garantias de que não me trairá quando eu mostrar minhas cartas?"

Parou por um instante para pensar em tudo aquilo e, ao desconforto que Juan de Sanabria lhe causava, se sobrepôs a imagem de sua filha. "Tem muitos ossos", estalou a língua como faria um caçador de bons vinhos; "no entanto, todo o resto é capaz de fazer qualquer homem tremer. E se eu aceitasse seu jogo?", mordeu o lábio inferior como quem está diante de um prato delicioso para logo responder com uma careta: "isto de encarceramento está me tornando desprezível e, mais do que isso, imbecil", recriminou-se.

"Não sei, não sei", repetiu Cabeza de Vaca, parando de dar voltas no aposento e se detendo ao lado da janela para contemplar a noite. "Não poderei definir nada direito agora; será preciso esperar", concluiu com desagrado, dizendo em voz alta:

— Um velho que não adivinha não vale uma sardinha. E embora — murmurou — o que Juanito procura seja transparente, o que sua filha quer? — sorriu com mais interesse do que preocupação.

Por várias razões, o pai, a filha e o governador deposto viram passar com lentidão os dias que os separavam da próxima visita. Ela, finalmente, aconteceu, e as esperadas batidas foram ouvidas na porta da casa que servia de prisão a Cabeza de Vaca. María, em companhia da mesma criada, entrou e saudou cumprindo com os deveres da cortesia, mas sem alegria. Com a entonação usada para transmitir uma mensagem rotineira anunciou:

— Meu pai me envia porque foi retido por assuntos urgentes. Pede desculpas, mas deverá se atrasar ainda alguns minutos.

Cabeza de Vaca a recebeu com um sorriso não desprovido de calor. Respondeu com galante ironia:

— Seu pai lamenta muito o atraso e, para compensá-lo, enviou um mensageiro que o mais importante dos príncipes gostaria de receber...

— Você está zombando de mim.

— Mesmo que quisesse não poderia, porque, para zombar, é necessário alguém a ser zombado, e duvido que exista um mortal que seja capaz de fazer isso com você — riu o prisioneiro. — Mas entre, aceite minha pobre hospitalidade e de fato minhas desculpas. Só consigo tratá-la com familiaridade, com uma familiaridade que até hoje dediquei raras vezes a uma mulher.

— Explique-se — pediu María com um tom de voz confuso, mas sem que seu semblante refletisse a menor contrariedade.

— Veja — respondeu Cabeza de Vaca —, poucos são os homens que sonharam além do que lhes foi imposto. Obrigadas a servir pais e maridos, são menos ainda as mulheres que procuraram descobrir o que não se sabe. Que, se fosse sabido — acrescentou sorridente —, não estaria aí para ser descoberto.

— Não conseguiu se explicar — voltou a pedir María — ou não entendi o que disse — acrescentou.

— Creio que me expliquei e que você entendeu, mas a confunde ouvir essas palavras da boca de um homem.

— Então o que o leva a dizer que a opressão de que as mulheres são vítimas não é natural?

— Não disse tal coisa, porque vi a servidão em todos os lugares, embora em alguns mais do que em outros. Na Espanha, a opressão que vitima as mulheres é pesada, o mesmo acontece entre os antropófagos do Rio da Prata, mas em outras tribos elas gozam de mais liberdade.

— E você o que diz?

— Digo que a ânsia de descobrir é uma chama mais ou menos viva. De qualquer forma, ela é vista muito raramente entre os homens e quase nunca entre as mulheres. Quando você encontra alguém que tem sede de conhecer, fala a mesma linguagem, embora seja para procurar coisas diferentes.

— Está dizendo que eu e você temos o mesmo idioma, incompreensível para a maioria.

— Incompreensível, por exemplo, para seu pai.

— O que você quer de mim? — perguntou María, sentindo que na voz do prisioneiro resplandecia o capitão dos *Naufrágios*.

— O que você quer? O que você quer de mim, María de Sanabria? — replicou Cabeza de Vaca.

— Se eu soubesse... — suspirou María. — Li com paixão seus *Naufrágios*, como também li maravilhada as *Cartas de relação* de meu tio Hernán Cortés. Mas tive a oportunidade de conhecer meu tio e encontrei um ancião que não tinha consciência de sua decrepitude. Aproveitou todas as oportunidades que teve para me fazer propostas extremamente indecentes e comentários de gosto asqueroso, para me olhar como os famintos olham o gado alheio. Quanto mais velhos eram os homens que me coube visitar, mais se pareciam com pavões reais abrindo sua plumagem para me encantar. Temia, embora guardasse uma esperança secreta de que não fosse assim — murmurou María —, que você fosse um deles. Conheci-o e você não se jactou de suas façanhas. Você me conheceu e descobriu que falamos um mesmo idioma. Sabe que é velho e não parece disposto a aceitar o jogo do miserável do meu pai, esse sim, disposto a lhe entregar minha mão em troca de seus segredos.

— Segredos... O que pude averiguar a respeito dos segredos... — riu francamente Álvar.

Soaram batidas na porta como se estivessem acompanhando seu riso e anunciando a chegada de dom Juan de Sanabria. O olhar fugaz que Álvar e María trocaram deixou claro que haviam estabelecido um pacto, embora nem um nem outro pudesse definir ainda sua natureza.

María se perguntou: "Ele continuará me mostrando o mundo agora que sabe que não me casaria com ele?"

Cabeza de Vaca hesitou: "Ela quererá continuar vindo me visitar agora que insinuei que os segredos não estão tão ao alcance de minhas mãos?"

— Espero, meu senhor, que não o tenha aborrecido com meu atraso — desculpou-se Juan de Sanabria, e sem mais cerimônia se sentou. Acrescentou: — Também espero que, apesar de ser inconsistente, o tenha alegrado a visita do mensageiro que lhe enviei.

Sem mais demora, entregou-se a um longo monólogo comentando como suas reivindicações estavam indo bem na Corte.

— Se tudo continuar indo por esse caminho, e é o que parece, então, meu senhor, seremos sócios na riqueza fabulosa do Rio da Prata — concluiu.

Agitado pela ambição, levantou-se e começou a passear de um lado a outro do aposento.

— Sócios, sócios... E o senhor ganhará provavelmente mais do que eu, pois lhe será permitido recuperar a fortuna que investiu e a honra que quiseram lhe arrebatar. Sócios para desfrutar o melhor que a vida oferece — repetiu Sanabria ao mesmo tempo que piscava um olho para Cabeza de Vaca e apontava na direção de María com um levíssimo movimento.

"Juanito miserável", pensou Cabeza de Vaca mantendo os olhos fixos em Sanabria, como se o ouvisse com redobrada atenção.

"Infame", pensou María, "Deus queira que eu não seja sua filha!", desejou sem mover um único músculo do rosto.

— Se é de seu agrado — ofereceu Sanabria — continuarei enviando María para que lhe comunique as novidades quando meus negócios me impedirem de vir. Em pouco tempo — afirmou com entusiasmo — muitas coisas terão sido resolvidas.

"Em pouco tempo seu caso estará resolvido a favor dos vermes, velho desprezível", pensou o prisioneiro. Mas afirmou com entonação grave:

— Dom Juan, efetivamente creio que poderemos nos entender nas grandes coisas que nos estão reservadas. Se sua doce filha não se opõe, suas visitas aliviarão enormemente os rigores da prisão que me foi imposta — acrescentou.

Juan de Sanabria reprimiu sua vontade de lamber o bigode diante da alegria proporcionada pela aprovação de Cabeza de Vaca.

— O ilustre amigo terá de ir pensando nos termos da outorga de uma grande capitania — sorriu e acrescentou como se aquilo lhe doesse. — É claro que o senhor e eu sabemos como poderia ser inconveniente que seu nome constasse dos documentos. É necessário avaliar o quanto essa circunstância poderia assustar nossos inimigos. Mas é uma condição pouco importante, pois seremos sócios e mais do que sócios — sorriu olhando para a filha.

✽ ✽ ✽

Duas longas semanas transcorreram para Cabeza de Vaca até a visita seguinte de María. A criada que a acompanhava se sentou perto da porta e longe da sala principal. A jovem entrou, cumprimentou e se fechou em um silêncio hostil.

Cabeza de Vaca falou da chuva, do princípio do outono e do frescor que já começava a se sentir ao cair da tarde. Quando entendeu que esse era um caminho que não permitia a retomada do diálogo, recitou, brincando:

— O navio e a mulher são ruins de conhecer.

Aguardou uns instantes, e quando teve certeza de que não haveria uma resposta, disse como quem pensa em voz alta:

— Eu não lhe exigi que viesse e mesmo que minha indignidade fosse tão grande a ponto de tentar, não creio que tenha nascido alguém que seja capaz de fazê-la obedecer. Seu pai tem a insensatez de pressioná-la em tudo, mas não creio que consiga nada — sorriu.

María levantou um olhar cheio de tristeza e persistiu em seu mutismo.

— Vejamos — continuou Álvar pensando em voz alta —, de que modo pode tê-la obrigado a vir. Não me parece que com ameaças, embora... embora se não fosse você a vítima...

María levantou a cabeça e olhou-o fixamente. Apertou os dentes enquanto uma lágrima escorregava por sua face. Seu semblante era a própria expressão da tristeza, mas em seus olhos brilhava a ira.

— Ora, ora. — Álvar sorriu. — Se você quiser, poderá me contar. Sua mãe, sua irmã, os criados? Quem será punido se você não obedecer?

María manteve o rosto entre as mãos e permaneceu em silêncio durante longos minutos. Ao fim perguntou:

— De que serviria se lhe contasse? Por que haveria de confiar em você?

— Filha — respondeu o prisioneiro com um lampejo de ironia —, você deve perguntar uma coisa de cada vez, pois responder é tarefa difícil para quem foi náufrago e governador.

Fez uma pausa como se estivesse medindo suas palavras e acrescentou com doçura:

— Não sou eu quem deve dizer se você deve ou não confiar em mim. Tampouco posso saber se me contar servirá de alguma coisa, mas é provável que não piore a situação. Para resumir — brincou —, quem está se afogando agarra até um prego em brasa.

— Por que você quereria me ajudar? — insistiu María.

— Não disse que quero. Talvez me convenha. Ou simplesmente pode ser que meu caso seja o da curiosidade de um preso que procura se divertir.

— Você sabe que está evitando responder: por que quereria me ajudar? — voltou a perguntar, disposta a impedir que seu interlocutor evitasse responder.

— A vítima deve ser dona Mencía — arriscou Cabeza de Vaca.

— O que você sabe sobre minha mãe! — replicou María com fúria.

— Dizem que é uma mulher formosa e você disse que ela a ensinou a ler sem pedir permissão. Bela e desobediente: isso não é motivo suficiente para que dom Juan queira usá-la para seguir o exemplo de seu primo Cortés? Por acaso o estrangulamento não é uma maneira cômoda de se enviuvar? — ironizou Cabeza de Vaca.

— Miserável! — murmurou María sem que ficasse claro se estava se referindo a Hernán Cortés, a Juan de Sanabria, a Cabeza de Vaca ou aos três.

— Sei muito de estrangulamentos, do muito que me custou evitá-los — sorriu, e seu rosto se ensombreceu como o de quem recorda o que deixou em terras remotas.

— O que você quer de mim? — perguntou María com um murmúrio no qual brilhava a urgência.

— Imaginava que quisesse um aliado.

— Você sabe que já tem um aliado porque, embora seja tão desprezível como Juan de Sanabria, não é meu pai nem pode moer minha mãe a pancadas nem me ameaçar de se livrar dela usando procedimento igual ao de seu primo — replicou María com desprezo.

"Ora, ora, não venha com histórias de dom Juan", murmurou Cabeza de Vaca.

— É mesmo verdade que Cortés estrangulou sua mulher? —, perguntou e ao ver o olhar de aborrecimento de María pensou: "O que importa; mesmo que não tenha feito, seria capaz de fazê-lo."

Depois se levantou, começou a dar voltas pelo aposento, parou diante da janela e, absorto, deixou que seu olhar se perdesse atrás do vôo dos pássaros.

— Você sabe que seu pai está doente? — Cabeza de Vaca retomou o diálogo.

— Não queira me fazer sentir pena dele.

— Nada mais distante de minha intenção, mas você sabe?

María baixou os olhos, confusa, e perguntou:

— Por que está dizendo isso?

— Você sabe ou não sabe?

— Não — respondeu María, como quem fora surpreendida cometendo um pecado.

— Viverá talvez para ser nomeado governador; pode ser que chegue a embarcar; mas, mesmo que consiga atravessar o oceano, jamais conseguirá agüentar os cinco meses de marcha por uma selva cheia de antropófagos à espreita. Seu pai não descobrirá os segredos do Rio da Prata porque não chegará até lá.

— Deus o ouça — murmurou María e mergulhou em um profundo silêncio.

"Ora, ora; para que tanto aborrecimento...", pensou Cabeza de Vaca e mergulhou em seu próprio mutismo, procurando entre seus ódios antigos e recentes algum que fosse tão intenso. Depois de esquadrinhar infrutiferamente sua alma, asseverou:

— Eu vou ajudá-la.

María saiu de seu ensimesmamento, agradeceu com um sorriso no qual brilhava a tristeza e ficou como se estivesse esperando os termos do auxílio prometido. Nisso as campanas das setenta igrejas de Sevilha anunciaram que acabara o prazo que deveria delimitar a visita de María.

— Eu a ajudarei — repetiu Álvar se despedindo. — Se precisar, diga que falei alguma coisa sobre o mapa da cidade de César e o caminho que leva ao território do Rei Branco.

— De Júlio César?

— Não. — Cabeza de Vaca riu. — César foi um capitão que chegou ao Rio da Prata em 1536, com a armada de Mendoza. Saiu para fazer descobertas e ficou ausente ao longo de muitas semanas, durante as quais perdeu todos os seus homens. Voltou muito doente, mas carregado de metais preciosos. Morreu sem recuperar a fala para indicar de onde os havia tirado.

Depois de um instante de hesitação, pegou um maço de papéis manuscritos e, de costas para a entrada da sala, apontou:

— Nem sequer convém que sua criada veja isso; esses *Comentários* que lhe dou se referem ao meu governo no Rio da Prata.

María se aproximou, pegou os papéis, ocultou-os entre as dobras de sua roupa e, aproveitando a proximidade, abraçou longa e calidamente o prisioneiro. Cabeza de Vaca titubeou, sorriu levado pelas lembranças e disse:

— Deixei em Assunção do Paraguai uma mulher que fez o indizível para evitar que colocassem arsênico em minha comida durante os meses em que estive acorrentado. Nem sequer pude lhe agradecer, porque se fizesse isso a condenaria diante dos traidores.

María fitou-o com doçura, despediu-se e abandonou a casa.

Quando ficou só, Cabeza de Vaca se disse: "É a primeira vez que falo sobre ela", e se entregou à nostalgia. Na outra margem do Guadalquivir, o pôr-do-sol se esticava nos últimos tons azul-escuros que precediam a noite, mas o governador deposto viu seu último dia de liberdade anoitecer à beira do rio Paraguai. Saiu de seu ensimesmamento e disse a si mesmo: "Parece com ela. Ah, se eu tivesse vinte anos a menos... Mas não", respondeu a si mesmo, "agora sei que vivo em um corpo que me impede algumas coisas e exige outras. Se a juventude voltasse...", murmurou fechando os olhos e deixando se levar pela nostalgia, "já teria fugido".

Então se perguntou com a intensidade de um raio: "E se eu ajudá-la a ir escondida na expedição que seu pai pagará mas não aproveitará?"

María apressou o passo rumo a sua casa. Movia-se ligeira, eufórica, levada pela sensação de liberdade que a notícia da enfermidade de seu pai lhe proporcionava.

"Cabeza de Vaca saberá de verdade?", inquietou-se enquanto procurava sem êxito reprovar sua falta de compaixão. Durante um instante sentiu uma fisgada de ciúme da mulher que talvez aguardasse no Paraguai o regresso do governador deposto. No mesmo momento sorriu e pensou, com cálida admiração pelo náufrago: "Se tivesse um quarto de século a menos!"

Em casa, respondeu com a habitual submissão ao breve interrogatório de dom Juan de Sanabria, procurando descobrir os sinais da doença. Quando lhe foi permitido, retirou-se fantasiando aquilo que o destino colocava em suas mãos. Participou das glórias da primeira viagem e, ao lado de Colombo, perguntou-se se as Índias eram o Paraíso. Dominou os gigantes que haviam dado trabalho a Vespúcio. Postou-se ao timão da nau *Victoria* nas horas mais difíceis de Magalhães e Elcano. Levantou sua espada ao lado de Cortés e Pizarro para colocar impérios a serviço da cristandade. Assumiu a defesa dos índios preparando os discursos de frei Bartolomé de las Casas.

Então chegou até ela o rumor surdo de pancadas e a voz mal audível de quem lutava para abafar os próprios gritos. O som expulsou-a de seu sonho e a trouxe de volta, com brutalidade, a seu quarto. Levantou o punho e apertou-o com a raiva de quem quer desferir um soco. Abaixou-o, colocou-o na altura de seu rosto e mordeu-o para se conter. Disse-se que devia guardar silêncio em respeito a sua mãe, que por mais uma noite estava disposta a perder a vida sem dar de presente uma lágrima ao algoz.

"Ah, mãe, logo a morte virá livrá-la daquele que em má hora lhe deram para marido", pensou tentando se acalmar e se consolar. Quis voltar e viajar com os grandes marinheiros, mas não conseguiu soltar as amarras. Recordou que se via ao lado de frei Bartolomé de las Casas e murmurou: "Por acaso sou melhor do que minha mãe? Por que hei de esperar por um destino melhor? O convento e a santidade são os únicos lugares onde posso me refugiar para escapar deste inferno?"

Quando as pancadas cessaram, María chorou de raiva pela sorte de sua mãe e depois arrancou lágrimas de amargura pela própria. Desabou na cama e, ao fazê-lo, o incômodo levou-a a recordar que escondera sob as mantas os *Comentários* que Cabeza de Vaca havia lhe dado. Pegou o manuscrito que tratava de seu governo no Rio da Prata, embora não tivesse nada além de vontade de se entregar a seu pesar. Não obstante, começou a folheá-lo e de repente a leitura a transportou ao mar, à costa do Brasil, à selva do Paraguai. Amou Cabeza de Vaca por sua coragem, por seu senso de justiça, por sua sede de fazer descobertas. Fascinou-a que em seu relato encontrasse espaço para mencionar as maravilhas que encontrava no caminho e dialogar com os índios. Sentiu-se amiga de quem lhe havia sido leal e em especial da mulher que impedira que o envenenassem.

A leitura lhe permitiu suportar o longo tempo que se passou entre a surra que sua mãe levara e o silêncio de uma casa em que todos dormiam. Seu coração batia depressa quando começou a percorrer os longos corredores, descalça e na ponta dos pés. No caminho jurou em silêncio: "Sou eu quem vai comandar a expedição, quem vai descobrir os mistérios das selvas do Paraguai, quem vai pacificar os antropófagos e quem vai fazer um acordo com as amazonas!"

Abriu a porta sem fazer barulho, inclinou-se para abraçar sua maltratada mãe e chorou ao lado dela. Quando se retirou, voltou a soltar as rédeas de sua imaginação. Evocou as histórias de santas e heroínas, mas não encontrou nelas sua própria imagem.

"Umas", pensava, "porque em nome da glória de Deus deixaram de ser mulheres; e as outras porque, procurando a própria fama, rejeitaram sua condição e se disfarçaram de homens. Não quero ser homem!", repetiu a si mesma até que o cansaço a venceu e adormeceu atormentada pela insuperável contradição entre seus sonhos de mulher e de grandeza.

Nos dias que se seguiram, atormentou-a a dúvida típica de quem decidira arriscar tudo em um empreendimento audacioso, para cuja execução precisaria de ajuda, precisaria resolver em quem confiar. De todas as pessoas que considerou, apenas sua mãe lhe parecia completamente confiável, e sabia que isso não bastava. Não podia lhe revelar seus propósitos antes que estivessem encaminhados porque Mencía, levada por seu afã de protegê-la, se oporia. Depois de analisar sua própria situação, não encontrou outra solução a não ser a de confiar em Cabeza de Vaca.

"Não ignoro", murmurava, "que é muito cedo para depositar plena fé nesse homem, mas que alternativa me resta? Além do mais", acrescentava para tentar justificar sua decisão, "posso ajudá-lo a evitar que o triunfo de meu pai se transforme em sua ruína. E, de qualquer maneira, que grande aventura pode ser levada adiante sem que algumas naves sejam queimadas? Mas o que posso lhe oferecer em troca de sua ajuda?"

María se desesperava porque não encontrava resposta para o principal ponto fraco de seu plano e, no entanto, o dia da próxima visita ao prisioneiro se aproxima. Decidira confiar em Cabeza de Vaca, mas se perguntava constantemente: "O que poderei lhe oferecer em troca? De que modo posso lhe garantir que cumprirei minhas promessas?", mas não encontrava uma solução.

Maldisse algumas vezes ter lhe revelado prematuramente que não se casaria com ele, para depois se sentir tão ruim como seu pai. Urdiu uma infinidade de propostas e todas desmoronaram porque não havia como garantir a própria lealdade. Sem conseguir encontrar uma solução, apresentou-se, como estava combinado, às cinco horas em ponto do último sábado de outubro na casa em que Cabeza de Vaca estava recluso.

— Ora, ora, outra vez dom Juan... — murmurou para cumprimentar e comentar o desalento estampado no rosto da jovem.

— Temo que desta vez não. Assuntos na Corte reclamaram a presença de meu pai.

— Então?

María fitou-o longamente nos olhos. Por um momento pensou em se fingir de apaixonada, mas no mesmo momento descartou a idéia com um gesto de ira e quase simultaneamente a vergonha coloriu seu rosto. Depois baixou a cabeça como se seu único interesse fosse olhar para a pedra sobre a qual apoiava seus pés e se refugiou no silêncio.

Cabeza de Vaca voltou a sorrir e se aproximou da jovem. Com delicadeza imprópria de mãos trabalhadas pelos castigos roçou sua face. Com o dorso de seus dedos, pressionou ligeiramente seu queixo pedindo que levantasse o rosto. María obedeceu e permaneceram muito perto olhando um para o outro.

— Ora, ora, quanta tristeza há nesses olhos — disse, sem deixar de sorrir. — Por que não me conta o que está acontecendo? O que pode perder?

— Bem — suspirou María. — Talvez se lhe disser eu perca tudo, mas, na realidade, tudo é nada sem sua ajuda.

— Ora, ora — murmurou mais uma vez Cabeza de Vaca, incentivando-a com um largo sorriso.

— Você diz que meu pai morrerá antes de chegar ao Rio da Prata e eu peço a Deus que seja assim. Meu pai diz que nunca deixarão que você volte para lá porque todos temem seu poder.

— E então?

— Você dirá que estou louca.

— E...?

— Eu quero ir.

— Em qual expedição?

— Na minha.

— Você está louca! — riu Cabeza de Vaca, embora suas sonoras gargalhadas não contivessem nenhum tipo de zombaria.

— Na minha! — insistiu María, acrescentando: — Pela memória da mulher que impediu que o envenenassem e que você foi obrigado a deixar em Assunção. Pelos que padeceram e padecem por terem sido leais a você.

— Vejo que você leu com atenção meus comentários a respeito do governo do Rio da Prata — riu com a expressão de quem recebera um grande elogio.

— Você vai me ajudar? — interrompeu-o María com intensidade.

Uma sombra pousou no rosto de Cabeza de Vaca enquanto o riso o abandonava e as rugas mal insinuadas de sua testa se tornavam sulcos profundos. Finalmente afirmou:

— São muitos os que pediram minha ajuda para me suceder desde que estou na prisão. Você é entre todos a primeira que em vez de ouro me oferece esperança para os meus. María de Sanabria — perguntou Cabeza de Vaca com voz grave —, o que você quer?

— O que quer um homem quando não é empurrado pela miséria e mesmo assim se lança a desafios cheios de perigo?

— Muitas coisas. Fama no presente, e que a memória de suas façanhas atravesse os tempos invicta. Riqueza e poder. Servir ao Imperador e ao Rei dos Reis. A emoção do perigo e a emoção da descoberta. Umas mais do que outras, mas eu quis e quero todas essas coisas. E mais, quanto mais distante elas estão do meu alcance.

— Você pode imaginar como estas coisas estão longe do alcance de uma mulher?

— Há mulheres que se disfarçaram de homem e se engajaram em causas notáveis.

— Você me diz que a única solução para uma mulher é deixar de ser mulher.

— Também existem as santas.

— As santas deixam de ser mulher; sua resposta continua sendo a mesma.

— O que você pretende?

— Por acaso a mulher que o protegeu ao longo de dez meses do veneno e do punhal assassino é menos leal, valente e esforçada do que o melhor de seus homens?

— Não, mas aonde você quer chegar?

— Não quero ser homem; não quero abdicar de ser mulher! — exclamou María com uma veemência que surpreendeu Cabeza de Vaca. — Dependo de você; se me ajudar, levarei essa expedição ao Rio da Prata.

— O que você me dará em troca?

— Tudo o que pedir.

— Tudo?

— Tudo, mesmo que me peça o que não desejo lhe dar.

Cabeza de Vaca olhou-a com simpatia e entusiasmo. E garantiu sorrindo:

— Louvo sua coragem. E seu espírito de sacrifício — acrescentou irônico. Voltou a sorrir e afirmou: — Não será fácil, mas pensar nas dificuldades do mar e da selva me rejuvenesce. Mas não se assuste, pois não é o suficiente para lhe pedir o que não deseja me dar — brincou.

María fitou-o com fúria e ia responder com um insulto, mas se deteve e começou a rir:

— Você vai me ajudar, vai me ajudar — repetia rindo, e em seu rosto brilhava a esperança.

— Terá de rever muitas vezes os detalhes, pois seu pai é vil, mas não idiota — observou Cabeza de Vaca.

Com a menção a Juan de Sanabria María voltou à realidade e afirmou:

— Você ainda não me disse o que quer em troca, tampouco me disse o que preciso fazer.

— Esqueça da primeira coisa por ora, já que está disposta a me conceder tudo e não pode me garantir nada — brincou Cabeza de Vaca. Depois de uma pausa acrescentou: — María de Sanabria, você sabe muito bem que vi e vivi muitas coisas extraordinárias. Venha — pediu.

A jovem obedeceu e ficaram diante da janela, em uma situação na qual não podiam ser vistos pelos criados.

Cabeza de Vaca se inclinou, pegou uma garrafa de vinho, serviu duas taças, ficou com uma, ofereceu a outra à jovem e explicou:

— Sinto-me duplamente afortunado; vibrei ao som das maiores aventuras e desventuras. E agora, quando já não esperava mais nada que pudesse me surpreender, você aparece.

O prisioneiro levantou sua taça e a jovem acompanhou seu gesto. María olhou-o nos olhos e por um instante pensou que daria tudo para ter um pai assim. Cabeza de Vaca contemplou-a e disse:

— Se tivesse suspeitado que fosse possível encontrar uma mulher com a qual fosse possível compartilhar tudo, talvez não tivesse voltado a embarcar.

Sorriu, como se considerasse com ceticismo o que havia pensado, e, com um gesto de quem voltava à realidade, levantou sua taça e brindou:

— Por você, María de Sanabria, e pelo êxito da expedição, que hoje são a mesma coisa.

María ia acrescentar alguma palavra que incluísse Cabeza de Vaca no brinde, mas o prisioneiro colocou um dedo sobre seu sorriso como se garantisse que o que havia sido dito era suficiente. E de repente, como quem começa a trabalhar, afirmou:

— Enquanto ninguém suspeitar dos termos do nosso acordo, não será difícil colocá-lo em prática. Dom Juan de Sanabria deve acreditar que mudei de atitude diante da insinuada promessa de casamento. Assim lhe parecerá normal que meus amigos parem de dificultar seu acordo com o Imperador. Não posso conseguir nada para mim mesmo — refletiu Cabeza de

Vaca —, mas continuo sendo capaz de dificultar os caminhos dos outros. Por um lado, porque na Corte sabem que tenho meus direitos. E por outro, porque o caminho ao Rio da Prata é um desafio extremamente difícil sem a cooperação dos capitães que não estão dispostos a me trair. Sem a minha oposição, seu pai conseguirá fazer o que quer. Depois — acrescentou Cabeza de Vaca com um lampejo de ferocidade —, terá de adiar um pouco a partida, esperando que morra e o suceda seu filho Diego, cuja indecisão nos assegura que não estará de fato no comando. Você tem — continuou Cabeza de Vaca traçando em voz alta seu plano — que encontrar uma maneira de fazer com que seu pai saiba que eu exijo que o cargo de governador caiba a quem se casar com você. E que é necessário que isso fique estipulado no acordo de outorga da capitania e em seu testamento. Ele ficará furioso, mas acabará cedendo — prognosticou.

Acrescentou sorrindo:

— Confio plenamente em sua habilidade. Mas não se esqueça nunca de lhe garantir que está disposta a me trair e que sempre obedecerá ao que ele decidir.

Satisfeito com o plano cujas grandes linhas expusera, Cabeza de Vaca se deteve avaliando as principais dificuldades. Depois de uma pausa, asseverou:

— Você deverá obedecer totalmente a seu pai, que certamente achará conveniente que me visite com menos freqüência.

E acrescentou levando com ironia uma mão ao coração:

— Assim lhe será mais fácil continuar sugerindo que a obrigará a se casar comigo.

Depois, com um tom inesperadamente solene, profetizou:

— Muitas vezes você não poderá pedir meus conselhos; triunfará ou fracassará pela proximidade em que estiver do limite entre a prudência e a decisão. A propósito — mudou de assunto retomando certa ironia na expressão —, você estaria disposta a cooperar com a enfermidade de seu pai se ela demorasse a fazer sua obra?

Por último, como se estivesse se despedindo, acrescentou:

— Perdoe-me abordar um assunto tão diferente. Beleza, inteligência e temperamento não lhe bastarão, porque a juventude jogará contra você: em quem de sua gente você pode confiar?

II

No Conselho das Índias temia-se pela sorte dos espanhóis que haviam ficado isolados no interior do Rio da Prata. Não se acreditava que poucas centenas de homens fossem capazes de enfrentar o ataque de milhares de índios antropófagos. Sabia-se das dificuldades provocadas pela escassez de ferro e pólvora. Avaliava-se que a falta de presentes para dividir entre os índios e satisfazê-los poderia significar a perda de um imenso território. Tinha-se consciência de que era muito mais difícil derrotar infiéis que já conheciam os espanhóis. Os membros do Conselho Real tinham medo também do que os amotinados responsáveis pela destituição de Cabeza de Vaca poderiam fazer. Perguntavam-se o que aconteceria se encontrassem Eldorado, que supunham estar perto. Procuravam adivinhar se os efeitos do isolamento, somados aos do temor do castigo real, poderiam induzi-los a criar um reino independente ou, talvez, a se colocar sob a proteção do Rei de Portugal.

Os membros do Conselho das Índias estavam determinados a restabelecer a ordem quebrada no dia em que Cabeza de Vaca fora deposto. Quebrada, mas não destruída, porque os amotinados não se atreveriam a enforcar um governador nomeado por Sua Majestade. Se não houvesse castigo — conjecturavam — e se quem fosse nomeado pelo Imperador para substituí-lo chegasse com uma armada suficiente, seria aceito de boa vontade. Era isso o que se acreditava na Corte, carente, no entanto, de recursos para investir em empreendimento tão arriscado. Por isso, era necessário outorgar, convir ou fazer um acordo com um nobre que pudesse arcar com todos os gastos. Não se importavam em lhe conceder as imensas responsabilidades de governador se a Coroa não tivesse de investir um único maravedi e isso fosse uma garantia de restabelecimento da ordem. Restavam, no entanto, os problemas relacionados com as reivindicações de Cabeza de Vaca. Ignorar seus direitos poderia desanimar os investidores privados que arriscavam a vida, a honra e suas posses para conquistar e colonizar em nome do Imperador. Por isso, os sinais que o governador deposto começava a emitir no sentido de que não se oporia a uma nova outorga enquanto ia se resolvendo a sua própria questão foram recebidos com grande satisfação. Dom Juan de Sanabria, que tinha a melhor posição entre os postulantes, começou a perceber que desapareceriam facilmente os obstáculos que o separavam da assinatura daquela vantajosa concessão. Esfregava as mãos como se se sentisse dono de fortuna tão imensa como as que o México e o Peru haviam apresentado a Cortés e Pizarro. Sentia-se extremamente satisfeito com a própria astúcia. Avaliara a exigência de Cabeza de Vaca no sentido de que os maiores poderes fossem atribuídos a quem se casasse com María e terminara concluindo que tudo convinha a seus interesses.

"Desse modo", pensava, "mantenho as expectativas de Cabeza de Vaca, e depois não terei dificuldades em descumpri-las. Além do mais, consigo sem que me custe nada um bom dote para propiciar o conveniente casamento de María. Em suma", regalava-se de satisfação, "o cargo de governador, somado ao meu ilustre sobrenome, atingirá um preço excelente. Esse casamento me equipará meia frota se quem pagar não for um cristão velho! María valerá, no mínimo, uma caravela..."

Dom Juan de Sanabria voltou da Corte no começo do novo ano de 1547. Aproveitando seu excelente estado de espírito, María se atreveu a perguntar se continuaria ou não a visitar Cabeza de Vaca.

— Agora não — ordenou Sanabria sem sequer levantar a vista e, como quem está entediado pela inoportuna interrupção de um subalterno, fez um gesto de que iria voltar ao seu trabalho. No entanto, levantou a cabeça, fitou detidamente sua filha com a mesma atenção que poderia ter adotado para contemplar seu cavalo favorito, e resmungou: — Deus, por que lhes deste a palavra? Por acaso — continuou, desta vez dirigindo-se à filha — você acreditou que o fato de ter visitado Cabeza de Vaca permitiu que conseguisse entender alguma coisa?

Dom Juan sorriu, batendo rapidamente na mão com uma varinha.

— Limite-se a ser bela... E a ficar calada, pois, senão, tratarei de instruir aquele que eu decidir que será seu marido de como deverá tratá-la.

Um instante depois, com um movimento colérico, indicou a sua filha que parasse de interrompê-lo.

— Eu lhe direi quando você deve visitá-lo!

María se retirou, submissa e silenciosa. Voltando ao seu quarto pensava: "Teria um imenso prazer de quebrar a cabeça dele!"

De repente veio a sua mente mais uma vez a pergunta que havia se formulado mil vezes desde a última visita a Cabeza de Vaca: "Eu o envenenaria... poderia envená-lo a sangue frio?", inquietou-se. Mais uma vez não achou resposta e novamente decidiu parar de se atormentar. "Se as predições são exatas, não será necessário, e logo se verá se o são", respondeu a si mesma. Depois continuou pensando: "E por que Cabeza de Vaca quer me ajudar, que armadilha pode estar preparando para mim?", e como já fizera muitas vezes, arriscou tantas hipóteses que deixou as perguntas sem resposta.

Quando chegou a seu quarto, a dúvida voltou a martelar sua alma: "Em quem posso confiar?", repetia sem parar e não conseguia tomar uma decisão. "Em primeiro lugar", se dizia a jovem, "em minha mãe, mas minha mãe tem tanto medo de que algo me aconteça que se oporá a qualquer coisa que suponha ser um perigo para mim. Pobre de minha mãe! Ela sim o envenenaria sem vacilar se não temesse deixar as filhas desamparadas!"

María andava pelo quarto como se estivesse enjaulada. Procurando se tranqüilizar, decidiu dar um passeio. Pensou que, embora fosse uma hora fora do habitual, poderia dar a desculpa de que iria à novena que se celebrava em honra de um parente falecido, e sem mais nem menos ordenou a uma criada que se preparasse. Murmurou para si: "É certo que em menos tempo do que um galo canta levarão a história desta minha saída a meu pai, mas quem é seu principal espião?"

Repassou um a um os criados que lhe pareciam suspeitos sem encontrar uma maneira de identificar o confidente de seu pai e menos ainda a de castigá-lo. Mordeu ligeiramente o lábio inferior, negou com a cabeça e murmurou: "Agora é melhor sair, que logo terei alguma idéia", e continuou a se arrumar para ir à igreja. Contemplou-se enquanto se penteava e, satisfeita com seu aspecto, prometeu à própria imagem:

— Logo pilharei este velhaco!

— Você perdeu o juízo? — ouviu María. Levantou os olhos e encontrou o sorriso de sua mãe refletido no espelho.

— Estou indo à novena. Você vem? — convidou-a.

— Perguntei se você perdeu o juízo dizendo aos berros que vai pilhar um velhaco e agora pergunto por que está me convidando a ir a uma novena em hora de se guardar — cantarolou Mencía. Seu rosto se iluminou e perguntou: — Por que você quer sair? Com que desculpa?

— Mãe, vou deixar que você arranje um pretexto — respondeu, enquanto seu sorriso se refletia no espelho.

Uma hora mais tarde, convenientemente arrumadas e na companhia das respectivas criadas, se dirigiram à igreja prolongando o passeio o máximo possível. Aquilo que via, ouvia, cheirava e adivinhava no intenso movimento no cais e nos navios ancorados devolveu como um sopro a paz de espírito a María. "É evidente", pensou, "que se me deixar levar por preocupações menores quando ainda nem saí do porto nunca conseguirei atingir meu objetivo."

Sorriu como quem se livra de um grande peso e pensou: "Uma grande aventura não pode ser levada a cabo quando não se é capaz de desfrutar o jogo que ela implica."

Feliz, continuou caminhando ao lado de sua mãe ao mesmo tempo que mantinha seus sentidos abertos a tudo que provinha do Guadalquivir, em cuja suave corrente via a porta de saída para sua grande aventura. "Afaste essa cara de preocupação", reclamou, enquanto pensava: "Como minha mãe ainda é bonita!"

— Como você é bonita, mãe! — disse sorrindo com intensidade contagiosa.

Mencía começou a articular uma resposta. Olhou para María, ia falar, mas se deteve: voltou a olhá-la e desta vez devolveu-lhe o sorriso. A filha pegou sua mãe pelo braço e assim continuaram caminhando para o templo. Em María ferviam intenções tão grandes que por um momento contagiou Mencía com suas esperanças. No entanto, antes de sair da igreja o pessimismo voltou a tomar conta da mãe. Mirava sua filha e em seus olhos se percebia um torvelinho de emoções conflitantes. Viu a si mesma com 15 anos idade, um pouco antes do péssimo ano de 1529. Viu na imagem da jovem a sua própria quando a casaram com dom Juan de Sanabria e ainda tinha o hábito de rir. A capacidade de sonhar de María despertou sua nostalgia por aquilo que então a vida despertava nela. Feliz com a beleza da filha, recordou a que ela exibia naquela época. Pensou em sua atual situação e a comparou com os fugazes instantes em que a existência lhe sorria. Doeu-lhe a recordação de mil oportunidades em que desejara morrer e a forma como aos poucos se tornara resistente a surras e insultos. Seus olhos encontraram, então, os de María, e foi sacudida por um estremecimento de rebeldia.

— Você não, você não! — exigiu do destino.
— Enlouqueceu, mãe? — brincou María. — Abaixe a voz. Estamos na rua.
— Ah, filha... Como eu gostaria que fosse só um desvario.
— O que está dizendo?
— Casar...
— É melhor virar freira? — sorriu María.
— Não sei, não sei, filha. Parece que numa certa idade se pode aceitar até com esperança aquele que lhe impõem como marido. Pela novidade, pela mesma curiosidade que me levou a não resistir quando decidiram me entregar como fiel esposa a seu pai — disse como se ainda acreditasse naquilo.

María achou que havia uma ponta de hesitação e até mesmo de ironia na voz de Mencía quando se referiu a seu caráter de fiel esposa, mas desviou sua atenção ao que preocupava sua mãe e perguntou:

— Por que tudo isso?
— Temo que seu pai tenha pressa de casar você e sua irmã para conseguir mais recursos para seu governo no Rio da Prata.
— E?
— Quando fala dormindo, negocia você como quem está vendendo uma fazenda. Tenta vendê-la como quem oferece um pedaço de carne macia a um velho desdentado.
— E quando vai ser?

— Assim que conseguir fazer o acordo em torno da capitania — murmurou Mencía com amargura.
— E você, o que fará? — provocou-a María.
— O que eu poderei fazer?
— Se pudesse, o que faria?

Mencía olhou para a filha como se um fio a prendesse à esperança e respondeu:

— Aceitei tudo e carrego minha própria cruz com resignação. Mas você não, María. Se houvesse algo a fazer... Deus me perdoe! — persignou-se —, arriscaria minha vida para evitar que você tivesse um destino desses.

Depois balançou tristemente a cabeça como se negasse e perguntou:

— Mas qual é a solução, a não ser procurar refúgio num convento?

Diante do olhar atônito de sua mãe, os olhos de María se iluminaram.

— Mamãe — convidou —, alegre-se comigo, pois vou lhe falar de um fio que, embora tênue, nos une à esperança.

— Se você já não tivesse dado muitas provas de seu bom senso e inteligência eu diria que quem está enlouquecendo é você.

— Você ama seu marido? — María mudou bruscamente de assunto.

— Amar? — sorriu tristemente Mencía.

— Você o ama, respeita, obedece?

— Como um escravo obedece ao chicote de seu amo.

— Sentiria falta dele?

— O que você está dizendo? — exclamou Mencía aterrorizada.

— Se Deus achasse por bem chamá-lo para seu lado — María moderou sua pergunta —, você sentiria falta dele?

— O que você quer me perguntar?

— Se ele adoecesse, você lamentaria?

Mencía demorou alguns instantes para responder e depois afirmou com segurança:

— Deus a ouça — e, cheia de inquietação pelo que dissera, segurou com força o braço da filha.

María fechou o punho como se estivesse ameaçando o ar. Depois o levantou suavemente até colocá-lo sob o queixo de sua mãe, imitando o gesto de quem golpeia um oponente. Pressionou-o levemente para cima até que seus olhares se encontraram e manifestou sua certeza:

— Seu marido não viverá para me obrigar a me casar nem para chegar ao Rio da Prata.

— Deus a ouça — voltou a murmurar Mencía, acrescentando: — Mas o que você sabe de tudo isso?

— Logo lhe contarei, mamãe. Estamos na porta de casa e não é bom chegar falando desses assuntos, nem convém que a esperança brilhe em nossos olhos.

Assim que transpuseram o umbral, viram-se cercadas por uma atmosfera carregada de maus presságios. A cara chorosa da irmã de María e os rostos aterrorizados dos criados anunciavam a cólera de dom Juan de Sanabria. Mãe e filha trocaram um olhar cheio de inquietação, mas não se detiveram. Apressaram o passo até seus quartos, mas no caminho as aguardava quieto, ereto, silencioso, com as mãos nas costas, o senhor. Sob suas pálpebras semifechadas se adivinhava o íntimo prazer que lhe causava sua capacidade de provocar medo. Sanabria abriu os olhos e passeou-os longamente pelas duas mulheres, como quem se detém observando as imperfeições de um trabalho malfeito. Depois fez uma careta, como se estivesse sendo obrigado a comer um prato nauseabundo, e voltou a observar parcimoniosamente as mulheres. Sua fúria aumentava porque não conseguia que seu silêncio se tornasse insuportável para as vítimas. Sua mandíbula se contraiu, seu rosto ficou vermelho e, incapaz de continuar se controlando, desferiu um soco na palma de sua mão esquerda. Com um movimento de cabeça ordenou à filha que se retirasse e, com um gesto carregado de grosseria, obrigou Mencía a caminhar até sua sala de trabalho.

María viu sua mãe se afastar; ela não ousava virar a cabeça e caminhava com a rigidez de quem sabe que levará uma pancada, mas não pode adivinhar de onde nem quando virá. Conseguiu ouvir Juan de Sanabria dizer:

— Sempre na rua! A mãe tão puta como a filha; só servem para engordar à custa do meu cofre. Mas eu vou remediar isso!

A jovem, tremendo de raiva, continuou o caminho que o pai lhe havia ordenado. Avançou uns passos, parou e deu meia-volta, decidida a intervir sem medir as conseqüências. Então seu olhar se chocou com a expressão de pavor que se apoderara do rosto de sua irmã e sua raiva se transformou em força e instinto de sobrevivência. "Se você for fazer algo por ela", disse a si mesma, "é necessário fazer direito."

Sem ainda ter clareza sobre o que pretendia, fez um gesto a Mencita para que se retirasse em silêncio. Mas imediatamente levantou a mão para que se detivesse, se aproximou dela, abraçou-a, beijou sua testa e voltou a lhe pedir para que se retirasse sem fazer ruído. Enquanto fazia isso, pareceu-lhe sentir que estava sendo observada e virou instintivamente a cabeça. Conseguiu distinguir a silhueta de um criado que naquele instante concluía um ágil movimento para se situar atrás de uma coluna e ficar fora de sua vista.

"Tenho de saber quem é; matarei o miserável que espiona para meu pai!", prometeu a si mesma e fez um gesto de voltar sobre seus passos.

Depois de um novo segundo de hesitação, concluiu que suas possibilidades de alcançá-lo antes que pudesse se esconder ou se misturar aos outros criados eram mínimas e se disse:

"Será melhor fingir que não percebi que me vigia; depois o flagrarei e então... Então o quê?", perguntou-se, sabendo que não tinha poder de castigar um criado sem a anuência de seu pai.

Continuou caminhando nas pontas dos pés até a porta da sala em que estavam Sanabria e Mencía. Chegou a tempo de ouvir a voz ameaçadora de dom Juan:

— Quem a autorizou a sair? Quem! — voltou a gritar, perguntando e ordenando silêncio ao mesmo tempo. Pegou uma vara de madeira, levantou o braço, uma careta sarcástica iluminou seu rosto, e como se estivesse adiando o momento de comer a sobremesa interrompeu o movimento.

Sentou-se, reclinou-se para ficar numa posição mais confortável e guardou um longo silêncio. Depois bateu suavemente com a vara em sua palma esquerda e, continuando, sorriu e afirmou:

— Eu tenho a solução. E você vai me ajudar! — acrescentou, ficando em pé para tornar ainda mais ameaçadoras as suas palavras. — Logo vocês vão me devolver com juros os favores recebidos — continuou. — Meu amor — afirmou com voz aveludada —, eu tive de foder você algumas vezes para ter duas filhas que valerão bons casamentos. Assim, colocando seu dote a serviço de minha armada, você começará a pagar o que me deve. Não é verdade, minha senhora, que você não se negará? Quanto a suas filhas — sorriu com grosseria —, têm ossos demais, apesar do pão e da carne, do azeite e dos doces que consomem sem parar. E embora eu não pense em esbanjar em dotes, há um excesso de velhos ricos com sangue mouro ou judeu. Eles não darão muita importância a detalhes se puderem estabelecer parentesco com quem tem um bom sobrenome. Começarei — garantiu com parcimônia, como se estivesse se deleitando com o efeito de suas palavras — com María. Já preparei tudo, mas não posso me apressar, e não quero que com suas saídas fora de hora acabem adquirindo a fama de putas e me prejudicando. Não posso — sorriu — permitir que a má fama me apronte uma cilada. Não deixarei que o velho cavaleiro que já aceitou comprar María volte atrás e eu fique sem o navio que equipará em troca. Cabeza de Vaca — sorriu satisfeito consigo mesmo — deve acreditar que recuperará o poder no Rio da Prata casando-se com María. Sua filhinha tem de continuar a visitar o pobre idiota até que eu possa trocar a companhia dela pela do carrasco — voltou a sorrir satisfeito com a idéia. — E você vai me ajudar. Sabe muito bem como a vida é cheia de acidentes e como podemos fazer pouco para proteger as pessoas queridas.

Sanabria deixou a vara sobre a mesa, esfregou as mãos com satisfação, voltou a pegá-la e sem aviso prévio desferiu um golpe tão forte quanto pôde no braço de Mencía.

— Espero — sorriu — que os hematomas não a deixem tão interessada em passear com o pretexto de ver bispos.

Depois, como quem executa uma árdua tarefa, dedicou-se a bater com método. Descarregou o chicote em todos os lugares que achava que poderiam provocar dor sem deixar marcas que não pudessem ser escondidas pelas roupas. Bem mais tarde, ofegando devido ao esforçc, sentou-se e ficou contemplando sua vítima. Parecia estar satisfeito com o trabalho realizado.

— Você está vendo — sorriu — que me fez sentir calor. Tudo tem sua vantagem — aprovou com um movimento de cabeça —, eu me aqueço e você padece em dobro porque, como se sabe, as dores do chicote são maiores no inverno.

Esgotada pelos golpes e pelo esforço para reprimir os gemidos, Mencía levantou o olhar e murmurou:

— Miserável.

— Pode falar. Já estou cansado e o que você disser agora porei na conta para acertar num outro dia — riu Sanabria.

— Você vai me matar ou eu me matarei, mas não vou ajudá-lo a transformar María em uma desgraçada.

— Não será necessário, minha senhora — brincou Sanabria. — María cooperará para protegê-la e você o fará para não causar danos a ela.

— Miserável — repetiu Mencía, usando o resto de suas forças físicas e mentais para se levantar e sair. — Miserável — voltou a murmurar e começou a andar prestando atenção nas linhas desenhadas no piso para poder caminhar sem vacilar. Afastou-se passo a passo, com a rigidez de quem luta para se manter em pé. Seus olhos tropeçaram em uma lança cuja ponta descansava no chão. Por um instante pensou em usá-la para se matar, matá-lo ou ambas as coisas, mas se viu sem forças e continuou seu caminho.

Tremendo de raiva atrás da porta, María escutara o que acontecera na sala. Não foi capaz de idealizar um plano, mas sua alma lhe dizia que já havia tomado a decisão de colocar um ponto final no martírio. Havia conseguido assim reunir forças para combater o medo, evitar o vômito e não intervir. Quando sentiu que sua mãe ia sair, escondeu-se para evitar que Sanabria a visse. Ao virar a cabeça para fazê-lo, voltou a perceber uma silhueta se perdendo na penumbra. Por um instante sua pele se eriçou com a inquietação de quem se sabe vigiado por um mas deve desconfiar de todos. Quando se assegurou de que Mencía ficara sozinha, correu para socorrê-la e chegou a tempo de evitar que caísse. Ajudou-a com delicadeza a se sentar e começou a tirar a roupa que insistia em grudar em suas feridas. Correu até a cozinha, pediu água quente e rogou com o olhar aos criados que mantivessem o mais completo silêncio. Com a mesma pressa, foi até o lugar onde sua irmã esperava choramingando e a apressou para que fosse buscar panos e ungüentos. Segurou as duas mãos de Mencita, olhou-a com autoridade e sussurrou:

— Vai ficar tudo bem.

Depois correu até sua mãe, que aguardava contemplando com rigidez as chagas e as cores de seu corpo despido, como se pertencesse a outra.

— Miserável — murmurou María, e Mencía respondeu com um sorriso agradecido, triste e ausente. — Miserável — voltou a murmurar María, como quem usa uma palavra mágica para conjurar seu próprio horror. Lavou, com absoluta delicadeza, uma a uma as feridas que o chicote produzira sem que a vítima emitisse uma queixa. Quando terminou, vestiu-a com uma camisola de seda. Depois se ajoelhou diante da mãe e apoiou a cabeça em suas pernas. Mencía distraiu a dor acariciando seus cabelos até que um de seus dedos se enredou, dando um ligeiro puxão na jovem.

María levantou os olhos e brincou:

— Ei, puxar não vale!

Mencía quis responder com um sorriso, mas a angústia fez um nó em sua garganta e não lhe permitiu. María olhou para ela, balançou lentamente a cabeça de um lado para outro e seus olhos cintilaram quando se cravaram nos de sua mãe.

— Eu o mataria! — afirmou.

Mencía sorriu com tristeza, negou com a cabeça, puxou sua filha e voltou a se entreter acariciando seu cabelo. Ficaram assim, no mais absoluto silêncio, até que Mencía sentiu que as lágrimas da filha escorriam pelo seu joelho e não pôde mais reter a torrente que ela mesma estivera contendo.

Muito tempo depois, María levantou os olhos umedecidos e murmurou:

— Eu o mataria, mas não será necessário.

— Você está sonhando, minha filha; sonha por causa do amor que temos uma pela outra — respondeu Mencía sem deixar de acariciar a cabeça da filha.

— Você, mãe, trate de se recuperar, pois suas filhas precisam de você.

Mencía voltou a negar, mexendo a cabeça de um lado para outro.

— Não sirvo nem para protegê-las — sussurrou.
— Ouvi tudo, mamãe.
— Ouviu o quê?
— A surra, as ameaças, os insultos.
— Os insultos... — sussurrou Mencía e a palidez de seu rosto esgotado foi tomada pelo vermelho da vergonha.

María se ergueu, segurou a mãe pelos dois braços e beijou longa e suavemente sua testa. Depois afastou um pouco seu rosto e os dois rostos ficaram frente a frente. Sussurrou em tom imperativo:

— Mãe, agora você precisa querer viver. Preciso de você; preciso que confie em mim.
— O amor, filha, brilha em suas palavras. Você faria qualquer coisa para me ajudar e isso me consola e ao mesmo tempo agrava meu pesar.
— Há algo pior do que o destino que meu pai planejou para mim?
— Não — assentiu tristemente Mencía.
— Então você vai se recuperar; confiará em mim?

Uma sombra de dúvida aflorou nos lábios cansados de Mencía. Ia fazer uma pergunta, mas o abatimento foi mais forte e disse:

— Você sabe que o seu é o único sopro de força que pode me restar.
— Devo ir tranqüilizar minha irmã e os criados, que temem por eles e choram por você — afirmou María. — A não ser aquele que nos espiona.

Antes de sair abraçou suavemente sua mãe e murmurou muito perto de seu ouvido:

— Cabeza de Vaca está conosco; recupere-se e eu lhe contarei tudo.

— O quê? — sussurrou Mencía sem que o som de sua pergunta alcançasse María que, silenciosa, rápida e decidida, dirigiu-se primeiro à cozinha e depois ao encontro de sua irmã. Quando acabou de lhe transmitir o que pôde de serenidade, retirou-se e, a sós, começou a se perguntar se podia esperar fidelidade dos criados, se estaria disposta a apoiar e a colocar Mencita em risco.

"Minha irmã tem muito a temer e alguma coisa a preservar", pensava. "Os criados também têm muito a temer e alguma coisa a preservar. E as criadas? As criadas", respondia a si mesma, "têm tanto a temer como os demais, mas o que têm a preservar? E acima de tudo: quem é o espião de meu pai? É um só, são vários? O que ele ganha em troca? Quem recebe recompensas nesta casa?"

Finalmente se irritou consigo mesma por perder tanto tempo em especulações que não a levavam a um objetivo concreto e começou a analisar o comportamento de cada um dos serventes.

"Tenho que encontrar o espião!", prometeu a si mesma. "Será necessário inventar armadilhas", pensou, "não vejo outra maneira de averiguar quem é o espião nem quem está disposto a se arriscar por mim. Não será fácil", concluiu, e se preparava para a tarefa quando irrompeu em sua mente a imagem de seu pai surrando sua mãe. Levantou-se e, sentindo-se incapaz de reprimir o grito, cravou os dentes numa cortina, agarrou suas pontas com as duas mãos e puxou-a até destroçá-la.

— Ah, mãe: hoje, domingo, dia 6 de fevereiro deste ano do Senhor de 1547, sua filha jura por suas chagas que não ficará para trás. Jura que já começou a organizar as tropas que nos tirarão dos infernos — prometeu quando as mandíbulas doloridas e os braços cansados não lhe permitiam mais continuar rasgando os farrapos.

Na manhã seguinte, dom Juan de Sanabria mandou chamar María.

— Entre — autorizou — e se aproxime; deixe-me vê-la.

María obedeceu e, como se temesse chegar perto da poltrona em que seu pai estava, parou a três passos de distância, sem tirar os olhos do chão.

— Olhe para mim — ordenou Sanabria.

Depois de um instante de hesitação, a jovem levantou o olhar.

— O que você está vendo?

— O amo e senhor desta casa e da gente que nela vive graças à sua mercê.

Sanabria assentiu satisfeito e perguntou:

— Vai me obedecer ou terei de obrigá-la a fazê-lo?

— Eu o obedecerei em tudo, como cabe a uma filha bem nascida.

— Você se casará com quem eu ordene que se case?

— Quem mais poderia me ordenar semelhante coisa?

— Isso não é resposta.

— Se meu senhor me permitir, responderei com uma pergunta.

— Fale.

— Por que o senhor pergunta pela minha obediência. Já faltei a ela? Quando deixei de cumprir suas ordens?

— Você conversa muito com sua mãe.

— Tenho cuidado de minha mãe; não é esse o seu desejo?

— Sua mãe está louca e se o rigor não a fizer recobrar a razão terá de ser trancafiada. Sua cabeça apoiada em seus joelhos a leva a persistir no erro.

María dissimulou o calafrio que percorreu seu corpo enquanto se dizia:

"Quer dizer que quem observa tem também meios de olhar dentro do quarto de minha mãe!"

Sem dar espaço para que Sanabria notasse qualquer hesitação, perguntou:

— O que está querendo dizer, meu senhor?

— Que não a ouça, para o bem dela, de sua irmã e seu.

— Obedeço-o em tudo, senhor, embora a débil inteligência que Deus concedeu às mulheres não me permita saber a cada passo qual é o melhor caminho para fazê-lo.

— Se a loucura persistir, você deporá contra ela?

— Eu o farei; farei tudo o que me ordenar — replicou María pausadamente enquanto sua mente repassava depressa a conversa com Mencía. Tranqüilizou-se, certa de que haviam usado um volume de voz quase inaudível. Como se tivesse aproveitado o instante precedente para pensar em uma resposta adequada acrescentou: — Mas...

— Mas o quê? — inquiriu Sanabria arqueando as sobrancelhas e olhando como quem se prepara para bater.

— Mas posso lhe fazer uma pergunta?

— Fale — ordenou Sanabria enquanto batia repetidamente no braço da poltrona com a palma da mão.

— Eu o obedecerei em tudo, mas... Mas se tiver sua permissão poderei fazer mais do que isso.

— O que está dizendo?

— Que se prometer não voltar a castigá-la eu lhe garanto que conseguirei convencê-la.

— Convencê-la? Para que eu quero convencer sua mãe?

— Eu sou uma humilde peça a seu serviço e posso conseguir que minha mãe e minha irmã também o sejam.

— Em troca de quê?

— De servi-lo melhor. De ajudar, por exemplo, a evitar — a idéia lhe chegou como uma inspiração súbita —, que os criados roubem seus bens.

— Roubar? Quem se atreve! — berrou Sanabria.

— Quem? Eu não sei, mas sei sim que acontece — murmurou María testando e exibindo o temor do mensageiro portador de más notícias.

— O que você sabe?

— Que faltam sempre pequenas coisas e que criados que não são confiáveis em relação a pequenas coisas tampouco o devem ser no que se refere às coisas grandes.

— Miseráveis — gaguejou Sanabria. — Logo terão o que merecem.

— Talvez eu possa ser útil ao meu senhor — murmurou a jovem.

— María! — exclamou Sanabria. — Quanto eu daria para que você fosse o meu varão e não o inepto do Diego!

Consciente de ter entabulado o diálogo com sua filha em um nível diferente, voltou a perguntar:

— Você vai me ajudar em troca de quê?

— Sem mais castigos, será fácil conseguir que minha mãe coopere para descobrir os criados infiéis. Se a função de governador for destinada àquele que se casar comigo, eu ganharei uma boa posição. Além do mais, Cabeza de Vaca continuará ajudando-o, embora no final o senhor não faça com que me case com ele.

— E o que você vai ganhar? — Sanabria repetiu sua pergunta com desconfiança.

— Serei esposa de um homem com autoridade. Serei filha do homem mais rico, poderoso e famoso de seu tempo.

Sanabria reprimiu o desejo de abraçar María. Em tom que se pretendia afetuoso afirmou:

— Quantos problemas eu evitaria se a louca de sua mãe tivesse a sua inteligência! Finalmente poderei ir tranqüilo à Corte. Você terá o que quer; agora vá.

María fez uma reverência, fixou o olhar no chão em sinal de submissão, acatou a ordem e começou a andar, pensando: "Miserável! Claro que terei o que quero; claro que terei. Mas para isso a primeira coisa a fazer é varrer a casa; levar as ratazanas a se morderem entre elas."

Decidiu que a prudência aconselhava repassar minuciosamente seu plano. Dia após dia observou as criadas, procurando estabelecer quais poderiam ser mais confiáveis. Espiou em particular a jovem que normalmente a acompanhava e a ajudava a se vestir, sabendo que estava muito exposta a suas inconfidências. Uma manhã a viu quebrar um cântaro, limpar com pressa os restos e deixar tudo como se nada tivesse acontecido.

"Aqui está uma oportunidade de colocar em prova o caráter de Marta", alegrou-se María. Pediu a sua mãe que acusasse com grande severidade outra criada, como se tivesse furtado a louça. Não precisou esperar muito; Marta, visivelmente assustada, aproximou-se dela e lhe implorou:

— Minha senhora; eu fiz uma coisa terrível.

— Diga-me, Marta — respondeu María com indulgência.

— O cântaro por cujo furto outra está sendo castigada não foi roubado. Eu o quebrei e escondi os cacos esperando que ninguém percebesse — começou a chorar.

María pegou-a pela mão e tranqüilizou-a:

— Não importa. Direi a minha mãe que foi um acidente.

Marta olhou-a como se perguntasse o que estava acontecendo, confusa diante da total falta de surpresa e da doçura com que sua confissão fora recebida. María sorriu e afirmou:

— Você se arriscou para evitar que outra fosse castigada. Cometeu uma pequena falta e em troca me deu a alegria de saber que é uma mulher em quem se pode confiar. Agora vá e mantenha a boca fechada.

María, sem alternativa a não ser a de confiar em algumas pessoas, resolveu escolher Marta como mensageira. De qualquer maneira, adiou o início da execução do plano que tinha em mente, para estudar todos os detalhes. Havia um mês que Juan de Sanabria partira para a Corte quando ela resolveu escrever as cartas que deviam funcionar como isca para averiguar a identidade dos criados infiéis. Escreveu com toda formalidade, como se fosse enviar uma missiva a Cabeza de Vaca:

Sevilha, 10 de março do ano do Senhor de 1547.
Ilustre governador que foi de Rio da Prata.
O senhor meu pai, dom Juan de Sanabria, partiu para a Corte convencido de que desta vez conseguirá a almejada outorga de Sua Majestade. Proibiu-me de visitar Vossa Mercê em sua ausência e, embora isso tenha entristecido meu coração, devo obedecê-lo. Prometeu-me que não se esquecerá de sua promessa de outorgar o cargo de governador àquele que for meu marido e isso me permite esperar com regozijo pelo seu regresso. Não devo dizer mais porque não me foi permitido lhe escrever e não é bom que a devoção que sinto por Vossa Mercê me coloque perto da desobediência própria de uma filha malcriada. Guardo esta carta à espera de uma ocasião propícia para fazê-la chegar a suas mãos. Entretanto, rogo à Virgem que interceda pela alma desta pecadora.
María de Sanabria

Satisfeita com o conteúdo da mensagem, providenciou uma cópia e escondeu o original entre seus pertences de modo que pudesse ser encontrado pelo criado que estava incumbido de espioná-la. No mesmo dia enviou a cópia a seu pai com uma carta em que o advertia:

Sevilha, 10 de março do ano do Senhor de 1547.
Dom Juan de Sanabria
Meu amo e senhor.
É bem sabido que o olho do amo engorda o cavalo. É minha obrigação de filha bem-criada advertir que durante sua ausência os roubos são mais freqüentes. Já não se trata apenas do que há nas despensas ou das roupas de pouco valor. Deli-

cados brincos que sua senhora sogra havia dado a minha mãe desapareceram. Além do mais, o delinqüente teve a ousadia de levar as mãos sujas até o que é sagrado e me roubou um crucifixo de prata da mesma origem. Escondo entre meus pertences uma carta para o ex-governador Cabeza de Vaca na esperança de que, revistando-os, o delinqüente o procure com a notícia e, desse modo, se delate. Anexo cópia da carta que não diz nada além daquilo que o senhor me ordenou dizer ao ex-governador, mas dito de modo que o criado gatuno creia ter uma notícia que lhe permita congraçar-se com o amo.

Sua filha obediente,
María

Dias mais tarde e depois de desconsiderar a possibilidade de visitá-lo pessoalmente temendo o risco de ser descoberta, María resolveu enviar uma missiva a Cabeza de Vaca. Fez uma cópia da carta que escrevera e guardara entre suas coisas para que servisse de isca ao criado infiel. Também copiou a que enviara à Corte tentando levar seu pai a se enfurecer com o criado desonesto. Anexou as duas à que escreveu para relatar o seguinte a Cabeza de Vaca:

Sevilha, 20 de março do ano do Senhor de 1547.
Dom Álvar Núñez,
Que Deus me ajude se algum infiel revelar o conteúdo desta carta.

Meu pai continua na Corte, convencido do êxito de suas gestões. Embora não suspeite em particular de mim, sempre está em guarda e me mantém sob estrita vigilância.

Comecei a preparar as tropas que me permitirão fugir deste inferno. O primeiro passo será afastar os criados que me espionam a mando de meu pai. A primeira das cartas — a que escrevi supostamente para enviar a você — ficou vários dias no meio das minhas coisas. Tive o cuidado de deixar todos os meus pertences em cima dela, e ele não notou que eu colocara meus brincos sobre uma determinada letra exatamente para saber se alguém estivera vasculhando ali. Certamente fez uma cópia e enviou-a, acreditando ter uma informação valiosa. Não devo me preocupar, porque Juan de Sanabria já recebeu o texto enviado por mim. Não bastará a meu pai o que eu disse e nem a evidência para resolver abrir mão de um criado que lhe é útil, mas vai investigar. Um pouco antes do regresso de meu pai esconderei entre os pertences dos criados os brincos e o crucifixo que denunciei como roubados. Estou certa de que meu pai revistará as coisas do delator para saber se a acusação de roubo procede. Ao encontrar o brinco direito, o esquerdo e o crucifixo, acreditará ter descoberto o ladrão e eu saberei quem é o espião. A fúria de meu pai se levantará contra ele e nossa ação ficará livre de sua implacável vigilância.

Devo também dizer que enquanto o padre confessor for um escravo de meu pai, não haverá nada que possa ser feito sem que Sanabria fique sabendo.

Enviarei Marta para buscar uma resposta em três dias; ela é a criada que está levando esta mensagem e trará sua resposta. É uma pessoa de confiança. Que Deus nos ampare.
María de Sanabria.

Setenta e duas horas mais tarde, Marta voltou com a ansiada correspondência. María se trancou e leu:

Sevilha, 23 de março de 1547.
Dona María de Sanabria,
Permito-me dizer que avalio positivamente o quanto a senhora aguçou o espírito nestas semanas. É certo que não gostaria de estar na pele do criado que a espiona. E creio de verdade que se tivesse tido assessores como você não teriam me deposto

com tanta facilidade. De maneira que: bom começo! Deve estar preparada, porque quando a viagem começar os acontecimentos dispararão. Talvez a primeira coisa que lhe caiba aprender é que, quando as forças da crueldade são desatadas, não está em você dosá-las. Enfim, e esperando que me desculpe a expressão de velho homem do mar, a seu criado desejo: "Coma, gato, a sardinha, que logo cagarás a espinha."

Por outro lado, duvido que seja lícito pedir o amparo de Deus para eliminar o confessor que atende a sua casa, mas veremos o que se pode fazer. Eu o acusarei de estar ao meu lado e isso bastará para que dom Juan retire a confiança que deposita nele e, se puder, a vida. Você deve encontrar uma maneira de ouvir Sanabria se confessando. Quando eu souber do conteúdo, o farei circular nesta cidade cheia de boatos que vão e vêm. Não demorará muito para Sanabria acreditar que seu confessor me confiou o que ele lhe confessou.

Por último, direi que gostei mais da carta falsa do que da autêntica, por mais que a sensatez me faça recordar que não se deve confiar no mar ou na mulher. Na verdade, apreciei suas insinuações maliciosas sobre casamentos e cargos de governador.

Cabeza de Vaca

María leu várias vezes a carta, até que ficou certa de que não havia lhe escapado nenhum detalhe. Deu uma última olhada, saboreando a ironia e até mesmo a linguagem grosseira do marinheiro. Depois a queimou para não correr riscos e se dispôs a esperar pelos acontecimentos. Radicalizando a prudência, limitou-se a enviar apenas uma vez a cada quinzena sua criada à casa do prisioneiro para buscar possíveis notícias. Temendo chamar a atenção, limitou seus movimentos e não tomou qualquer iniciativa. A quietude da longa primavera foi quebrada por uma carta em que Cabeza de Vaca celebrava:

Sevilha, 1º de junho de 1547.
Dona María de Sanabria,
Recebi notícias auspiciosas da Corte. Bem, mais auspiciosas para você do que para mim. Na segunda-feira passada, 23 de maio, meu ex-capitão, dom Juan de Salazar, foi nomeado Tesoureiro do Rio da Prata. Com isso, temos a garantia de que a armada contará com um homem leal e experiente. O capitão Salazar foi ao Rio da Prata na desgraçada expedição de Mendoza, há mais de dez anos. Foi fundador de Assunção do Paraguai. Ali o conheci. Era um homem esforçado e corajoso. Dei-lhe poder para que me sucedesse no comando, mas isso só serviu para que também o encarcerassem. Como a caravela que me trazia acorrentado à Espanha já havia saído, mandaram-no preso em um bergantim que nos alcançou quando estávamos na ribeira do norte, onde o Prata começa a ser largo como o mar. A propósito — e o que lhe digo prova que já a considero governadora —, essa costa, onde mandei infelizmente fundar um povoado chamado São Salvador, é a melhor de quantas existem para manter abertas as portas de toda a governança.
Em suma, Salazar e eu, juntos e sem podermos nos separar, regressamos da boca do rio da Prata até que escapei quando já havíamos cruzado o mar. Agora que conseguimos sua nomeação, os que ainda me são fiéis pararão de criar empecilhos para a nomeação de seu pai. Você teve notícias de sua saúde?

María leu a carta com a atenção de quem estuda um documento e não pode perder um detalhe. Depois, da mesma forma que na ocasião anterior, queimou-a. Enquanto o fazia, se disse que nada sabia sobre a saúde de seu pai e voltou a se perguntar:

— Eu me atreveria a envenená-lo?

Quase em seguida chegaram notícias da Corte. Sanabria contava eufórico o progresso de seus negócios. Afirmava que em julho tudo estaria pronto para a assinatura e ordenava que o esperassem em Sevilha no final daquele mês.

Dom Juan de Sanabria assinou contrato com a Monarquia na vila de Monzón, em 22 de julho de 1547. Os vários acordos que haviam assinado mutuamente o convertiam em senhor de territórios imensos e promissores nas Índias. Assim que pôde se dirigiu a Sevilha, querendo começar logo os preparativos para a expedição, embora não ignorasse que já era muito tarde para partir naquele mesmo ano. No caminho, sentiu um grande mal-estar, que quis atribuir à fadiga da viagem e ao verão inclemente. Viu-se obrigado a parar em Despeñaperros ao amparo do frescor da serra. Contemplou-se em um tanque e repetiu a operação diante de um espelho. Perguntou-se com amargura se a saúde o abandonava justo quando o Imperador o favorecia. Depois de três noites de descanso, sentiu-se melhor e espantou os pensamentos lúgubres que o haviam assaltado nos dias precedentes. Reiniciou a viagem, ansioso por alcançar seu destino. A notícia de sua volta o precedeu e foram muitos os que saíram de Sevilha para recebê-lo.

Seu humor foi melhorando à medida que sua carruagem encurtava a distância que o separava de casa. Desceu já no pátio interno, onde as sombras e uma fonte d'água atenuaram o insuportável calor de agosto. Passou em revista com o olhar Mencía, María, Mencita e os criados, hierarquicamente enfileirados. Surpreendeu-se por ter se alegrado ao vê-los e ao ver a si próprio agradecendo com um movimento de cabeça o fato de estarem ali para recebê-lo. Sem dizer nada, dirigiu-se aos seus aposentos e assim que pôde caiu na cama. Quando a tarde do dia seguinte caía, sentiu-se com ânimo para começar a tratar dos muitos assuntos relativos à preparação da viagem.

"Administrar a expedição", pensava, "não vai ser mais difícil do que governar esta casa. Bastará escolher capitães zelosos que desconfiem uns dos outros. Estarão em perpétua guarda entre eles. Ora se eu não saberei fazê-lo! Quanto a Mencía, nunca poderei confiar nela. Obedecerá às minhas ordens enquanto puder ameaçá-la usando suas filhas, mas se as entregar ao casamento não será mais tão fácil. Então será a hora das grandes soluções!", exclamou para si, passando o indicador pelo pescoço. "Deixarei meu pobre e indeciso filho Diego em Salamanca. Casarei minha inocente filha Mencita antes de partir e mesmo que me custe um pequeno dote, me trará um aliado importante. A dúvida principal", se dizia Sanabria, "é o que fazer com María. Casá-la agora implicará uma declaração de guerra a Cabeza de Vaca e talvez ainda seja muito cedo. Pode ser que não esteja tão acabado como parece. Talvez me convenha mantê-lo ao meu lado, pois isso pode apaziguar seus velhos capitães. María, embora seja um absurdo pensar isso de uma mulher", reprovou-se Sanabria, "pode ser uma boa aliada, mas também um perigo. Está do meu lado ou é o meu pior inimigo? Convém-lhe me ajudar ou joga para me destruir?"

Incapaz de resolver essas dúvidas, que já haviam tirado seu sono em outras ocasiões, Juan de Sanabria passeava pelo pátio de sua casa como um gato enjaulado. Nisso voltou à sua memória as insistentes notícias sobre os roubos que María lhe comunicara quando estava na Corte.

"Você está ficando velho", recriminou-se. "O cansaço da viagem e a atenção exigida pelo primeiro dia da chegada o fizeram se esquecer de um detalhe de extrema importância: o criado que você considera seus olhos e seus ouvidos está lhe roubando? No domingo ficarei sabendo", prometeu a si mesmo.

Na sexta-feira, Juan de Sanabria fez saber que era seu desejo que todos fossem assistir à missa dominical que seria celebrada pelo êxito da expedição às Índias. Anunciou que sua magnanimidade atingia sem nenhuma exceção a todos os que moravam na casa. Ordenou que por nenhum motivo alguém poderia se atrever a faltar a um evento tão solene.

Quando chegou o domingo, na hora da missa Juan de Sanabria alegou uma necessidade imperiosa de despachar uma carta. Ordenou ao cocheiro que levasse Mencía e suas filhas sem nenhuma demora.

María pensou: "Esse é o momento que usará para procurar os objetos que eu disse que haviam sido roubados", e despediu-se dele com um sorriso discreto.

O coche e todos os criados partiram. Pela primeira vez em sua vida Sanabria ficou em casa completamente sozinho. Tremeu como se estivesse em um cemitério. Espantou seus pensamentos e exigiu a si mesmo: "Depressa, que chegou o momento de revistar! Ai do criado se eu encontrar o produto do roubo no meio de suas coisas! Ai de María se for uma mentirosa!"

Logo depois de iniciar sua tarefa, um alarido abafado anunciou que Sanabria encontrara um dos brincos de Mencía.

— Imbecil! — grunhiu examinando a prova com cuidado. — Então María me deu uma boa pista!

Convencido da culpa do criado que até aquele momento fora seu fiel espião, continuou procurando, mas não encontrou o outro brinco nem o crucifixo. Pensou que talvez os tivesse escondido em um lugar mais seguro ou já os tivesse vendido. Para reafirmar seu veredicto, murmurou categórico: "A roupa deste porco é demasiadamente boa para tê-la comprado com as moedas que lhe dou; não pode tê-la obtido a não ser me roubando."

Abandonou a inspeção com tempo suficiente para que sua ausência não fosse notada. No caminho conseguiu se acalmar e antes de chegar já prometera a si mesmo: "Ele pagará! Um sujeito não pode ser governador do Rio da Prata se admitir ser roubado por um criado em quem confiou."

Quando chegou à missa, ocupou o lugar que sua posição hierárquica lhe reservava e María não pôde observar suas feições. Tampouco conseguiu fazê-lo na saída, e sua ansiedade começou a ficar fora de controle. Embora tivesse consciência do alto risco de tal procedimento, fingiu um mal-estar inesperado e sem outra companhia além da de sua empregada se dirigiu com toda pressa a sua casa. Chegou banhada de suor pelo esforço realizado sob o inclemente sol de agosto. Perguntou-se como poderia se livrar da presença da acompanhante, olhou para ela com desprezo e insultou-a:

— Você é imunda! Cheira muito mal! Como se atreveu a ir assim à missa? Não se atreva a chegar perto de mim antes de ter se lavado e perfumado!

Marta correu esbaforida para cumprir as ordens que recebera. Enquanto isso, María se dirigiu depressa à ala oposta da casa. Em um instante recuperou de seu esconderijo o crucifixo oculto nos pertences de um dos criados dizendo: "Não é este." Um momento mais tarde, pegou o brinco que escondera sob o colchão de outro e disse: "Este também não."

Tremeu receando que pudesse ter escondido todos os três objetos entre os pertences de criados inocentes e correu até o terceiro. Suspirou aliviada, ao mesmo tempo em que seu coração batia com fúria: "Então era você, Alonso Martín!", maldisse o criado e voltou ao seu quarto a toda velocidade. Deitou-se a tempo de ouvir chegar o primeiro dos que voltavam da missa. Um momento depois, a criada que insultara bateu na porta pedindo, em voz quase inaudível, licença para entrar.

— Entre — autorizou María e abriu a porta, atrás da qual encontrou Marta, que esperava de joelhos, com o rosto desfeito pelas lágrimas.

María estremeceu com a brusquidão de quem fora mordido por uma serpente, deu um passo precipitado para a frente e ficou ao lado de Marta. A jovem levantou os braços em atitude de quem sabe que vai receber uma pancada. María segurou-a com suavidade pelos braços e com um gesto convidou-a a ficar em pé. Quando seus rostos ficaram frente a frente murmurou:

— Por favor, perdoe-me. A cabeça me dói tanto que não estava em minha sã consciência — desculpou-se enquanto pensava que talvez algum dia pudesse lhe contar por que agira daquela maneira.

Marta fez um movimento para se afastar, aterrorizada pelo que lhe pareceu uma expressão de loucura de sua ama. María a impediu, aproximou-se dela, abraçou-a e murmurou:

— Nada do que eu disse era verdade; você é a melhor criada que uma ama já teve. Agora vá e faça de conta que nada aconteceu.

Quando María ficou sozinha, soltou um suspiro de alívio. "Agora", pensou, "é esperar e ficar atenta à reação de meu pai."

No entanto, transcorreu o que restava da manhã, depois a tarde, a noite, a longa segunda-feira e nada aconteceu.

"O que pode ter dado errado? Como pode ter percebido o logro?", María perguntava-se sem parar. Sua inquietação virou ansiedade quando, na manhã da terça-feira, ouviu seu pai chamar com afabilidade o criado infiel, convidando-o a entrar em sua sala de trabalho.

Correndo o risco de ser descoberta, grudou o ouvido na porta e ouviu seu pai perguntar detalhes sobre o que acontecera na casa enquanto estivera na Corte. Tremeu de medo quando ouviu que Alonso Martín e Juan de Sanabria levantavam suas taças e brindavam reiteradamente à grande expedição ao Rio da Prata. Percebeu pelos sons que o criado se retirava e recuou cuidadosamente para ficar observando de um lugar onde não pudessem surpreendê-la. Viu-o fazer sua reverência habitual no umbral e se afastar com um sorriso de satisfação desenhado no rosto.

"O que fiz de errado?", perguntou-se muitas vezes María, sem conseguir uma resposta medianamente satisfatória. "Agora", pensou, "devo me preparar para quando meu pai me chamar e tiver de lhe dar explicações. E explicar o quê? Contar toda a verdade e desistir de tudo? Não, María", afirmou, "isso nunca!"

Pouco mais tarde, Sanabria gritou para que encilhassem seu melhor cavalo e ordenou a dois criados que se preparassem para acompanhá-lo. Quando soaram as 9 horas, despediu-se dizendo que ainda poderia aproveitar algo do frescor da manhã. Anunciou que voltaria em dois ou três dias, e sem mais nem menos esporeou seu cavalo até a porta da cidade que apontava para Carmona.

"Como meu pai tem consciência de que a ansiedade pelo castigo fere mais do que o chicote!", murmurou, resignando-se a esperar para saber o que pretendia. No entanto, ao amanhecer da quarta-feira, um agitado ir-e-vir de criados deixou claro que algo estranho estava acontecendo.

María enviou Marta à cata de notícias. A criada voltou pálida e agitada, dizendo:

— Dizem que Alonso Martín não se levanta desde ontem; Alonso Martín está morrendo!

— Como?

— Sim, minha senhora; dizem que está frio como um cadáver e tem o corpo todo amarelo.

— Afaste-se — ordenou, e fez um movimento para se encaminhar ao quarto do enfermo. Deu alguns passos e mudou de rumo, dirigindo-se ao encontro da mãe. Entrou sem bater e anunciou: — Mamãe, parece que Alonso Martín amanheceu muito doente.

Mencía respondeu, sem nenhuma emoção:

— Eu sei; o confessor já foi chamado. O que a leva a me trazer essa notícia com tanta inquietação? — surpreendeu-se.

— É que se trata de um bom servidor desta casa.

— Desta casa ou de seu pai?

— Você por acaso não tem piedade?

— Filha — murmurou Mencía olhando-a nos olhos —, a morte de um semelhante sempre desperta compaixão. Mas por que você está tão aflita com a agonia de Alonso Martín?

— Quero... preciso falar com ele a sós!

— María — murmurou Mencía —, embora você me esconda o que está acontecendo, não pode me impedir de saber que é uma coisa grave.

— Mãe, eu lhe contarei, mas agora preciso que confie em mim e encontre uma maneira para que eu possa falar a sós com o criado.

— Eu a obedeço, mas muito preocupada.

— Agora — exigiu María.

Mencía acabou de se vestir e se apressou a ir ao quarto do enfermo. Encontrou Alonso Martín deitado de boca para cima com as mandíbulas tão abertas que pareciam desencaixadas. Seu hálito impregnava o ar com cheiro de alho. De segundos em segundos se contraía como se tivesse recebido uma agulhada no estômago para em seguida se esticar tanto quanto seu comprimento permitia.

Mencía se aproximou com delicadeza e substituiu a criada que atendia ao doente. Ordenou-lhe que fosse ao encontro de María e lhe dissesse que queria seu próprio rosário. Acrescentando que Alonso Martín precisava de tranqüilidade, rogou que saíssem todos os que estavam no pequeno quarto.

María chegou segurando ostensivamente o rosário que lhe havia sido encomendado. Uma vez no quarto, pediu a sua mãe que se retirasse, mas Mencía argumentou que era impossível fazê-lo sem que os criados começassem a fazer todo tipo de especulação.

— Tentarei não ouvir — assegurou à filha e se retirou ao canto mais afastado do quarto.

Os olhos do moribundo e os de María se encontraram. A dor não impediu que o criado encontrasse raiva no olhar que esperava ser de compaixão.

— Por quê? — perguntou Alonso Martín.

Antes que María articulasse uma resposta, souberam que o confessor estava chegando. Mãe e filha se apressaram em sair. Já no pátio, Mencía se inclinou diante o religioso e a modo de boas-vindas sussurrou:

— Entre, reverendo padre. O médico disse que não há tempo a perder, que este pobre homem durará pouco entre nós...

O confessor da família assentiu com a cabeça e continuou seu caminho. Reprimiu um bocejo e recomendou:

— Filhas, vão e rezem pela salvação de sua alma.

Minutos mais tarde, o religioso saiu balançando a cabeça de um lado para outro, como se indicasse que não havia mais nada a fazer. Duas criadas voltaram a atender o moribundo e pouco depois uma delas se dirigiu visivelmente inquieta ao quarto de Mencía.

— Minha senhora — pediu com voz trêmula —, não se ofenda comigo nem com o atrevimento do desajuizado, que me rogou que intercedesse junto à senhora com um último desejo.

— Fale — replicou Mencía com suavidade.

— Quer se despedir da senhora e de suas filhas; e com cada uma a sós.

— Eu irei — afirmou Mencía, e quando ia fazê-lo seu olhar encontrou o de María.

— Mãe — interrompeu-a María —, meu coração estaria desprovido de caridade cristã se não quisesse rezar ao lado do leito de morte de um homem que se prepara para nos deixar.

Mencía escrutou sua filha com a intensidade de quem quer averiguar o que acontece na mente do outro. Guardou silêncio, concedeu com o olhar e se encaminhou ao quarto do criado. Mencita seguiu-a, mas mal resistiu a um instante na companhia da morte. Quando María entrou, a iminência do fim afugentara por um momento as dores do moribundo.

Sem nenhum preâmbulo, Alonso Martín disse:

— Zombando de minha desgraça, o confessor me revelou que sou vítima do arsênico; que seu pai me envenenou porque acreditava que o estava roubando.

— Por que está me contando isso?

— Por que você me olhou com tanto ódio? Em seu olhar havia veneno, mas quem me envenenou foi seu pai.

— O que você quer saber?

— Quero me confessar.

— Acaba de fazê-lo — sentenciou María.

— Está fingindo não saber ou não sabe de fato quem é o confessor?

— Não estou entendendo — replicou María sem que a dureza de sua voz se abrandasse.

— Não tenho tempo. Estou morrendo e tenho medo. Dê-me um sinal que me permita saber que me confesso diante da pessoa adequada ou saia daqui, corra e chame sua mãe.

María descarregou um olhar cruel no moribundo e em sua boca se insinuou um sorriso sarcástico. Fez um movimento de partir, parou, voltou a andar, mas antes de deixar o quarto se virou e resolveu se arriscar.

— Eu não sou a pessoa a quem você deve se confessar, mas sei que é o miserável que espionou para meu pai.

— Quem mais sabe disso?

— Sou a única.

— Então foi você.

— O que acha que eu fiz?

— Foi você quem escondeu aquele brinco entre minhas coisas — afirmou o moribundo, virando desmesuradamente seus olhos para fitar a parede situada atrás da cabeceira.

— Quem o colocou ali? — inquiriu María com inquietação, ao ver pendurado na parede o brinco de sua mãe.

— O confessor. Juan de Sanabria lhe ordenou que me viesse dizer que fui envenenado. Disse-lhe que deixasse aqui o brinco para que eu fosse com sua imagem para o inferno.

— Miseráveis!

— Não mais do que eu.

— É verdade.

— Mas temo a Deus.

María vacilou. Ia admitir que fora ela quem escondera o brinco para incriminá-lo, mas se conteve e se fechou em si mesma. "Por que haveria de arriscar alguma coisa? E se fosse uma armadilha? E se se recuperasse?", avaliou.

Alonso Martín suplicou:

— Vivi como um pária, espionando em troca de moedas de seu pai, e tenho pavor do inferno, que está abrindo suas portas para me receber.

— Eu sei.

— Confesse-me.

— Você blasfema.

— Deixe que me arrependa.

— É tarde.

— A sua voz é de aço... É igual ao veneno colocado em minha boca e... — Alonso Martín não concluiu a afirmação e perguntou: — o que você sabe?

— Tudo.

— Não — murmurou o criado balançando a cabeça de um lado para outro em negativa. — Você não pode saber de tudo.

— Sei que você é pior do que Judas.
— Rogue por minha alma. Tenho medo.
— Eu?
— Primeiro roubei e procurei a ajuda de seu poderoso pai para me livrar da justiça. Depois me acostumei a receber as migalhas que meu ofício me dá. Mas houve um dia em que quis me endireitar. Então dom Juan ameaçou entregar minha filha ao confessor para que a engravidasse e depois a levasse a um bordel. O confessor é o pior deles; é a sombra maligna de seu pai.
— É tarde para pedir que se apiedem de você.
— Eu sei, e o medo me sufoca enquanto morro.
— Morra logo.
— Antes me ouça.
— Você não pode me dizer nada que me interesse.
— Sim, posso. Em troca proteja minha filha.
— Escória — murmurou María. — Você sabe quantas surras minha mãe lhe deve? Quantas chibatadas lhe devem os criados?
— E coisas muito piores. Salve minha filha e lhe direi coisas que lhe convém saber.
— Escória — voltou a murmurar María, e fez um movimento de se retirar.
— Espere — reteve-a Alonso.
— Esperar o quê?
— Jamais teria escondido uma jóia onde seu pai pudesse encontrá-la.
— E daí?
— Se levantar a cama sobre a qual agonizo... — Alonso parou, fatigado. Quando voltou a respirar, levou as mãos ao rosto e começou a soluçar. Recuperou a calma e repetiu: — Se você levantar a cama sobre a qual agonizo vai encontrar um feltro

na base dos pés. Arranque o pano do pé esquerdo e encontrará uma grande quantidade de papéis. Ali estão os nomes de delatores como eu; ali estão os falsos testemunhos que ajudei a levantar. Ali estão as coisas que seu pai e o confessor disseram e fizeram. Pensei que isso poderia um dia me servir de proteção. E agora, olhe para mim — implorou Alonso fazendo um esforço inútil para se levantar. Com voz quase inaudível continuou:
— Faça a mesma coisa com o pé direito e encontrará as jóias e as moedas que ganhei roubando, extorquindo os falsamente acusados, vendendo proteção.

María deteve o olhar no semblante de terror do criado.

Alonso Martín sussurrou:

— Sei que agora você partirá e deixará que eu morra como um cão raivoso.

María abandonou o quarto sabendo que não voltaria a ver com vida o criado nem o ouviria gemendo diante das portas do inferno. Já no pátio, encontrou-se com Mencía, que se empenhava em dar ordens aos criados para dissimular a longa duração da visita ao moribundo.

— Mãe — pediu —, você pode mandar buscar a filha de Alonso Martín?

Mencía assentiu e minutos depois estava na presença de ambas uma jovem de 13 ou 14 anos, de aspecto vivaz.

— Você sabe que seu pai está morrendo? — perguntou María.

Inés respondeu com simplicidade:

— Sei.

— Quer fazer alguma coisa por ele?

— Pode-se fazer algo? — perguntou com mais resignação ao que tristeza.

— Pouco e muito.

— Saberei o que fazer?

— A morte não a assustará?

— Ficarei e enfrentarei o medo.

— Assista-o então em sua última hora. Faça-o saber — enfatizou María — que mandei dizer que suas senhoras rezarão por sua alma e que, se depender delas, Deus haverá de perdoá-lo.

— Obrigada, minha senhora — murmurou a jovem, e ficou ao lado do leito do pai durante as 24 horas de agonia.

III

O CORPO DE Alonso Martín foi despachado sem lágrimas. María conseguiu que todos fossem ao enterro. Quando ficou sozinha, apropriou-se daquilo que o criado infiel guardara. Escondeu no meio de suas roupas os papéis que encontrara escondidos na cavidade do pé esquerdo da cama. Surpreendeu-a a quantidade de objetos acomodados no pé direito. Incapaz de avaliar o valor correto das jóias e moedas, guardou-as em uma bolsa. Teve a calma necessária para colocar novamente no lugar, com todo o cuidado, os feltros que dissimulavam o esconderijo agora vazio e voltou ao seu quarto. Preparou-se para ler os papéis, mas se repreendeu por sua falta de precaução.

"Não posso fazer nada", pensou, "antes de escolher um esconderijo totalmente seguro para o diário da infâmia e as moedas de Judas. Onde vou guardá-los?", perguntou-se várias vezes, consciente da importância crucial daquele legado. Depois de conseguir se acalmar, percebeu a impossibilidade de escondê-lo adequadamente sem ter tempo nem ferramentas.

"Cabeza de Vaca!", pensou quando o desassossego começava a invadi-la. "Vou apostar; desta maneira também provarei que confio nele."

A decisão deixou-a tranqüila. Avaliou o tempo disponível e estimou que não faltava mais de uma hora para que voltassem do funeral. "E isso", alarmou-se, "não é tão grave como a possibilidade de meu pai chegar antes do previsto."

Quando vozes abafadas anunciaram que aqueles que haviam acompanhado o cadáver do criado infiel estavam voltando, María já tivera tempo suficiente para terminar a leitura. Acompanhou muitas vezes com expressões de asco o relato das vilanias de seu pai e do confessor. Sempre que não conseguia entender totalmente o conteúdo dos papéis que lhe haviam sido legados, pensava: "Cabeza de Vaca saberá do que se trata."

Enumerou mentalmente tudo o que lhe enviaria e levou a palma da mão à testa, como se tivesse se flagrado em um brutal esquecimento. Tirou de seu esconderijo o brinco e o crucifixo que havia plantado e recuperado entre os pertences dos criados inocentes e os colocou em um lenço. Antes de dar o nó, pegou o crucifixo prateado, beijou-o e distanciou-o de seu rosto para examiná-lo melhor. Distraiu-se um instante contemplando a desmesurada ferida que o ourives desenhara nas costas de Jesus Cristo. Depois se apressou em guardá-lo, como quem se sente sob o olhar de um censor. Rabiscou uma explicação num pedaço de papel e chamou a única criada em quem confiava.

— Marta — ordenou —, entregue isto a dom Álvar! E de maneira alguma diga a alguém onde você foi. Minha vida depende disso, você me entendeu?

A jovem assentiu com um gesto enquanto María a despachava repetindo:

— De maneira alguma. E agora vá, apresse-se, pois ninguém pode notar sua ausência. — Maldição! — proferiu María não muito depois, quando um sonoro repicar de cascos anunciou que Juan de Sanabria havia regressado. — Maldição! — repetiu a jovem para si mesma indo receber seu pai e ao mesmo tempo procurando uma maneira de distraí-lo.

Encontrou-o quando já havia desmontado e observava com curiosidade a fita preta que identificava o quarto que fora de Alonso Martín.

— O que aconteceu? — perguntou dom Juan aos criados que se aproximaram para atendê-lo.

María ficou admirada com o cinismo do senhor, mas surpreendeu-a ainda mais a ingenuidade dos criados que lhe contaram a repentina enfermidade. A jovem evitou cruzar o olhar com o do pai, temendo que transparecesse o que ela sabia. Afastou o mau pensamento com um gesto, aproximou-se e o cumprimentou com uma reverência.

Como se não fosse necessário responder, Juan de Sanabria desviou o olhar para os criados e gritou:

— Quero todos aqui no pátio às 12 horas, pois irei falar: ninguém deve faltar!

María mal conseguiu dissimular o desassossego, fez uma nova reverência e perguntou com voz muito abafada:

— O senhor não deseja se refrescar primeiro?

— Os grandes acontecimentos não podem esperar — jactou-se Sanabria enquanto em seus olhos brilhava uma desconfiança do gesto amável. — Quando baterem as 12 quero todos aqui! — voltou a berrar.

— Sim, senhor — concluiu María e se retirou.

Depois, antes de entrar no quarto de Mencía, perguntou:
— Mãe?
— O quê?
— Marta não estará de volta antes das 12.
— Aonde você a enviou?
— O que importa? Não precisa saber.
— Está bem, mas aonde?
— A Cabeza de Vaca.
— Meu Deus, meu Deus — invocou Mencía escondendo o rosto nas mãos.

— Deixe Deus de lado e pense no que dizer!
— Meu Deus, dom Juan não aceitará nenhum pretexto.
— Direi a verdade.
— Você está louca. E, mesmo assim, não evitará a condenação de Marta.
— Tentarei distraí-lo.
— Tem de haver uma saída!
— Arrume-se enquanto vamos pensando; só pioraremos as coisas se não chegarmos na hora.

Enquanto os minutos passavam densos e vertiginosos, María articulou mil planos e não conseguiu confiar em nenhum. Quando chegou a hora marcada, situou-se em uma ala do pátio, ao lado da mãe e da irmã. Mais atrás estavam enfileirados os criados, a quem Sanabria tratava como se fossem seus bens. Doze badaladas sacudiram o ar quente. Juan de Sanabria não precisou de mais de um olhar para exclamar:

— Está faltando alguém!

O silêncio se abateu durante segundos sobre a criadagem. María e Mencía trocaram um fugaz olhar de desespero. María fez um movimento para dar um passo à frente, mas sentiu que as unhas de Mencía se cravavam em seu braço para impedi-la.

— Falta alguém! — voltou a gritar Sanabria. — E agora já sei quem é — exclamou um instante mais tarde, satisfeito com sua perspicácia. — Marta! — exclamou com ar de triunfo.

Então, vindo do fundo, a jovem criada abriu caminho. A agitação de seu rosto e o suor que a empapava devido à corrida estava dissimulado por pesadas manchas de fuligem.

— Perdão, meu senhor — pediu gesticulando para limpar as manchas e ajeitar as roupas. — Perdão — voltou a pedir Marta, que explicou com voz trêmula: — quando o senhor chamou, corri para me arrumar e, ao terminar, vi que o fogão queimava em excesso; fui tirar alguns tições e fiquei assim. Estou envergonhada de me apresentar diante do senhor neste estado e por isso fiquei atrás dos mais altos de seus servos, como se não soubesse que nada escapa aos seus olhos.

Sanabria se preparou para fulminá-la, vacilou e finalmente disse em voz muito baixa, para si mesmo: "Não é ruim parecer magnânimo de vez em quando. Além do mais, gosto das criadas que se preocupam em economizar o carvão do senhor."

Finalmente sentenciou, dirigindo-se a todos:

— Desta vez está perdoada!

Aproveitando o silêncio que lhe garantia que seria obedecido, prometeu:

— Levarei aqueles de vocês que me sejam absolutamente fiéis às Índias e lhes darei boa vida!

Sanabria fez um silêncio prolongado. Passeou seu olhar examinando o rosto de cada um dos presentes e depois disse:

— Eu os reuni para lhes dizer o que precisam saber. Direi primeiro — e esfregou as mãos com satisfação — que a expedição que transformará meus criados nos serventes mais ricos do mundo já tem um capitão. Os navios — acrescentou, depois de uma pausa que aumentou o suspense — já estão sendo escolhidos pelo olho sagaz do capitão Juan de Salazar.

O murmúrio de admiração revelou que só os criados menos avisados desconheciam que Salazar participara da expedição de Mendoza ao Rio da Prata; que, ao fugir de Buenos Aires, onde os espanhóis comiam uns aos outros, chegara perto de Eldorado.

Satisfeito com o efeito de suas palavras, Sanabria anunciou:

— Será necessário redobrar os esforços, mas no final de abril enfrentaremos o mar. Teremos muito a fazer — sorriu o senhor enquanto detinha seu olhar em cada um dos presentes, como se os acusasse de pouca disposição para o trabalho.

"Abril", murmurou María fazendo contas. "Não vai conseguir em tão pouco tempo", esperançou-se. "Tentará tudo, inclusive acertar precipitadamente as bodas de Mencita e as minhas, mas não conseguirá. E se conseguir?", inquietou-se, abrindo um dedo após o outro para recitar os nomes dos oito meses que faltavam até o mês apontado por seu pai. Maldisse as dificuldades que a condição de mulher lhe apresentava e concluiu: "Preciso esperar, ficar em guarda e saber o que ele está tramando; isso é tudo o que posso fazer."

JUAN DE Sanabria culpou primeiro as febres de fim do verão que naquele ano açoitavam com especial crueldade os bairros pobres de Sevilha. Depois insistiu em dizer que não estava lhe acontecendo nada, mas que não era conveniente iniciar as atividades antes que passasse o calor de setembro, que lhe parecia de uma intensidade incomum. Em outubro voltou a um ritmo de trabalho frenético, como se a energia tivesse voltado a seu corpo. Parecia recuperar o tempo perdido avançando a passos largos na negociação, compra e armazenamento de mercadorias que eram valiosas nas Índias.

No entanto, para María os dias transcorriam lentamente. Cruzava com freqüência com o enérgico Juan de Sanabria e temia que tivesse se recuperado. Tremia toda vez que o via com um sorriso de satisfação nos lábios. Trancafiada, salvo as imprescindíveis saídas à missa, era consumida pela ansiedade. Certa de que seu único trunfo era o próprio plano que inventara, passou semanas sem sair de casa. Não quis assumir o risco que implicaria se comunicar com Cabeza de Vaca e agiu para que ele soubesse disso. Viu a chegada e a instalação das cores do outono e depois observou o vento levantar as folhas amarelas do chão. Em dezembro suspirou com alívio porque Sanabria reduziu sua atividade, parecendo perder parte do vigor recuperado.

Então, a duas horas de caminho de Sevilha, morreu seu tio Hernán Cortés. Não houve quem não quisesse ir visitar os despojos do mais famoso e um dia o mais bem-sucedido dos conquistadores. O curto caminho até Castilleja foi ocupado por ginetes enlutados e por carruagens escuras nas quais viajavam damas discretas porém ricamente vestidas.

Os recém-chegados queriam ver o caudilho morto. Murmuravam palavras graves sobre a brevidade do dia. Saíam como se procurassem a luz do sol e escolhiam seus grupos. Como se cada um soubesse aonde devia ir, uniam-se aos maledicentes, aos invejosos ou aos que discutiam a política imperial. Misturavam-se aos que se perguntavam sobre o destino dos bens de Cortés ou aos que interrogavam sobre como poderiam tirar vantagem de tal herança. Alguns cavaleiros se alternavam em vários grupos. Certos nobres empobrecidos tinham como único interesse exibir o próprio status. Muitos homens endinheirados bendiziam a oportunidade de estabelecer contatos proveitosos.

A notícia do falecimento de Cortés surpreendera Juan de Sanabria no leito, que não abandonava havia dias. Sentia que a morte aplainara o único obstáculo que o impedia de se converter no homem mais rico e famoso do mundo. Seu espírito melhorou como se o Imperador o tivesse convidado para um banquete e a energia voltou aos seus músculos.

Vestiu suas melhores roupas de gala e ordenou que adornassem com toda riqueza seu corcel favorito. Quando estava pronto para sair, mandou chamar sua esposa e ordenou:

— Prepare-se e mande suas filhas se arrumarem. Vamos à feira.

— À feira?

— Não é na feira que procuramos compradores para os nossos animais?

— Como elas devem se vestir? — perguntou Mencía, fingindo não ter percebido a grosseria.

— Com todo o luxo que a ocasião recomenda — ordenou Sanabria. — E com tudo à mostra, até um pouco mais do que o recato permite — sorriu puxando com o dedo indicador o decote de Mencía e descobrindo seus seios. — Você já sabe... — concluiu sorridente —, vamos à feira.

Juan de Sanabria voltou a sorrir, montou no cavalo e antes de se afastar reiterou:

— Apressem-se. Os compradores não gostam de esperar.

Já passava do meio-dia quando a carruagem que levava Mencía, María e Mencita se deteve em Castilleja de la Cuesta, junto ao convento em que jazia o corpo do conquistador do México.

"Velho desprezível", sorriu María ao chegar ao ataúde. "Por que não tenho compaixão?", reprovou-se. "Ou é inveja de suas façanhas, de sua fama imortal? É...", ia responder, mas se persignou e pensou: "Deixe os mortos em paz e procure sua gente."

Inclinou-se ligeiramente para reverenciar uma imagem do crucificado e, como se tivesse pressa, saiu. Ao fazê-lo tropeçou em um religioso.

— Desculpe — pediu María e fez uma reverência, surpresa não só pelo tropeço como também pela juventude do homem muito magro que vestia o hábito.

— É um prazer encontrá-la.

María hesitou sem conseguir definir se a resposta fora irônica, lasciva ou excessivamente formal.

— Desculpe, Reverência — voltou a pedir e se apressou para continuar seu caminho.

— Parece — alcançou-a a voz do religioso — que estava fugindo de quem já não pode feri-la.

— Como? — a jovem se virou para responder com uma familiaridade que de imediato lhe pareceu inadequada. — Como disse, reverendo? — corrigiu.

— Ainda não nos apresentamos — o risonho religioso mudou o rumo da conversa.

— Por que deveríamos nos apresentar? — interrogou María com altivez.

— Todos os homens não somos irmãos?

— Por que não pergunta isso a quem viemos reverenciar? — replicou María indicando com o olhar o lugar onde repousavam os restos de Cortés.

— Veio reverenciá-lo?

— Quem você acha que é para me interrogar? — desafiou María, usando deliberadamente a linguagem para lhe faltar ao devido respeito.

— Está dizendo que todos reverenciam seu tio e parece que também não se nega a fazê-lo — sorriu sem dar sinais de ter percebido a intenção da jovem de ofendê-lo.

— O que você sabe a meu respeito, quem lhe disse que ele é meu tio? — insistiu na provocação do tratamento familiar.

— Tudo se sabe — sorriu o religioso, que dava mostras de estar mais se divertindo do que se sentindo ofendido.

Embora intrigada e, sobretudo, desconcertada, a impaciência de María foi mais forte e voltou a fazer um movimento para ir embora.

— Espere.

— Por quê? — respondeu a jovem com um sorriso insolente.

— Confissão.

— O quê?

— Há quanto tempo não se confessa?

— Há três dias! — afirmou María e, irritada por ter respondido, acrescentou: — Adeus.

— Está mentindo.

— Adeus — replicou María com fúria.

— Não reconhece Nosso Senhor. Vou fazer com que o veja de perto! — conteve-a o religioso. Tirou o crucifixo de prata que estava sobre seu hábito e depositou-o na mão da jovem: — Esperava que o tivesse reconhecido de longe.

María hesitou, mas examinou a peça que lhe era oferecida e em um instante teve plena certeza. Tratava-se do mesmo crucifixo que havia apontado como roubado para incriminar o servente infiel e que depois fizera chegar a Cabeza de Vaca. Reprimiu um tremor de inquietação, levantou a vista e interrogou-o com os olhos.

— Sim, claro que foi ele quem me deu — respondeu o religioso.

— Por quê?

— Para responder, primeiro teria de explicar por que o aceitei.

— Explique-se! Explicai-vos! — corrigiu-se María.

— É uma história comprida. Se Cabeza de Vaca sabe o que faz, não faltará oportunidade — garantiu olhando para cima como se estivesse invocando o testemunho do céu. Depois de uma pausa perguntou: — Além do seu confessor e da senhorita, alguém mais sabe ou suspeita de que seu criado morreu envenenado?

María demorou a responder, tomada de surpresa pela mudança do tom da conversa.

— Ninguém — respondeu com convicção.

— Nem mesmo pelos sintomas, pela doença repentina e depois a morte?

— Não... Talvez porque meu pai o tenha tratado com falso afeto até o fim. Suponho que em minha casa ninguém imagina um crime que não tenha sido ordenado por meu pai. O desgraçado não disse nada porque — Deus deverá levar em conta o gesto — temia represálias a sua filha e em todo o caso já não podia evitar a própria morte. Pode ser que, além disso, acreditasse que me ajudando com seu silêncio restaria alguma esperança para sua vingança. E eu — afirmou María — tenho evitado dizer palavra, até mesmo àqueles que me são mais fiéis, porque não ganhariam nada se ficassem sabendo. Mas por que isso lhe importa tanto?

— Porque nesse caso o único traidor que pode ter levado a informação aos inimigos de Juan de Sanabria é o seu confessor.

— Estão acusando-o disso? — indagou María com expressão de repugnância.

— Não fale no plural. Sou apenas um mensageiro que quer evitar que a peguem desprevenida — sorriu o religioso e acrescentou: — e há outras questões. Nos papéis que o criado escondia, são apontados outros crimes. Se os inimigos de Sanabria estão sabendo de tudo, seu pai achará que seu confessor vendeu seus segredos.

— E o que meu pai vai fazer?

— Minha filha — ironizou o religioso —, você está fazendo muitas perguntas. Suponho que, se puder, o matará, e se não puder, fará com que caia em desgraça.

— De qualquer maneira, ficarei livre do miserável! — suspirou María. — Mas usará meios asquerosos... — ia completar, mas o frade pediu seu silêncio.

— Já nos expusemos excessivamente. Se lhe perguntarem o que eu queria, diga que sou um charlatão. Acrescente que seu capitão Salazar aceitou-me ao seu lado. Que achou difícil suportar meu cheiro de vinho. Diga qualquer coisa que lhe pareça útil para que dom Juan me leve para servi-lo — riu discretamente. — Ah... — acrescentou —, eu me chamo Agustín; frei Agustín — despediu-se com um sorriso, mas antes que a jovem se afastasse voltou a pedir sua atenção e observou: — Já que, segundo diz Cabeza de Vaca, a senhorita é uma espécie de capitão nas sombras, não me oponho que na intimidade não me trate com a linguagem que meu hábito a obriga a usar. Que seja essa a nossa contra-senha! — murmurou e levantou a mão direita como se fosse fazer um brinde.

María voltou ao pátio interno do convento onde estavam reunidos os seus e encontrou nos olhos de Juan de Sanabria um olhar de fera encurralada. Mais tarde voltou a vê-lo, mas desta vez lhe pareceu que seu rosto abatido destilava cólera. No meio da tarde, achou que um sorriso malévolo se aninhava em seu semblante cinzento. Viu-o se afastar e dar uma breve caminhada. Saiu com passo vacilante e voltou depressa, como se estivesse meditando sobre uma decisão. Quando voltou a se aproximar, falou em um tom familiar ao qual Mencía e suas filhas não estavam habituadas.

— Espero — sorriu tentando superar o mal-estar que, apesar de seus esforços, não o abandonava — que vocês não tenham cometido muitos pecados.

As mulheres se olharam com inquietação porque nada em dom Juan denotava a ameaça contida em suas palavras. Assentiram com a cabeça e Sanabria continuou:

— Ou, ao menos, que, se tiverem, não os tenham confessado.

As três mulheres voltaram a trocar olhares inquietos. Dom Juan esboçou um sorriso. Alongou a pausa como se lhe faltassem forças, deu um passo à frente para se aproximar do grupo e asseverou com voz de conspirador:

— Vocês precisam jurar que não repetirão o que lhes digo.

Mencía, María e Mencita se persignaram em uníssono e assentiram com a cabeça. Sanabria sussurrou:

— O porco do nosso confessor levantou calúnias contra mim. Deus sabe que ele pagará por isso, mas não é bom que se saiba que minha mão esteve envolvida nessa história. Até que pague, evitem fazer qualquer confissão que esse miserável possa usar contra minha casa. Entendido? — ameaçou Sanabria.

Depois, como se as outras não existissem, interrogou María:

— Eu a vi falando com um jovem. O que ele queria?

— Não era um jovem. Era um frade — respondeu María torcendo para que seu pai insistisse em lhe fazer perguntas.

— Eis aqui uma jovem que acredita que os frades não podem ser jovens — ironizou Sanabria para depois ordenar: — Eu perguntei o que ele queria!

Com a segurança de quem teve tempo para pensar em uma resposta María afirmou:

— Jactar-se de sua amizade com o capitão Salazar. Afirmar que tudo o que deseja é servir a Deus participando de sua expedição.

— O que você achou?

— O que posso dizer? E muito menos sobre um ministro de Deus.

Apesar de estar sentindo náuseas, Sanabria admirou a aptidão de sua filha de responder com correção. Pegou-a pelo braço e afastou-a do grupo.

— Disse que quero sua opinião — ordenou, mas com afabilidade.

— Tinha muita vontade de falar e cheirava bastante a vinho. É jovem e alegre. Creio que falou comigo porque deseja ficar sob a proteção de um grande senhor.

— Parece que isso vai acontecer — sorriu Sanabria, ao mesmo tempo em que indicava com um gesto a María que podia voltar para perto de Mencía e Mencita. Mal começara a andar, dom Juan lhe ordenou: — Diga a sua mãe que já é hora de empreender a viagem de volta a Sevilha; eu as alcançarei no caminho.

Horas mais tarde, Sanabria mandou que o criado que ficara para acompanhá-lo trouxesse as cavalgaduras. Quando montaram, dispostos a empreender o regresso, sentiu que os últimos raios de sol acariciavam sua nuca e lamentou que não conseguiria chegar ao rio antes que estivesse completamente escuro. Com um gesto quase imperceptível, açulou o animal, que começou a trotar. Um momento mais tarde se sentiu incomodado e retraindo levemente as rédeas ordenou ao animal que voltasse a marchar a passo.

— De novo enjoado! — maldisse Sanabria e tentou se concentrar em seus planos para evitar pensar no crescente mal-estar. Distraiu-se observando os caminhantes que iam em direção aos restos mortais de Cortés ou regressavam a Sevilha. Entreteve-se catalogando os que lhe pareciam mais robustos, ágeis ou atentos e os imaginou lhe suplicando para participar de sua expedição. Sentiu-se capitão de muitos e em seu semblante se instalou um sorriso de satisfação que logo virou uma careta de dor. Os dentes apertados se entreabriram e deixaram escapar uma maldição em voz tão alta que o próprio doente se sobressaltou.

Chegou a sua casa deitado para a frente sobre o dorso de seu cavalo, embora tivesse se recusado a entregar as rédeas ao criado que o acompanhava. Dentro do pátio, os serventes o ajudaram a apear e o conduziram ao leito. Com raras interrupções, permaneceu ali até o dia 24 de dezembro. Nesse dia se sentiu saudável e foi à missa para dar graças ao Altíssimo. Usou o dia de Natal para receber autoridades eclesiásticas e militares. Em 26 de dezembro, ocupou-se ouvindo pedidos de marinheiros que queriam fazer parte de sua armada. Em 27, foi com todos os habitantes de sua casa à missa e depois ao cemitério para se despedir do confessor, que fora encontrado flutuando no Guadalquivir. No dia 28, anunciou que uma casa decente não podia prescindir dos serviços de um religioso. Nesse mesmo dia mandou chamar à sua presença o frade que conhecera no funeral de Cortés. Em 29, apresentou o frade Agustín Casas, destacando que era necessário levar muitos jovens às Índias. Trabalhou com dedicação até o último dia do ano. No domingo, primeiro de janeiro de 1548, foi à missa. Teve dificuldade de conseguir ficar até o fim da cerimônia.

Decidiu que o ar frio lhe faria bem e se dispôs a caminhar as centenas de passos que o separavam de sua casa. Aqueles que caminhavam o ouviam maldizer, apertando o lado direito do ventre com a palma da mão direita. Sanabria se encurvou e achou que ia desabar, mas conseguiu se endireitar. Manteve-se rígido, lutando para controlar seu corpo e deter as ondas de pânico que o atacavam. Perguntou-se a qual dos transeuntes poderia pedir socorro sem ser roubado. Prestou atenção ao que diziam uns homens vestidos com relativa decência. O medo voltou a atacar a fortaleza que Sanabria havia erigido quando conseguiu entender que se referiam a ele. Aguçou o ouvido e decifrou o comentário de um deles:

— Como o velho Sanabria está pálido!

Aquele a quem era dirigido o comentário apontou com o olhar um cão morto e assentiu:

— Parece mais cadavérico do que aquele ali.

— Primeiro Hernán Cortés e depois Sanabria. Parece que um bom primo se prepara para acompanhar o outro — riu entre os dentes o que falara primeiro. — Todos sabem que está morrendo e o infeliz acredita que irá ao Rio da Prata.

— Quem será seu herdeiro...? — Sanabria pareceu ouvir antes que a conversa se tornasse inaudível.

Engoliu saliva e achou que estava ingerindo chumbo fundido. Apertou o estômago com a mão, mas a sensação de estar sendo queimando por dentro não diminuiu. Seu coração disparou e lutou para chegar à garganta. Seu braço procurou a parede e encontrou o vazio. Desmaiou e sem recuperar os sentidos foi levado a sua casa. Quando voltou a si disse a si mesmo que tudo fora um pesadelo. Quis se levantar, mas a debilidade o impediu e lhe mostrou a amplitude de sua deterioração física. Interrogou o médico e despediu-o entre insultos e blasfêmias porque nem conseguiu enganá-lo nem atenuar o pavor que o sacudia. Procurou rezar e não pôde sequer manter a compostura. Bebeu em grandes goles a quantidade de aguardente necessária para perder os sentidos. Quando acordou e conseguiu colocar em ordem seus pensamentos, o medo voltou a atazaná-lo. Gritou que chamassem sua mulher e sem dar tempo sequer para que se aproximasse lhe ordenou que chamasse os melhores médicos. Sem conseguir suportar o próprio terror, voltou a ingerir grandes goles de aguardente e se refugiou nas macias arestas da embriaguez.

Enquanto isso, Mencía tentou fazer o que lhe fora ordenado. Pensou em consultar o médico que seu marido havia expulsado, mas resolveu que não devia. Dispôs-se a chamar o novo confessor, mas achou que isso só aumentaria o pavor do marido. Vestiu-se para sair à procura de conselho, mas achou que não devia se ausentar, pois se seu marido recuperasse a consciência poderia chamá-la. Sem saber que decisão tomar, perguntou a sua filha.

María respondeu:

— Qualquer um diria, mamãe, que a enfermidade de seu marido a atormenta.

Mencía fitou-a longamente e depois de hesitar um pouco afirmou:

— Não, não é a doença dele que me preocupa.

María passou um braço por cima de seu ombro.

— Venha — pediu e a conduziu até a beira da cama. Sentou-se ao seu lado e apertou-a contra seu corpo. — Tentemos ver, mamãe, qual é exatamente a situação e o que devemos fazer — sugeriu.

— Cumprir a ordem de Sanabria — contestou sem vacilar Mencía.

— Você deve aceitar, mamãe, que Sanabria já não está em condições de dar ordens e que alguém terá de fazê-lo em seu lugar.

— Seu filho Diego — hesitou Mencía.

— Diego, mamãe, está longe, e você sabe muito bem que mesmo que viesse não é uma pessoa que saiba mandar.

— Eu não posso... — voltou a titubear Mencía.

— Você não tem escolha. Pode optar por não dar ordens e deixar que as coisas sigam por si mesmas o pior caminho ou tentar ajeitá-las.

— O que quer dizer?

— Sanabria ordenou que fossem chamados os melhores médicos. Isso não será ruim nem para ele nem para a gente.

— O quê?

— Você quer que ele viva ou que morra?

— Eu... — hesitou Mencía.

— Não, não precisa me responder. Seu marido exigiu que viessem os melhores médicos e eles saberão se viverá ou quando morrerá.

— Filha, com que tranquilidade você fala da morte — inquietou-se Mencía.

— Mamãe, se quisermos nos livrar da escravidão, precisamos saber o que acontecerá.

— Mas a quem chamar, em quem confiar?

— Sem *mas*, mamãe, que assim não resolveremos nada. Vejamos o que Agustín tem a oferecer.

— Faça-o você — pediu Mencía e voltou para o lado da cama onde Sanabria permanecia bêbado e inconsciente.

— Não esperava ser chamado tão depressa — murmurou o religioso cumprimentando-a.

— Os desígnios do senhor são inescrutáveis — replicou María com ironia.

— Isso nunca foi dito de melhor maneira — sorriu o religioso.

— Ou os seus? — inquiriu a jovem assaltada por uma dúvida repentina.

— Os nossos? — perguntou o frade com seriedade.

— Perdoe. Por um momento pensei que o estado de meu pai poderia se dever a causas como as que levaram ao túmulo o criado Alonso Martín... Que Cabeza de Vaca poderia tê-lo...

— Está perdoada — afirmou de modo cortante o frade, e acrescentou: — Mas que eu saiba, ninguém, exceto o Senhor, teve a ver com o agravamento da enfermidade de seu pai. E se não estou entendendo mal, sua consciência pesada é a única causa de sua prostração diante da idéia da morte. Mas... Bem, você por acaso me chamou para confessá-lo?

— Ele morreria de medo.

— Para quê, então?

— Pediu os melhores médicos.

— E qual é o meu papel nessa história?

— Precisamos de sua ajuda para saber a quem recorrer.

— Querem salvá-lo?

— Não, eu não.

— Sem dúvida?

— Sem dúvida alguma.

— Por que tanto ódio?

— É um assunto que não lhe diz respeito.

— Bem, então por que você quer os melhores médicos? — frei Agustín retomou a conversa do começo.

— Meu pai pediu por eles.

— No estado em que está, não distinguirá uns de outros.

— Minha mãe quer que venham; eu também.

— O que pretendem?

— Ignoro o que se passa no íntimo de minha mãe. Mas preciso confirmar que Sanabria não tem esperança.

— Entendo, e você tem algum direito — murmurou frei Agustín. — Mas quanta dureza no coração! — condoeu-se balançando a cabeça de um lado para outro.

— Daqui a pouco verei seu coração bondoso impedindo que a chibata desça sobre as costas dos índios — ironizou María.

— É fácil acabar sendo uma pessoa igual a ele.

— O que você sabe! Por acaso esteve alguma vez no lugar das mulheres desta casa? Mas não vamos perder um tempo que já é escasso para Sanabria.

— Voltarei com quem puder conseguir.

Nas horas seguintes três prestigiados médicos desenganaram Sanabria.

— Não chegará a ver a primavera — concluíram.

Depois deles, o frade procurou aproximar-se do leito do enfermo para lutar pelo seu consolo e pela saúde de sua alma. Sanabria acreditou que recebia mais um médico e tentou se levantar. Ao ver o hábito, uivou como se frei Agustín viesse arrancar seus olhos a dentadas. Tirou forças do desespero e o atingiu com um candelabro, vomitando insultos carregados de terror. Sanabria voltou a submergir no soluço e na aguardente, enquanto o frade machucado retrocedia surpreso com a pontaria do doente.

— Permita-me ver essa ferida — esforçou-se María para conter o sangue que jorrava de sua cabeça enquanto deixava que em seu sorriso brilhassem reflexos de zombaria.

— Permito — balbuciou o religioso.

— Eu esperava que você desviasse o candelabro com uma palavra positiva.

— Parece que suas palavras são mais afiadas do que as armas de seu pai — replicou frei Agustín, concentrando toda a sua atenção no esforço de não se queixar.

— Precisarei de você para as palavras de alento — María mudou de assunto.

— O que você disse?

— Terá de mudar; terá de se abrir uma brecha por onde a luz entre nesta casa.

— Agora reconheço uma filha de Deus, embora seja melhor esperar que o cadáver fique frio — ironizou o ferido.

— A esperança é impaciente. Preciso que você diga a Cabeza de Vaca que preciso vê-lo.

— É perigoso para vocês dois — hesitou o religioso, mas aquiesceu. — Voltarei com a resposta. Quem diria que este aspirante a anunciador do evangelho se tornaria um mensageiro de conspiradores!

Pouco tempo e longas passadas mais haviam transcorrido e María já sabia que o encontro seria dois dias depois na casa do capitão Salazar. Na quarta-feira marcada, María se vestiu como quem viesse de uma casa em que se instalara a desgraça. Chegou discretamente e, tal como fora acertado, entrou sem bater. Seguiu à direita por uma galeria coberta, depois à esquerda e voltou a dobrar à direita diante da terceira porta. Lá dentro se levantaram em uníssono para recebê-la frei Agustín, o capitão Salazar e Cabeza de Vaca.

"Com muita idade ou sem ela, Cabeza de Vaca será sempre o homem mais interessante", pensou María. Fez uma careta de irritação pelo rumo que seus pensamentos haviam tomado, sorriu e saudou com cortesia e entusiasmo os presentes.

— Ora — Álvar Núñez tomou a palavra —, parece que no lugar de uma conspiradora nos visita uma embaixadora.

Nos olhos de María relampejou a ira, mas em um instante mudou de expressão, acentuou a reverência e ironizou:

— Príncipes como estes levariam qualquer mulher a um equívoco.

— Bem-vinda, senhora. Ouvi muitas vezes exaltações à sua grande beleza e agora que tenho a oportunidade de conhecê-la sei que os elogios foram tímidos — interferiu Salazar, fazendo uma reverência.

— Bem-vinda, dona María de Sanabria — saudou frei Agustín.

— Bem-vinda, bem-vinda... — tornou a dizer Cabeza de Vaca com calor e certo tom zombeteiro. — Ignoro que título hei de lhe dar, mas lhe dou as boas-vindas. Sente-se e coloque-nos a par.

María aceitou e sem rodeios disse:

— Estamos reunidos aqui por causa da expedição que meu pai comandará. Congrega-nos um compromisso que deverá recair em meu meio-irmão ou então sair de nossas mãos. Convoca-nos a consciência de que Diego de Sanabria não é homem de sustentar uma espada e que se mantiver seus direitos será nossa a oportunidade de fazê-lo.

— Vejo que você já está se vendo no Rio da Prata. Muitos obstáculos terão de ser superados para que isso aconteça — observou Cabeza de Vaca.

— Vim tratar disso — e se deteve perguntando-lhe até que ponto podia falar diante do capitão.

— Sem o capitão Salazar nenhuma expedição será possível — obteve como resposta.

— O que hei de fazer? — perguntou María, agora se dirigindo aos três.

— Não podemos correr riscos. Se anteciparmos nossos movimentos e Juan de Sanabria se recuperar, mesmo que só por uns dias, tudo estará perdido. Todos os movimentos que fizermos até sua morte serão passos em falso.

— E então?

— Por ora, devemos conter a impaciência. No momento, você só deve se ocupar de conseguir o apoio de seu meio-irmão. Mostre-lhe que comandando a armada desde a Espanha, ou agindo como se a comandasse, ficará com a melhor parte. Demonstre-lhe que dessa maneira tomará posse de uma grande fortuna sem correr riscos nem passar por incômodos.

— E depois o quê?

— Ai, a impaciência... — sorriu Cabeza de Vaca.

— Coloquem-se em meu lugar e veremos se são capazes.

— Estivemos muitas vezes em seu lugar — observou Cabeza de Vaca piscando para Salazar. Com mais seriedade afirmou: — Quando o inferno tragar seu pai, você já terá de ter persuadido dom Diego. Sem uma procuração que dê poderes totais a sua mãe haverá problemas.

— É tudo o que se pode fazer?

— No momento sim.

— E depois?

— Depois... Depois — murmurou Cabeza de Vaca como se sonhasse com expedições que havia planejado — será necessário organizar as tropas.

Depois de trocar um olhar inteligente com o capitão Salazar acrescentou:

— Você será assaltada por todo tipo de males no caminho e a coesão dos seus será destruída. É necessário, pelo menos, que no começo todos estejam do mesmo lado. Que obedeçam a uma única voz de comando sem vacilar.

— O que se pode fazer?

— Querida amiga, você é muito jovem e isso joga contra você; é uma dama, e isso a desqualifica. O que você pode fazer é obedecer sem hesitar ao capitão Salazar.

María observou longamente Cabeza de Vaca como se esperasse que continuasse falando. Depois deteve seu olhar no capitão e quase imediatamente o fixou no frade. Depois percorreu com os olhos o aposento, enquanto as dúvidas que podiam ser lidas em seu semblante deixavam espaço para a irritação e o desafio.

— Sem a minha participação não haverá expedição — afirmou.

— Sem o capitão Salazar não haverá ninguém capaz de conduzi-la — observou Cabeza de Vaca.

— Sempre haverá quem esteja disposto a se arriscar.

— Quem, com a qualificação sem a qual não é possível chegar? Qualquer um sabe que se o acaso os conduzisse até lá chegariam tão debilitados que pouco poderiam fazer.

— Então os homens do Rio da Prata não acatarão quem chegar nomeado pelo Rei?

— Se fosse eu e tivesse de obedecer a uma representante do governador nomeado pelo Imperador assim tão bela não hesitaria. Mas aqueles homens que recorreram a todo tipo de artifício para me depor já não distinguem mais nada. Afronta é dizer a algum deles que tem menos de cinqüenta mulheres e, como sempre ocorre, a quantidade os impede de observar a qualidade.

— Estou falando sério! — exigiu María.

— Desgraçadamente é verdade que as mulheres de lá são mais escravas do que as de qualquer outro lugar — replicou com tristeza Cabeza de Vaca, completando suavemente: — Você sabe que admiro sua têmpera e sua inteligência. Também admiro sua beleza e a estimo muito pelo fato de evitar usá-la para atingir seus objetivos.

— Você está me adulando em vez de responder.

— Você me encontra em um triste estado; a adulação não é o meu forte — zombou Cabeza de Vaca, para afirmar depois com seriedade: — Pela admiração que tenho por você e a lealdade que lhe devo, lhe direi o que provavelmente não queira ouvir. Você precisa saber que suas possibilidades de decidir ou pelo menos de influir são nulas sem a presença de um homem que lhe seja leal e exerça o comando.

María quis contestar, mas Salazar se antecipou.

— Respeitosamente — disse com elegância —, devo lhe dizer que nem eu nem nenhum capitão capaz de ir às Índias se colocará sob as ordens de uma mulher, mesmo que trabalhe por sua conta. Nem a honra permite nem a conveniência aconselha. A senhora imagina o escárnio de cada um dos marinheiros? Esta viagem me importa muito, mas sem dúvida não irei sob suas ordens nem as de nenhuma outra mulher. Por mais — acrescentou procurando ser conciliador — que meu amigo Cabeza de Vaca, a quem venero e reconheço como legítimo governador daquelas terras, tenha me falado maravilhas dessa mulher.

María adiantou o corpo como quem vai dar uma estocada com seus argumentos, mas Cabeza de Vaca a conteve e observou amistosamente:

— O que você disser, diga pensando que não vai longe aquele que na primeira rodada já quer virar a mesa e interromper o jogo.

— Mas esta é por acaso a primeira rodada? Não fui eu quem começou o jogo? Não foi meu trabalho que proporcionou uma oportunidade? Não agi para descobrir, desacreditar e até conduzir à morte quem se opunha?

— É verdade — aceitou Cabeza de Vaca. — Com muita inteligência e vigor você fez o que teria custado muito pouco a um homem de sua condição.

— A morte de meu pai, que já está próxima, deveria ser o começo de um caminho de liberdade e glória — murmurou María, sem conseguir evitar que seu semblante ficasse sombrio.

— Temo que a morte de seu pai vá melhorar a situação de muitos, mas não resolverá a de ninguém. Será boa para minha gente do Rio da Prata e para o capitão; para frei Agustín e os índios que pretende servir; para sua mãe, irmã e criados. Também sua sorte melhorará.

— Tudo para melhorar a sorte — zombou María.
— Na minha idade se sabe que não é pouco.
— Você prometeu me ajudar.
— É o que estou fazendo.

— Não é verdade.

— Não posso auxiliá-la deixando que se iluda a respeito de sua situação. Para que uma mulher possa transitar pelos caminhos da glória e da liberdade, não basta a morte de Juan de Sanabria nem a de todos os miseráveis como ele.

Como se estivesse dando a discussão por terminada, María assentiu com um movimento de cabeça, embora em seus olhos brilhasse o desafio.

— Senhores, entendo que continuamos no mesmo navio e que a ajuda recíproca que possamos nos prestar é essencial. Voltaremos a nos ver em breve. — María se despediu de todos, levantou-se e se dirigiu à porta.

— Um momento. Se estes cavalheiros me concedem a honra — reivindicou Cabeza de Vaca, olhando para o capitão e o frade —, terei o privilégio de acompanhá-la até a porta.

Sem esperar resposta, ofereceu o braço à jovem e, quando se afastaram, perguntou como se estivesse se despedindo:

— Você sabe que continuo ao seu lado? Talvez devesse tê-la prevenido de que para Salazar mulher sem varão é pior do que navio sem timão.

— Confio em você, mas por que este capitão? — replicou mais irritada do que achando graça no ditado.

— Você precisará entender que não há navegação tão segura a ponto de haver, entre a morte e a vida, mais do que a espessura de uma tábua.

— E?

— Tudo em Salazar a aborrecerá, mas você não deverá temer que lhe falte coragem e lealdade.

— Confio em você — murmurou María. Afastou-se sem esperar resposta e parou discretamente depois do portal. Aguardou que sua criada lhe indicasse a rua que estava deserta e partiu sem olhar para trás.

Os breves dias e as longas noites de janeiro se sucederam sem mudanças na casa dos Sanabria. Na última tarde desse mês Diego chegou, fatigado e se queixando do excesso de água e de frio do caminho. Desceu da carruagem e se deteve como se estivesse esperando que viessem lhe indicar o que fazer. Entrou sem vontade no quarto em que seu pai agonizava e saiu com a pressa de quem foge da morte. Tratou com vagas demonstrações de carinho a esposa de seu pai e suas irmãs e até se interessou pela sorte dos criados. Resumiu sua disposição de abandonar a vida cômoda que levava dizendo que quando vissem os peixes na terra caminhar então iria navegar. Perguntou a Mencía pelos bens da família, pelas determinações do testamento de seu pai e pelo destino do contrato de outorga da capitania. Mostrou-se disposto a conceder tudo o que lhe era pedido assim que entendeu que não só poderia continuar com a vida que levara até então em Salamanca, mas que também disporia de mais recursos para isso. Assinou sem vacilar as procurações que Mencía lhe apresentou e até mesmo, prevendo possíveis omissões, insistiu em firmar papéis em branco. Dez dias mais tarde começou a fazer comentários sobre a conveniência de continuar cuidando de seus assuntos; a afirmar que lhe era impossível fazer qualquer coisa diferente, a não ser rezar por seu pai. Segundo dizia, Salamanca não era pior, para as orações, do que Sevilha. Aceitou com resignação o pedido de Mencía para que aguardasse um desenlace que os médicos não hesitavam em apontar como iminente. Assim como todos, manteve as aparências na sexta-feira em que o corpo de Sanabria não resistiu mais e no sábado em que o levaram para ser enterrado. No dia 25 de fevereiro anunciou sua partida sem se entristecer nem causar dores. Naquela tarde distribuiu e recebeu gentis desejos de boa sorte e partiu quando o dia seguinte amanheceu. Quando a carruagem desapareceu da vista daqueles que se despediam, María pegou sua mãe pelo braço, caminhou com ela alguns passos e afirmou suavemente:

— Bem, hoje é o começo de uma nova vida.

— Bem, filha, embora eu preferisse que muitas coisas não fossem como são — suspirou Mencía.

— Eu também, mas nas Índias será diferente!

— É possível, mas aonde quer que vá sempre carregará sua condição.

— E o que acontece se sua condição é não se submeter àquilo que ela lhe impõe? — zombou María.

— Ah, filha, como admiro sua capacidade de ter esperanças!

— Você recuperará a sua.

— Se é que alguma vez a tive... Já não...

— É preciso, se quer contribuir para evitar que sua filha seja a mais desgraçada das mulheres.

— Você sabe que farei qualquer coisa por você. Mas não sou de ter ilusões.

— Você mudará.

— Deus a ouça; Deus nos leve ao Rio da Prata.

— Deixe Deus para a hora da missa, pois ainda temos muito a fazer.

— Filha, você parece saber de tudo e eu nem sei por onde começar.

— Confie em mim.

— Não sei o que faria se não confiasse em você.

— Marcarei um encontro com o capitão Salazar. Você terá de lhe dar uma procuração que valha sobre a que Diego lhe deu. Ele saberá se mexer na Corte para que reconheçam os direitos do filho de seu marido em relação à outorga. Você deverá lhe dar plenos poderes; transferir-lhe todo o comando... Mas...

— Mas o quê?

— Mas... Juro que não estou fazendo tudo isto para deixar de ser escrava dos homens na Espanha e ser escravizada nas Índias. Mulher sem varão pior do que navio sem timão! Deve ser um ignorante! — murmurou María.

— Confio plenamente em você; coloquei-me em suas mãos. Mas às vezes fico achando que você não está em são juízo.

— Salazar deverá e ao mesmo tempo não deverá ter o comando.

— O que você está dizendo?

— Salazar deverá se ocupar de nossos interesses na Corte, capitanear as naus e guiar a expedição através da selva. Mas o poder deverá continuar em nossas mãos.

— Você dirá isso a ele? Quer que ria na sua cara?

— Terei tantas incondicionalidades que não poderá evitar.

— Você está sonhando, filha. Não conhece os homens Quando surgir a primeira dificuldade, desdenharão do comando de qualquer mulher. A menos que esteja disposta — murmurou Mencía com um esgar de surpresa se desenhando em seu semblante — a prender o capitão Salazar com uma promessa de amor e casamento.

— Não, mamãe — riu longamente Maria. — Se lhe interessa, deixo essa opção para você.

— Filha!

— Mãe — replicou María ainda dando risadas, para continuar apaixonadamente: — Você tem de começar a acreditar que estamos no comando; precisa jogar fora grande parte do fardo da vergonha!

— Você quer que eu faça isso?

— Isso do capitão ou isso da vergonha? — voltou a rir María.

— O primeiro, que o segundo vejo claramente em você, embora sem achar a mesma graça.

— Não, mamãe — sussurrou María abraçando-a —, o que quero é que você aprenda a fazer o que deseja.

Mencía se afastou da filha, apoiou as duas mãos em seus ombros e seus rostos ficaram frente a frente; então disse suavemente:

— Tenho pouca iniciativa e uma esperança ainda menor; mas não me faltam luzes. Não me iludo. Você não conseguirá manter o controle. Não conhece os homens.

— É verdade, pelo menos não os conheço tanto como gostaria — provocou María.

— María!

— Outra vez a vergonha, mamãe — riu a jovem para acrescentar: — Mas neste caso estou falando de mulheres.

— O que quer dizer?

— Que no Rio da Prata não há mulheres espanholas. Que quanto mais mulheres forem na expedição, mais felizes ficarão na Corte. Precisam que os conquistadores que estão ali ilhados se casem e que nasçam filhos legítimos de espanhóis. Necessitam frear o intolerável abuso cometido contra as índias.

— Mas se não se importam conosco, como podem se importar com a sorte dessas infelizes?

— Arriscam-se a perder o país, porque já há dez mestiços para cada espanhol. Não colocam Cabeza de Vaca no comando porque sabem que não têm força para isso. Aceitarão de bom grado todas as mulheres em idade de casar que queiramos levar.

— Você parece acreditar — respondeu Mencía apesar de sua surpresa — que as mulheres nos serão leais; que somos melhores do que os homens.

— Sei, mamãe, que os homens são nossos inimigos em comum. É tão importante que ninguém saiba o que queremos fazer como que acertemos na escolha de nossa tropa de mulheres.

— Você está louca! — riu Mencía.

— Estamos loucas! — María parodiou sua mãe, e desataram a rir.

IV

A NOITE HAVIA transcorrido fria e cheia de estrelas. A brisa misturou as badaladas dos sinos anunciando as 6 horas. Ainda faltava um tempo para que se insinuasse a aurora do primeiro domingo de março de 1548, mas María se levantou como quem dormira esperando pelo amanhecer. Vestiu-se com simplicidade, arrumou-se com pressa, cobriu-se com uma capa e foi à cozinha, onde o fogo e uma ligeira fumaça diziam que as atividades já haviam começado.

As mulheres que sovavam o pão e cantavam baixinho saudaram-na com uma pequena reverência e um amplo sorriso. María devolveu o gesto com a amabilidade de quem se interessa pela tarefa do próximo. Em alguns instantes confirmou que todos estavam desempenhando a tarefa que havia lhes designado. Acompanhou-os em seu trabalho na atitude de quem ao mesmo tempo vigia e incentiva, até que apareceu no firmamento o róseo anúncio do novo dia. Três badaladas confirmaram que eram 6h45. Então os criados já haviam terminado de abastecer fartamente uma mesa longa e, como se seguissem um roteiro elaborado com precisão, se retiraram. Frei Agustín saiu da penumbra da qual estivera observando e se entusiasmou:

— Bom dia. É um grande dia!

— Deus queira! — respondeu María, e foram verificar todos os detalhes, até que o frade se despediu: — Até mais tarde, que minhas criaturas estão vindo.

Cinco mulheres e cinco homens muito jovens fizeram uma reverência antes de entrar e deram bom-dia. O religioso se uniu a eles, levou-os ao pátio, enfileirou-os e ficou esperando a seu lado em silêncio absoluto. Permaneceram quietos até que o eco da sétima badalada se desvaneceu. Então, 11 vozes musicais entoaram com vigor a Ave Maria. A solenidade sacudiu o ar silencioso e acordou todos, anunciando a maravilha do começo de um novo dia. Os criados se aproximaram incrédulos e ficaram alegres. Envergonhados do próprio aspecto, correram para se vestir decentemente e voltar antes que a música acabasse. Sem entender o que acontecia, sem se atrever nem querer interromper, esperaram embevecidos que a música continuasse. Mesmo depois que o eco do último acorde se esvaeceu, permaneceram no silêncio alegre que se guarda em um batismo.

— Minha mãe — María quebrou o silêncio, passeando seus olhos nos presentes — me pediu que falasse em seu nome. Minha mãe afirma — disse sorrindo e apontando com o olhar para onde estava Mencía — que as coisas mudaram. Diz que agora que o Senhor chamou aquele que foi seu marido e dom Diego voltou a Salamanca, cabe a ela comandar esta casa. Minha mãe lhes deseja que Deus esteja com vocês. Minha mãe roga que o Senhor a assista com sua sabedoria e lhe permita ser generosa com o justo e implacável com o mau. Minha mãe quer lhes recordar que o caminho para o Rio da Prata continua aberto para esta casa e todo aquele que tiver os méritos necessários. Minha mãe deseja, e eu também — acrescentou María como que envergonhada por mencionar sua própria opinião —, que haja concórdia no esforço. É hora — sorriu María apontando com o olhar a grande mesa sobre a qual aguardava um magnífico café-da-manhã — de repor as forças antes do início dos árduos trabalhos que nos aguardam em Sevilha se quisermos chegar com felicidade às Índias!

A jovem esperou um instante como se estivesse medindo o efeito de suas palavras. Em seguida se aproximou de Mencía, Mencita e frei Agustín e dirigiu-se com eles a uma das cabeceiras da mesa. Os estupefatos criados não saíram de seu lugar e se interrogaram com os olhos. Mantiveram-se na quietude de quem, havendo escutado um convite, não se atreve a crer que tivesse sido convidado. Alguns deitaram os olhos naqueles que haviam participado do coro ou preparado os alimentos, mas tampouco eles se aventuraram a responder a algo tão evidente como absurdo.

— Marta! — chamou María a sua criada — Vá até eles e diga-lhes que a distância entre quem manda e quem obedece é, por força, diferente no mar. Diga-lhes que é desejo de minha mãe que iniciemos juntos o dia do Senhor. Que venham à mesa.

Um murmúrio e um ruído tímido de passos acompanharam as palavras transmitidas pela criada. Os tímidos serviçais se aproximaram da mesa hesitando entre o recato e o farto café-da-manhã.

— Alegrem-se, irmãos! — gritou frei Agustín. — Fiquem em pé para abençoar o pão. Que Deus nos permita levar o Evangelho, a salvação e a vida eterna às Índias! Agora, irmãos — sorriu —, é dar conta com muita vontade deste pão que o Senhor nos concedeu. Adiante!

— Comece você que é o capitão — ironizou María ao ouvido de sua mãe. — Você vai ver como os outros a seguirão.

Mencía obedeceu, o frade a imitou e foi seguido por María e Mencita. Em um instante a atenção aos cheiros e sabores afrouxou as amarras que impediam a um criado tal intimidade com seus amos.

— Atenção! — voltou a pedir María quando as badaladas anunciaram as 7h30. — Minha mãe pediu para dizer que ela, minha irmã e eu nos retiramos para nos vestir como a ocasião exige. E que lhes recorde que quando baterem as 8 horas todos devem deixar a mesa pontualmente e ir se preparar para comparecer à igreja.

Sem esperar resposta, as mulheres saudaram com um sorriso e inclinação de cabeça e saíram. O frade fez o mesmo e se afastou na direção contrária. O silêncio se apoderou fugazmente da mesa, mas cedeu lugar ao murmúrio, ao sorriso, ao comentário alegre e ao riso fraterno. Sem pausa, o café-da-manhã teve o sabor de vitória até que a primeira das oito badaladas anunciou aos criados que o prazo estava esgotado.

María viveu a rotina daquele domingo como o tripulante que depois de muitos dias de espessa névoa navega sob as carícias do sol. Voltou sem agonia às perguntas que antes a atormentavam. "A casa endireitou seu rumo", pensou, "mas não devo me enganar. Todos estão mais felizes, mas em quem posso confiar? Como saberei quem me será leal? De que maneira, se nem sequer eles sabem até onde vai sua coragem, até que ponto vai sua resistência?"

Desfrutou o dia luminoso, embora sua alma descartasse continuamente as soluções que ela mesma idealizava. Quando o azul do céu começou a tornar-se negro sobre a cidade, continuou mastigando suas dúvidas, sem que se apagasse de seu rosto a expressão de serenidade de quem combate confiando em suas forças.

"Careço de experiência", balançava a cabeça e apertava os dentes, como se estivesse negando, "e isso não tem conserto. Sinto falta de um conselheiro e isso só posso conseguir pela metade", pensou, lembrando-se de Cabeza de Vaca. "Em quem confiar plenamente?", interrogou-se sem parar para concluir sorrindo: "Só em mim. Não é como se minha mãe não fosse dar tudo por Mencita e por mim, mas ela não se atreve a pensar em vitórias. A doce criatura que tenho por irmã preferiria morrer antes de ferir alguém; será mais um tesouro a proteger do que um aliado. E o capitão Salazar? Não, não...", negou María com a cabeça. "Que besteira", reprovou-se e repetiu: "Que besteira! Salazar nem sequer imagina o que há em meu coração, nem entenderia, e se entendesse, se assustaria."

"Não vou me resignar! Não passarei da tutela de alguns homens na Espanha para o domínio de outros no mar e depois no Rio da Prata. E se confiasse em frei Agustín?", avaliou María. "Poderia ser um bom cúmplice porque é movido pela paixão de defender os índios, mas como saber se posso confiar nele; que prova de lealdade posso lhe pedir?"

"Agustín, frei Agustín", repetia María para si, como se rondasse em sua cabeça o nome de seu amado. Deteve-se bruscamente, bateu na testa com a palma da mão e como que incrédula por ter encontrado uma solução murmurou: "Já sei."

Disposta a levar a cabo tudo o que havia pensado, fez com que o frade soubesse que desejava um longo intervalo de tempo para se confessar ao amanhecer do dia seguinte. Jantou com Mencía e Mencita e se retirou cedo para repassar os pontos fracos do plano. Ao alvorecer, fingiu que rezava, voltando a considerar o que ia propor. Quando o frade apareceu, deu-lhe bom-dia e afirmou bruscamente:

— Frei Agustín; reverendo. Quero me confessar, mas fazê-lo como se conversasse, como se pudesse discutir as inquietações de minha alma, que também o envolvem.

— Discurso extraordinário — brincou o religioso. — Mas não entendi aonde você quer chegar e nem sequer para onde apontou.

— Você é, entre todos os que conheço, quem está mais disposto a fazer pelo próximo o que Jesus Cristo fez por todos.

— Sua confissão é para falar de mim ou de você?
— Em quem posso confiar?
— O mundo está cheio de boas pessoas.
— Não responda besteiras — irritou-se María.
— Não posso responder adequadamente se não consigo adivinhar aonde você quer chegar. Por que não deixa o preâmbulo de lado?
— Como posso saber se posso confiar em você?
Frei Agustín ia responder, mas se deteve, balançou repetidamente a cabeça de um lado para outro em um gesto de desacordo, e depois observou:
— Não há maneira.
— Sim, há.
— Qual?
— Se lhe disser você ficará horrorizado...
— Ouço muitas coisas dignas de causar espanto da boca daqueles que se confessam e não me horrorizo.
— Trata-se disso, mas você achará abominável.
— Estou ouvindo — afirmou o frade com um gesto a meio caminho entre a curiosidade e a confiança em si mesmo.
— Atormenta-me saber que não há uma maneira segura de ter certeza em quem posso confiar. Da mesma maneira, amargura-me ver que tudo o que estou fazendo para deixar de ser serva de alguns ignorantes na Espanha servirá apenas para me tornar uma escrava de outros no mar ou nas Índias.
— Não está sendo objetiva.
— Não haverá nunca homens de talento e iniciativa em quem eu possa confiar. Mais cedo ou mais tarde se sentirão seguros e quererão assumir o comando.
— E o que isso tem de ruim?
María olhou para ele com raiva, depois com curiosidade e, em seguida, como se estivesse dialogando com um indivíduo totalmente inocente, sorriu e murmurou:

— É óbvio que você não tem idéia do que é estar nas circunstâncias de uma mulher.

Em seguida, seu semblante recuperou a paixão com a qual expunha seus argumentos e prosseguiu:

— Preciso fazer as coisas sozinha; quero eu mesma defender os meus e a justiça; conquistar o mérito de tê-lo feito. Nunca encontrarei homens que me secundem. Nunca, a menos...

— A menos quê?

— A menos que minhas tropas fossem formadas por muitas mulheres, tantas que os impeçam de me dominar. As mulheres devem ser o meu escudo protetor e a espada a meu serviço.

— Quem lhe disse que as mulheres são mais confiáveis do que os homens?

— Elas e eu temos um inimigo comum. Mas para conseguir fazer o que estou me propondo dependo de você.

— De mim?

— Deve haver no meio das mulheres algumas capazes de tudo.

— E você quer confiar nesse tipo de mulher? Deve estar louca.

— Têm de haver aquelas que são capazes de tudo e ao mesmo tempo são confiáveis.

— E você sairá procurando-as pelos arrabaldes, cárceres ou bordéis! — zombou frei Agustín.

— O que vou lhe dizer vai deixá-lo horrorizado. Não me responda agora. Vá e depois que tiver pensado me diga se sim ou não.

— Adiante com isso que vai me horrorizar — sorriu o frade.

— Preciso que você quebre comigo o segredo da confissão.

— O quê?

— Preciso de mulheres que foram capazes, por uma causa justa, de passar por cima de todas as leis humanas.

— Você se dá conta da blasfêmia implícita em suas palavras?

— Não estou blasfemando. Você as salvará do perigo que correm neste Reino. Servindo nas Índias, terão oportunidade de se redimir. Você me salvará. Salvará seus índios destas máquinas de guerra e ambição que são os homens. Se fizer o que lhe peço, terá se colocado em minhas mãos, porque bastará que eu diga uma palavra para que o condenem por ter violado o segredo da confissão, e ainda mais para uma mulher. Terá ficado à minha mercê e não o enganarei. Você me terá incondicionalmente ao seu lado para poder levar o evangelho aos índios. Sua alma margeará os fogos do inferno, mas não arderá, pois há justiça nisso que eu disse. Agora vá e que Deus nos ajude.

Durante as sete jornadas que se seguiram, falsa ou verdadeiramente doente, frei Agustín não saiu de sua cela. Macilento, ao amanhecer do dia 13, segunda-feira, retomou suas atividades.

— María de Sanabria, tão enorme era sua pergunta que Deus não me deu o menor sinal — murmurou sem preâmbulo e com a voz entrecortada. — Não me apontou o caminho do sim, nem tampouco o contrário. Temo; tenho pavor de um erro dessa magnitude. Será que Deus se cala para indicar a seus servos que eles têm a obrigação de decidir?

— E então? — inquiriu María, tentando ocultar sob a doçura de sua voz a inquietação que a dominava.

— Vou fazer uma parte do que você me pede.

— Explique.

— Não violarei o segredo da confissão. Falarei com as mulheres que você procura. Vou lhes dizer para procurá-la e confiar em você.

María conteve em parte sua alegria, reprimiu o impulso de abraçá-lo, fez um gesto de que ia se ajoelhar e depois, como se tivessem acabado de anunciar a salvação de sua alma, murmurou:

— Obrigada.

Frei Agustín não conseguiu articular palavra, esboçou um sorriso que ficou congelado em seus lábios, engoliu a saliva e esfregou seus olhos como se ardessem ou quisesse dissimular uma lágrima inoportuna.

— Em alguns dias — murmurou o frade — você será visitada pelas mulheres que me pede. Farei tudo que puder para que lhe contem suas histórias sem omitir nenhum detalhe — acrescentou antes de partir adotando a atitude de quem tem seus minutos contados.

No MEIO da manhã da quarta-feira da última semana de março de 1548, Juana Pérez chegou à casa dos Sanabria, perguntando por María. Pequena, estava excessivamente agasalhada, pois àquela hora a temperatura já se tornara agradável. Seus cabelos longos estavam completamente cobertos e o único pedaço do corpo que mostrava eram as mãos. No entanto, sob a roupa espessa se adivinhava uma agilidade de movimentos semelhante à dos gatos que começavam a abundar em Sevilha. Seus olhos negros pareceram brilhar quando entrou na semipenumbra da sala que fora o lugar de trabalho do falecido Juan de Sanabria. Cumprimentou com uma simples inclinação de cabeça e, apresentando-se, afirmou:

— Frei Agustín disse que precisa de gente para ir ao Rio da Prata.

— É verdade — respondeu Maria. — Procuro pessoas muito especiais.

— Não sei o que frei Agustín lhe disse.

— Nada, mas, se a enviou, deve ser a pessoa que procuro. Mas espere — pediu María, servindo água fresca para as duas.

Juana sorriu, agradeceu e disse:
— A ama servindo a criada?
— No mar, a distância entre capitão e tripulante é diferente.
— Gosto do que diz: o que quer de mim?
— Preciso de pessoas em quem possa confiar totalmente.
— Eu também — sorriu Juana com ironia.
— Quero que você se coloque em minhas mãos.
— Por que faria isso?
— Frei Agustín disse que sou sua única porta de saída dos perigos que a espreitam.
— O que você sabe a respeito? — alarmou-se Juana.
— Que são muito graves. Que podem pegá-la pelo que fez e que ele não acredita que tenha ofendido mortalmente a Deus com suas ações.
— Você pede que me coloque em suas mãos: por que eu iria confiar em você?
— Por que, definitivamente, você só tem a vida a perder e frei Agustín me disse que se ficar aqui terá problemas.

Juana suspirou, balançou a cabeça de um lado para outro como se afastasse maus pensamentos. Sorriu e asseverou:
— É verdade. Mas não procuro amparo na proteção de qualquer um.
— Eu não sou qualquer um.
— Por acaso você acredita que seu sobrenome nobre me obriga a confiar em você? Para que me ampare em você primeiro terá de confiar em mim.
— Confio em você — ironizou María.

Juana não respondeu, mas tirou de sua saia um punhal de fio duplo, empunhadura pesada e ponta afiada. Com um gesto convidou María a ficar em pé. Pegou-a pelo braço e a guiou a um canto da sala, para perto de uma tela emoldurada em grossa madeira.

— Fique assim, completamente quieta — pediu que se encostasse no quadro. — Um pouco mais a sua esquerda — indicou e María se mexeu até que seu ombro tocou o lado esquerdo da moldura.

Juana Pérez foi até o outro extremo da sala e sorriu acariciando o punhal.

— Está preparada? Tem certeza de que não vai gritar?
— Você está louca — murmurou María.
— Bem, se quer que eu vá embora, basta dizer — ironizou Juana.
— Espere, espere.
— Decida; confia ou não confia?
— Sim — sussurrou María fechando os olhos e apertando os dentes.
— Olhos abertos — exigiu Juana. María ergueu as pálpebras e observou incrédula Juana sopesar cuidadosamente o punhal. Acompanhou-a com os olhos muito abertos e a respiração contida enquanto a jovem adiantava o pé esquerdo, levava o braço direito para trás, sorria e atirava o punhal. Sentiu o ruído da madeira se fendendo a três dedos de sua orelha e olhou de viés o punhal vibrando ao seu lado.

María ficou parada com os olhos desmesuradamente abertos. Juana se aproximou, arrancou com dificuldade o punhal da madeira e lhe sorriu com afeto antes de sussurrar:

— Parece que irei servi-la.

A lividez deu lugar a um vermelho intenso no semblante de María quando percebeu que tinha se urinado. Conseguiu controlar a voz, pediu desculpas dizendo que voltava em um instante e reapareceu minutos mais tarde, com outra roupa e outro humor.

— Estou ouvindo — asseverou.
— O que você viu — murmurou Juana — é o final de uma história que só confessei a frei Agustín. Está fazendo agora um

ano que me apaixonei pelo melhor dos homens. Era forte para ser pai de meus filhos e meu senhor; doce para ser amado; inteligente para ser admirado; sorridente para fazer meu coração ficar o dia inteiro em festa; e fiel, pois não tinha olhos à outra que não fosse eu. Levei-o à minha casa e meu pai o recebeu como se fosse um filho. Mas em troca, foi denunciado pelo meu maravilhoso amado. Ele fora condenado a cumprir trabalhos forçados em galés, mas evitou o castigo fornecendo informações à Inquisição. Eu fui, para meu homem, a chave que abriu a porta de nossa casa e de nossa mesa. Meu pai era um bom cristão, mas não havia conseguido vencer a repugnância que seus pais haviam lhe inculcado à carne de porco, e isso bastou para confirmar as suspeitas que pesavam sobre ele. Disse, sob tortura, verdades e mentiras a respeito de tudo o que queriam saber, e muitos de nossos parentes também foram presos. Voltou mudo para casa, abraçou-me, foi para seu quarto e se enforcou. Aprendi a lidar com as facas e fiquei vigiando os movimentos de meu amado delator. Quando fiquei segura de seus passos e de minhas forças, vesti uma pesada capa e fui ao seu encontro. Cruzei com ele quando já estava escuro. Continuei meu caminho e dez passos depois o chamei. Virou-se, talvez surpreso com o fato de uma voz de mulher ter surgido das vestes de um homem; talvez tenha reconhecido minha voz. Ia dizer alguma coisa, cuspi meu ódio; insinuou uma saudação; sorri e, certa da facilidade com que um punhal fende a garganta de um homem, atirei o primeiro dos três que havia preparado. Não falhei, mas ao cair seu corpo fez barulho e atraiu as atenções. Precisei fugir e não consegui recuperar o aço justiceiro. O Santo Ofício persiste em encontrar aqueles que matam seus homens e, perguntando aqui e ali pelo punhal, já se aproxima de mim. Não é que me pese o que fiz; tenho orgulho. Tenho pensado em me matar, mas temo exigir demasiadamente da indulgência de Deus. Pensei em me entregar, mas temo a tortura. Sei que mais cedo ou mais tarde me encontrarão e não posso viver com isso. Elaborei mil planos de fuga, mas não sou tão ingênua a ponto de ignorar que não há caverna em que não me alcance o longo braço da Inquisição.

— Venha comigo — entusiasmou-se María.

— Eles me encontrarão e lavrarei também a sua desgraça.

— Não a encontrarão! — garantiu María e se calou em atitude de quem procura uma solução. — Eu a esconderei. Direi a minha mãe que a envie a Medellín, à casa de minha avó. Ninguém achará estranho que tenhamos enviado para lá uma criada de confiança. Não precisará voltar nunca mais a Sevilha. Eu a esconderei no navio quando estivermos zarpando na desembocadura do rio, em Sanlúcar.

Como se estivesse satisfeita com o plano que traçara acrescentou:

— Há meios de embarcar gente sem permissão real. Confie em mim.

— E o que farei agora? — perguntou Juana. — Em quanto tempo a Inquisição chegará a mim: amanhã, em uma semana, em um ano?

María apoiou sua mão direita no ombro esquerdo de Juana e aconselhou, despedindo-se:

— Vá e não volte. Não convém que vejam você entrando nesta casa. Deixe-me só para me assegurar de que pensei bem nos detalhes. Pedirei a frei Agustín para avisá-la. Quando chegar o dia, você desarrumará sua casa e deixará manchas de sangue, como se ladrões tivessem entrado e a atacado. Quando a escuridão a amparar, trará tudo o que for pequeno e tiver valor, especialmente os punhais — brincou María —, e antes do amanhecer do dia seguinte estará a caminho de Medellín numa carruagem guiada por um cocheiro mudo. Vá. Que ninguém a veja, e prepare-se!

"Mais duas como esta", avaliou María, "e serão suficientes." Cheia de satisfação, procurou descarregar as tensões que oprimiam seu cérebro participando dos mínimos detalhes da atividade da casa. Transcorreram assim os breves dias antes da chegada de Justa Velázquez, a segunda das mulheres enviadas pelo frade.

"O que terá a dizer?", inquietou-se María comparando-a mentalmente com a sua antecessora. — "Quando Juana chegou diante de mim, seus olhos brilhavam como punhais", recordou. "E os desta mulher", tremeu María, "estão apagados como os de minha mãe depois das surras. Embora eu não queira ter de provar também", ironizou reprimindo um sorriso, "sua habilidade com os punhais..."

Depois perguntou, cumprimentando-a:

— Você sabe o motivo que me levou a chamá-la?

— Frei Agustín disse que se você se convencer de que posso ser útil me levará às Índias.

— Por que você acredita que poderá ser útil? Tente me convencer — pediu María.

— Vim empurrada pelo reverendo padre. Não conseguirei convencê-la.

— É certo que se começar assim não conseguirá. Diga o que aconteceu; explique por que você dá a vida para deixar estes reinos.

— Se eu desse a minha vida você me levaria?

— Não depende disso.

— Então?

— Eu a levarei se você se colocar em minhas mãos e me for útil.

— Posso fazer a primeira coisa. Que importa — murmurou encolhendo os ombros. — Mas a segunda...

— Deixe que eu decida sobre a segunda. Coloque-se em minhas mãos que só terá a ganhar... E se eu for um capitão digno você não terá nada a perder.

— Você, um capitão digno? Perdoe-me a sinceridade, mas acreditei que frei Agustín queria que eu contasse minha desgraça a uma mulher sensata.

— Eu, um capitão digno — afirmou María com altivez — que, além do mais, é, no momento, sua única tábua de salvação.

— Não quis ofender — murmurou Justa.

— E não ofendeu. Agora me desculpe por um minuto. Já volto. Espero que até lá você tenha resolvido confiar em mim. Não haverá uma segunda oportunidade — afirmou María se distanciando com o objetivo de deixar que Justa tivesse tempo de avaliar o que lhe era oferecido.

— Bem — respondeu Justa, e o repetiu quando María voltou. Com dificuldade de quem explica o que não pode aceitar, afirmou: — Serei breve. Meu pai abusou de mim durante muitos anos com a permissão de minha mãe. Quando tive idade para acusá-lo, ou porque não acreditassem em mim ou para evitar escândalos, ninguém me ajudou. Num dia como outro qualquer, coloquei vidro moído em sua comida e o matei sem medir as conseqüências. Só minha mãe e eu podíamos ser acusadas; e fomos presas. Pena que não soubesse antes — murmurou Justa com um sorriso apagado —, mas assim que cheguei à prisão aprendi que há cem maneiras de envenenar sem deixar pistas. Também aprendi sobre a dor. Aprendi, por exemplo, que quem não suporta a tortura mente. Você sabe o que é polé? Não, uma menina de boa família não deve saber. Pelas suas costas, amarram suas mãos com uma corda e içam seu corpo. Atam um peso a seus pés, deixando-os muito perto do chão. Você acha que pode se esticar meio palmo para descansar, mas não consegue... Para que a soltassem, minha mãe me acusou aos gritos. Um pouco depois confessou uma culpa que não era dela. Eu, no entanto, agüentei o suplício e me mantive firme, alegando inocência. Ao final, minha mãe foi condenada e eu fiquei livre. Nem naquela época nem agora fui assaltada pelo menor dos ressentimentos. Só quero partir para nunca mais voltar.

— Acha que alguém suspeita de você?

— Pode ser — deixou escapar entre os dentes apertados pelo ódio —, mas é difícil que me acusem. Seriam obrigados a admitir que pedi ajuda e não me deram.

— Eu a levarei comigo.

— Obrigada — respondeu Justa sem emoção.

— Você me será útil.

— Tomara.

— Você sepultará seu passado no mar — incentivou-a María.

— Tomara — repetiu Justa, e depois perguntou: — onde você vê utilidade em alguém como eu?

— No mar e no Rio da Prata estarei muito exposta a homens ignorantes. Preciso de criadas em quem possa confiar.

— Como sabe que não a trairei?

— Você se colocou em minhas mãos. Sou para você a esperança de voltar a nascer. Vai me servir e obedecer.

— Estou com você — garantiu Justa. — Espero suas ordens — reafirmou cumprimentando e se despedindo.

"Os homens são repugnantes", murmurou María ao se ver sozinha. "Imundos", reiterou quando chegou involuntariamente à sua consciência a recordação de Juan de Sanabria. O asco se desenhou em suas feições. Um instante depois murmurou: "E a mãe também foi asquerosa." Lembrou-se então de Mencía, certamente uma das jóias da sua felicidade, e sua expressão foi dominada por um sorriso.

"Os homens são repugnantes", murmurou María muitas vezes nos dias que se seguiram. "São asquerosos", pensava, sem conseguir espantar completamente a inquietação. "Por que tenho curiosidade a respeito dele?", perguntava-se. "Será que esta é uma das formas da fraqueza da mulher? As amazonas terão se livrado mesmo deles? No entanto...", duvidava María, pensando em alguns dos jovens que observava dissimuladamente na igreja e na rua. "No entanto, Cabeza de Vaca não deve ter sido vil e deve haver outros como ele. E se perguntar a minha mãe?", se dizia, para responder: "Pobre Mencía; o que poderá saber sobre os homens! Bem, María", procurava se tranqüilizar, "dúvidas muito maiores do que estas surgirão diante de você; agora é preciso não perder tempo."

Assim, dedicando toda a sua energia ao bom andamento dos afazeres em uma casa que se apressava a mudar para as Índias, ia passando os dias. Logo chegou o verão de 1548 e depois o frio que anunciava o ano seguinte. Como se aquilo não tivesse custado esforço algum, chegou a confirmação dos direitos que por herança cabiam a dom Diego de Sanabria e a exortação real para que a expedição zarpasse com urgência.

O capitão Salazar voltou da Corte no final de março de 1549. Nem o êxito obtido nem a possibilidade de voltar às Índias alteraram seu humor sombrio. Assumiu o comando sem hesitação e também sem entusiasmo; começou a dar ordens sem arrogância, mas sem vontade. Visitou ocasionalmente a casa dos Sanabria em companhia de marinheiros que começava a recrutar para a viagem. Assim como antes Juana Pérez e Justa Velázquez, Josefa Díaz chegou àquela casa precedida por um pedido e uma advertência de frei Agustín.

— Eu lhe suplico — pedira à María — que a ajude, e a previno — lhe avisara — que ela pode ser para você a pior das influências.

Preparou-se para recebê-la, cheia de expectativas. Encontrou uma mulher que, como as anteriores, não passara dos vinte anos. Mais alta e menos enxuta do que Juana e Justa, exibia parte considerável de suas formas arredondadas e se vestia de maneira que pudesse se adivinhar o resto.

"Por que frei Agustín terá me enviado uma puta?", interrogou-se María quando ficou diante dela. "Esta é", avaliou, apesar de sua falta de experiência, "daquelas que pára o trabalho no porto quando passeia por lá. Não parece precisar de punhal nem de veneno; deve haver muitos que matariam para tê-la", pensou reprimindo uma difusa sensação de inveja.

— Frei Agustín me pediu que viesse vê-la — cantarolou Josefa em um tom que a María pareceu exalar zombaria.

— Você é bem-vinda — respondeu María tentando mascarar sua perturbação. — Disse que frei Agustín lhe fez um pedido?

— Sim — riu Josefa. — Acha que você é a porta que me permitirá fugir do pecado.

— E você, o que diz?

— Disse a frei Agustín que estou disposta a trocar minha alma por seu corpo — continuou rindo Josefa, acompanhando suas palavras com gestos obscenos.

— E o que diz a mim; o que a fez aceitar o pedido de frei Agustín? — ironizou María por sua vez.

— Aceitei porque é o único que, podendo, resistiu a mim — sussurrou Josefa fingindo contrariedade.

— E você veio por isso?

— Você não sabe como é delicioso sentir como ele fica perturbado quando me ouve confessar minhas histórias escabrosas.

— E o que tenho a ver com isso? — María respondeu com irritação.

— Parece que você também se inquieta, menina inocente — riu Josefa.

— Diga o que você quer — exigiu María.

— Calma — brincou Josefa. — Você está sendo denunciada pela cor do seu rosto e a cadência de sua respiração.

— Posso mandar expulsá-la daqui a pauladas.

— Claro que pode, mas não quer — riu Josefa. — Simpatizo com você porque se quisesse já o teria feito. Mas isso não acalmará sua perturbação de menina inocente. Frei Agustín e você parecem doces crianças recém-saídas de um berço de ouro — continuou zombando.

— Você é insuportável. Vá embora.

— Vou, se você quer mesmo.

— A menos que queira me dizer por que veio.

— Bem — riu Josefa voltando a se sentar. — Quero ir ao Rio da Prata.

— Você chega toda irreverente, insubmissa e zombeteira. Acha que vou levá-la?

— Imagino que você esteja procurando cordeiras mansas para que enfrentem o oceano protegidas por honestos lobos do mar.

— Se se tratasse de recrutar mulheres de má fama não haveria armada capaz de lhes dar guarida.

— Ei, você ainda não sabe nada da minha fama — riu Josefa, fingindo ter tido seu orgulho ferido. — E mesmo que soubesse, temo que não entenderia direito — contra-atacou gesticulando como se fosse beijar e acariciar sua interlocutora.

— Chega! — exigiu María.

— Bem — riu Josefa. — Vou lhe propor um acordo; você não fala da minha má fama, pois pretendo fugir dela, e eu lhe ensino umas quantas coisas que você precisará saber — afirmou, desta vez com doçura.

— Comecemos de novo — reclamou María. — Você me interessa; sua companhia pode ser conveniente. Falemos com seriedade.

— Os enfermos falam seriamente — afirmou Josefa. — Mas eu tentarei — concedeu com um sorriso.

— Pergunto de novo — insistiu María. — Por que você quer se arriscar indo ao Rio da Prata?

— Respondo de novo e desta vez é sério. Quero fugir da má fama.
— Você pode mudar de cidade.
— Não é fácil sem recursos, sem sobrenome, sem família. O máximo que poderia conseguir seria virar amante de um clérigo ou de um cavaleiro medíocre, sem importância alguma.
— Como você chegou a se tornar...
— Uma puta? — riu Josefa. — Na verdade não cheguei exatamente, mas parece que, para o espanto de frei Agustín, estou indo por esse caminho.
— Explique-se.
— Você é rápida quando pergunta — observou Josefa. Durante uns instantes se manteve calada; seu rosto perdia luminosidade. Depois disse: — Minha história é particularmente vulgar. Meu pai foi para as Índias antes do meu nascimento e nunca mais se soube dele nem da fortuna que fora procurar. Minha mãe lia a sorte no cais do porto e com isso eu e meu irmão tivemos o suficiente para crescer. Quando meu irmão estava com bastante força, começou a viajar para Portugal, e com o contrabando passamos a viver com mais folga. Não faltou nada a minha mãe no último ano de sua vida e não foi necessário economizar no seu funeral. Meu irmão tampouco poupou dinheiro para que eu tivesse tudo de que precisasse e um pouco mais. Um dia, o mês em que ele deveria ter vindo chegou e ele não apareceu. Pouco depois soube que estava na prisão por ter matado dois sujeitos. Sem recursos nem família, o que me restava a empenhar era eu mesma e com isso — apontou com orgulho o próprio corpo — consegui comprar a cumplicidade de todos os que foram necessários para armar uma fuga. Graças a mim — disse com alegria —, meu irmão escapou da execução que o aguardava e desde então seu lar é na serra, ao lado de outros bandidos. Mas chegou a hora

— concluiu Josefa — de cuidar dos meus próprios assuntos e, para começar, preciso sepultar a má fama no mar. Serei a honrada esposa de um cavalheiro nas Índias — cantarolou a jovem com alegria.

— Eu vou testá-la — afirmou María.

— Como?

— Você vai trabalhar aqui em casa. Gosto de você, me convém, mas não tenho confiança. Tenho medo de que cause mais confusão do que me ajude.

— E quem lhe disse que vou aceitar?

— Aceitará porque quer ir — afirmou María, acrescentando: — Embora ainda ignore se você conseguirá suportar estar a serviço de alguém.

— Aceito por ora — afirmou Josefa sem parar de sorrir.

— Espero que você não seja uma ama desapiedada.

— Bem-vinda — alegrou-se María. — Vá agora discretamente e volte amanhã vestida de maneira adequada ao seu propósito de mudar de vida.

— Não vai funcionar. Sempre haverá em sua casa alguém que saiba de mim e leve minha história para as Índias.

— Vai funcionar. Vou deixar em terra as mulheres mal resolvidas que vivem de levar e trazer histórias.

— Deus a ajude — sorriu juntando suas mãos como se estivesse se preparando para fazer uma oração.

María ficou em pé, pegou com suavidade o braço de Josefa e conduziu-a até a porta da sala. Despediu-se dizendo:

— Amanhã, ao amanhecer, estarei a sua espera.

— Espere... — brincou Josefa reutilizando a última palavra de María enquanto apontava com o olhar os dois homens jovens que tinham acabado de entrar. — Que velho mais sem sal; que jovem apetitoso! — sussurrou ao ouvido de María.

— Quem são? — perguntou.

— O que você chamou de velho é o capitão Salazar — informou María. — Nunca vi o outro; deve ser um dos homens que está recrutando.

— Deus a ouça e que todos sejam como ele, pois a viagem será longa e a diversão é sempre bem-vinda. Preste atenção nesse corpo; imagine-o sem roupa... Pense que você o agarra pelas barbas e o leva para um canto...

María olhou-a como se quisesse fulminá-la, enquanto Josefa terminava de descrever com gestos o que gostaria de fazer com o recém-chegado. Ao fim, observou com mais atenção o vigoroso marinheiro, fitou sua interlocutora, riu, deu-lhe uma palmada nas costas e despachou-a dizendo:

— Volte amanhã; você me será útil.

Sem sair do lugar, com os braços cruzados, María acompanhou Josefa com o olhar. Viu-a passar diante dos recém-chegados sem chamar a atenção do capitão Salazar e acendendo o rosto do barbudo. "Ela vai ser útil", voltou a dizer quando a viu cruzar o umbral. Depois, sabendo que a penumbra lhe permitia observar sem ser vista, dedicou-se a observar o marinheiro.

"O que é", murmurou, "que o faz parecer um doce?", brincou consigo mesma. "É alto, ágil, seguro, mas não, não é isso. Aonde quero chegar?", interrogou-se enquanto seus olhos tentavam abrir um pouco mais a camisa do jovem para pousar em seu peito. "Sim, claro", murmurou e se surpreendeu com a própria falta de vergonha. "Vejo aonde quero chegar", sorriu enquanto seu olhar prosseguia o curso descendente. Estava tão absorta que estremeceu como se tivesse sido surpreendida fazendo alguma coisa errada quando a voz de uma criada de sua mãe lhe pediu que atendesse o capitão Salazar.

María riu como quem pretende encobrir que havia sido descoberta e respondeu com um gesto que o faria. Sorriu para si, saudando a oportunidade que se lhe apresentava e se irritou consigo mesma por isso. Preocupou-se com a indisposição de Mencía e ordenou à criada:

— Diga a minha mãe que assim que terminar irei ver como ela está. Ah, espere, antes diga a estes cavaleiros que entrem na sala.

María os recebeu atrás da imensa mesa e convidou-os a se sentar.

— Bem-vindos — recebeu-os e acrescentou: — Dou-lhes as boas-vindas em nome de minha mãe, que está indisposta. Estou a suas ordens — disse.

Desviou por um instante o olhar e reparou na lança que seu pai sempre tinha ao alcance da mão direita quando recebia alguém atrás daquela mesma mesa.

"Não", sorriu para si mesma, "essas não são as minhas armas."

— Como? — perguntou Salazar.

— Estou a suas ordens — repetiu María tentando adicionar ao calor do sorriso uma pitada de submissão.

Salazar agradeceu cerimoniosamente e respondeu:

— Todo o objetivo da visita era informar dona Mencía sobre o andamento dos preparativos. Também queria continuar cumprindo com o que o costume manda; cada novo homem da expedição deve lhe apresentar seus respeitos — acrescentou olhando para o jovem que o acompanhava.

— É evidente, senhor capitão, que sou muito jovem e inexperiente para ambas as coisas — ironizou, embora usando um tom de voz muito doce.

— Não se preocupe — respondeu Salazar sem perceber a provocação. — Não se preocupe, pois não faltará oportunidade. Apresente à dona Mencía os meus respeitos e diga-lhe que voltaremos logo que tiver se recuperado.

O capitão ficou em pé e o marinheiro apolíneo o imitou. Ambos fizeram uma leve reverência, mas antes que dessem meia-volta María se adiantou.

— Capitão, o senhor perdoará meu atrevimento, mas temo os maus augúrios e não quero me despedir de seu subordinado sem que me tenha sido apresentado.

— O arcabuzeiro Hans Staden, dos reinos da Alemanha, que já esteve nas Índias, que fala mal o castelhano, que o entende bem e que maneja magnificamente as armas — acedeu de má vontade Salazar.

María reprimiu um sorriso e saudou-o com uma ligeira inclinação de cabeça, que o outro correspondeu com gesto igual. No mesmo momento Salazar voltou a afirmar:

— Meus respeitos a dona Mencía — e, sem mais, encaminhou-se para a saída.

Hans Staden o seguiu, mas na metade do caminho virou a cabeça e dirigiu um sorriso a María.

SEMANAS DEPOIS, sob o calor da segunda jornada do verão de 1549, quando mãe e filhas compartilhavam o almoço, o capitão Salazar chegou. Vinha ataviado como se fosse dia santo e trazia os documentos que havia assinado, por procuração, em nome dos Sanabria. María achou que algo parecido a um sorriso iluminava seu semblante, enquanto articulava desculpas pelo inapropriado da hora. Anunciou sem esperar resposta, dirigindo-se a dona Mencía:

— Desde agora o navio que nos levará ao Rio da Prata é seu.

— Até que enfim! — exclamaram em uníssono Mencía, María e Mencita, embora na entonação de cada uma vibrasse um medo e uma esperança diferentes.

Com toda cortesia, Salazar mencionou a imensa tarefa que o aguardava e fez um gesto indicando que estava partindo. Mencía autorizou-o com uma tênue inclinação de cabeça, desviou seu olhar para os olhos de María e, interpretando o pedido que brilhava neles, pediu:

— Espere, capitão.

— Diga-me, senhora — respondeu Salazar no tom da pessoa que está segura de si, mas deseja agradar.

— Não há dúvida de que é inconveniente, mas certamente o senhor poderá atender ao meu desejo.

— Estou a suas ordens, senhora.

— Minhas filhas e eu desejamos visitar o navio.

— Agora, antes de o colocarem em condições?

— Agora.

— Sabem como cheira? Esse navio chegou há pouco de uma longa viagem. Ainda não acabaram de descarregá-lo. Ainda conserva as muitas barracas que protegiam os homens no convés e que agora são pura gordura. A latrina não foi limpa. Os mastros estão rachados, as cordas, desfiadas, e as velas são farrapos.

— E foi isso o que o senhor comprou?

Salazar sorriu com indulgência e afirmou como quem explica a uma criança de pouca idade:

— Qualquer navio que tenha atravessado o oceano chega, no mínimo, na mesma situação. Nós o deixaremos como se fosse novo. Mas se subirem a bordo agora ficarão desalentadas.

— Não acredite nisso. O senhor pode satisfazer meu desejo? — insistiu Mencía.

— Sim, claro — garantiu, e depois de um instante de hesitação afirmou: — Mas também quero lhe fazer um pedido. A visita deve ser feita com toda discrição. Não convém à sua credibilidade, à de suas filhas e também à minha que pareça que mulheres estão se intrometendo em meu trabalho. Um capitão que vire motivo de galhofa de seus homens jamais atravessará o mar.

— Nem no sonho mais extraordinário pensei em fazer alguma coisa que não seja reconhecer sua autoridade — acatou

Mencía. Com tom de quem estava no território indefinido entre a doçura e a submissão, perguntou: — Vai nos permitir?

— Amanhã ao amanhecer — respondeu Salazar, como quem dá uma ordem coincidente com seus desejos. — Amanhã, pois ao amanhecer de um domingo haverá menos gente — afirmou.

María passou o dia presa às nuvens, temendo que um aguaceiro inesperado frustrasse a visita. Impaciente, feliz, segura, tentou usar o tempo para colocar sua cabeça em ordem. "Temos o navio, temos a minha pequena tropa de mulheres, só falta lançar-se ao mar", pensou enchendo seus pulmões de um ar que já sentia mais salino.

No meio da tarde, como se os grandes acontecimentos tivessem combinado de se apresentar ao mesmo tempo, María recebeu uma mensagem de Cabeza de Vaca pedindo que fosse vê-lo com urgência. Avaliou o melhor momento e não encontrou nada que tornasse preferível adiar o encontro. Vestiu-se com toda a sobriedade e encomendou-se à boa sorte para que não a reconhecessem entrando na casa do ex-governador.

"De qualquer maneira, não parece que a esta altura isso possa causar grandes problemas. Sempre poderá passar por um gesto irresponsável de uma jovem impetuosa que quer saber sobre seu destino."

Com essas considerações, enviou sua criada na frente para ver se a porta estaria aberta, e quando ainda não haviam soado as 6 horas estava diante de Cabeza de Vaca.

— Você mandou me chamar — sorriu, ainda com a agitação de quem caminhara depressa.

— Seja bem-vinda. Eu lhe pedi para vir.

— Alegra-me encontrá-lo sozinho. Quando há outras pessoas, preciso frear minha língua.

— Você consegue fazer meu coração bater como há trinta anos e tornar o sorriso um hóspede permanente de meu rosto.

— Você me chamou com urgência para me adular?

— Fique tranqüila, que não vou formular um pedido de casamento — riu.

— E o que vai articular?

— Uma dúvida. Várias dúvidas que cabem em uma.

— Alguma que me envolva?

— Depende. Fui convocado à Corte com o pretexto de resolver minha causa. Não me condenarão porque incentivariam a deposição de governadores. Não trabalharão a meu favor porque teriam de pagar um exército para me recolocar no comando do Rio da Prata.

— E então?

— Não vão querer que eu esteja tão perto de uma expedição que se apressa a ir ao Rio da Prata. Antes que o mês acabe devo estar na Corte.

— O que acontecerá se você demorar a aparecer?

— Eles me segurarão com grilhões e me enfiarão no cárcere, a menos...

— A menos?

— A menos que não me encontrem — sorriu Cabeza de Vaca.

— Não estou entendendo aonde você quer chegar.

— Se eu me escondesse, se desaparecesse, se os fizesse acreditar que morri... Você me levaria escondido em seu navio ao Rio da Prata?

— Tem idéia do que pergunta?

— Você fica assustada com grandes perguntas? — respondeu Cabeza de Vaca sorrindo, mas sem ironia.

— Não, não — murmurou María.

Sentou-se, mexeu-se em várias direções como se procurasse uma posição confortável e mergulhou no silêncio. Alguns instantes depois, inclinou-se para a frente, apoiou os cotovelos nos joelhos e descansou o queixo na palma das mãos. Quando seu rosto ficou muito perto do de Cabeza de Vaca, levantou o olhar e cravou-o nos olhos do interlocutor.

— É hora de responder — recordou-lhe o ex-governador.

— Você deverá ter paciência — sussurrou antes de se entregar a um monólogo no qual parecia estar falando para si mesma. — Todos os homens que conheci — afirmou —, menos frei Agustín, que não conta, e você, me exibiram sua vilania na primeira oportunidade. Se eu apoiá-lo, meu sonho de glória se esfumará; se não o fizer, estarei traindo meu desejo e a fé de quem depositou sua confiança em mim. Eu o ajudarei — garantiu María tomada pela angústia. — Embora fazê-lo pressuponha que será você quem, na realidade, irá comandar, que será você quem protagonizará os grandes feitos que durante todo esse tempo sonhei realizar. Eu o ajudarei — voltou a afirmar com voz muito tênue enquanto tentava em vão afogar um soluço.

Cabeza de Vaca esperou em pé, imóvel, a um passo da jovem. Antes que as lágrimas secassem no rosto de María, roçou com o indicador sua face. Dobrou o dedo, colocou-o debaixo de seu queixo e com muita suavidade pressionou-o ligeiramente pedindo-lhe que levantasse seu olhar até o seu. Sorriu longamente e depois agradeceu:

— Suas palavras estão entre as coisas mais belas que me aconteceram em muitos anos, mas — seu sorriso ficou no meio do caminho entre a doçura e a ironia — o fato de ter perguntado se você me esconderia não quer dizer que pretenda me esconder.

— E então? — inquiriu María enquanto em seus olhos assomava a cólera de quem acredita que está sendo objeto de uma brincadeira.

— Calma — pediu Cabeza de Vaca levantando as mãos como se estivesse se rendendo e afirmou: — Não farei parte de sua expedição; só queria conhecer sua resposta. Não cometerei a loucura de destruir sua missão, nem a de frustrar minhas poucas possibilidades. Irei à Corte. Irei porque tenho alguma possibilidade de ganhar e porque minhas perspectivas no Prata como fugitivo são inexistentes. Se fugisse com você, teria de me organizar para uma guerra civil entre os espanhóis de lá. Supondo que vencesse, imaginando que os índios não aproveitariam a oportunidade para matar a todos, ainda assim seria declarado traidor e excomungado. Minha única alternativa — ironizou — seria me converter em rei de um país independente e chamar os amigos de Lutero ou Calvino para que substituíssem os sacerdotes. Você imagina uma coisa dessas? Por acaso me vê como rei do Rio da Prata? — acrescentou com um ar provocador.

O olhar de María resplandeceu. Lançou-se nos braços de Cabeza de Vaca, sussurrando seu agradecimento várias vezes.

— Sem tanta pressa, por mais que a alegre o fato de que não irei com você — riu o prisioneiro. — Mas você fará algumas coisas por mim; eu também farei algumas coisas por você. Antes de partir para defender meus direitos na Corte, lhe deixarei algumas cartas para os meus amigos do Rio da Prata. Eu lhe direi a quem e quanto quero que ajude. Também deixarei anotado em quem e até que ponto pode confiar. Agora — acrescentou com suavidade —, querida María de Sanabria, chegou a hora da despedida. Você sabe — murmurou como se estivesse envergonhado — que se eu fosse mais jovem não estaríamos nos dizendo adeus, porque não haveria dificuldade que eu não estivesse disposto a enfrentar. Mas você está vendo que todos os ventos são contrários ao navio desenfurnado — sorriu com resignação enquanto apontava com o olhar o próprio corpo.

María voltou a abraçá-lo e ia responder, mas o ex-governador lhe pediu:

— Guardemos este instante; não prometa o que não poderá cumprir; não pronuncie vãs palavras de consolo. Guardemos este instante.

A jovem que se preparava para embarcar e o náufrago que resolvera ficar na terra para defender seus interesses na Corte permaneceram abraçados, como se em cada um batesse o coração do outro. Quando se separaram, recuperaram o sorriso, e com ele, e também com um olhar cálido, se desejaram o melhor e se despediram para sempre.

V

— Vocês ficarão desanimadas — insistiu o capitão Salazar assim que chegou à casa dos Sanabria. Repetiu o aviso várias vezes durante o breve caminho pelos becos da cidade e pelo areal que levava à margem do rio. Reiterou-o antes de subir no bote que devia conduzi-los ao navio, e, enquanto avançavam lentamente, em sua boca se instalou a careta de quem se contém esperando o momento adequado para observar: — Eu avisei.

Os remos os empurraram por um labirinto de embarcações até que o capitão apontou com o dedo indicador:

— Aí está.

Mencía cravou a vista no casco enegrecido e se persignou. Mencita abriu os olhos como se tivesse visto o inferno sob as madeiras meio apodrecidas. María ficou em pé e permaneceu absorta contemplando todos os detalhes. Os remadores viraram com suavidade o bote e pararam a um palmo da escada de corda.

— Vocês têm certeza de que querem subir? — inquiriu Salazar com o sorriso condescendente de quem se sabe vitorioso. Mencía contemplou a escada avaliando suas chances de agarrar-se a ela e chegar lá em cima sem perder o equilíbrio. Mordeu os lábios, levantou-se um palmo do assento e voltou a se sentar com um movimento repleto de dúvidas.

— Eu sim — sorriu María.

Sem hesitar, deu dois passos e alcançou a escada, segurou-se e chegou sem dificuldade ao convés.

— Mãe, irmã, pra cima! — reclamou estendendo-lhes a mão. — É magnificamente sólido! Vamos! — riu persuasiva.

Ao fim, com movimentos que eram mais tímidos do que desajeitados, decidiram-se. María estendeu-lhes a mão e abraçou-as no convés como se as reencontrasse depois de uma longa separação. Deixou-as ali enquanto se entregava a uma exaustiva inspeção de todos os lugares. Com a imaginação, terminou de livrá-lo da carga, substituiu a madeira podre, fez uma limpeza profunda e espantou o mau cheiro. Diante de seus olhos apareceu o navio reluzente no qual atravessariam o oceano. Encomendou no armazém as provisões, enfim, toda a mercadoria, e destinou um lugar a sua própria gente. Voltou ao convés, foi até a popa e contou 28 longos passos dali até a proa. Andou também de bombordo a estibordo para medir a largura e repetiu o mesmo procedimento em todos os espaços em que era possível caminhar.

"O problema será o espaço", afirmou para si como quem afirma que o resto está perfeitamente em ordem. Fez contas nos dedos e levou um tempo para checá-las. Perplexa, aproximou-se do capitão e perguntou com amabilidade:

— O senhor quer dizer que este navio é capaz de transportar 140 pessoas mais a carga?

Salazar fitou-a com indulgência e afirmou:

— Jovem senhora, isso e muito mais, se fosse necessário. Precisamos de um mínimo de setenta homens para conduzi-lo.

— Fiz as contas e vi que não há espaço para que todos se deitem ao mesmo tempo.

— Em um navio nunca se deitam todos ao mesmo tempo — respondeu Salazar com desinteresse.

María ia lhe perguntar se mantinha os dentes apertados para reprimir um bocejo, uma careta de zombaria ou por causa de uma dor de barriga, mas conteve sua irritação.

— O senhor pode me mostrar qual é, a seu ver, o melhor lugar para as mulheres viajarem?

— Atrapalharão menos as manobras se permanecerem ali — Salazar apontou o espaço que havia entre o mastro principal e a popa.

— Sob a intempérie?

Salazar sorriu com desânimo, olhou na direção do trabalho de carpintaria que estava sendo feito dos dois lados e apontou:

— Uma cobertura de madeira será apoiada naquelas vigas; ficarão abrigadas debaixo dela. Quando os consertos terminarem, haverá na popa um camarote superior e outro inferior. Não serão tão altos a ponto de permitir que se fique em pé dentro deles, mas abrigarão todas as damas. Deverão levar em conta que aproximadamente acima de suas cabeças os marinheiros se movimentarão, envolvidos nas manobras, e o timoneiro cuidará do rumo. Sob seus pés haverá canhões que, Deus queira, não teremos que disparar.

— E será possível reservar um lugar para as mulheres no convés?

— Você acha, por acaso, que se trata de uma viagem recreativa?

— Mas e o asseio? E onde faremos nossas necessidades? — María se obrigou a perguntar.

— Estou fazendo, depois da varanda de popa, um estrado de madeira que ficará em cima do mar. Ali haverá um lugar especial, separado do dos homens.

— Mas e os olhares?

— Isto é um navio, senhora — replicou Salazar com a atitude de quem está insatisfeito com a carga que lhe coube transportar.

María se conteve e voltou a caminhar sem responder. Reconheceu um a um os cantos da embarcação, e quando estava certa de ter visto tudo sugeriu a Mencía e Mencita, que permaneciam imóveis no convés:

— Vamos?

As duas assentiram como se fossem destituídas de vontade própria. María desceu primeiro e enquanto o fazia virou a cabeça velozmente para o bote. Surpreendeu os remadores desviando os olhos e entendeu que estavam espiando suas pernas. "Porcos, hipócritas submissos", insultou e cuspiu neles em pensamento, mas não disse nada.

"Os porcos", murmurou com raiva enquanto ajudava sua mãe a descer. "Os porcos", voltou a pensar no caminho de volta para casa. "O espaço e os porcos", repetiu sem parar até que concluiu: "Não resolverei a questão do espaço; teremos de viver alguns meses mais amontoadas do que se pode imaginar. A questão do espaço, a questão do espaço será sempre um problema. A questão dos porcos... Preciso conseguir que todas as mulheres viagem neste navio; que todos os homens que não forem imprescindíveis sigam nas outras embarcações. E...", sorriu se perguntando, "que homens são indispensáveis?" Respondeu para si: "Pelo menos o número de mulheres será igual ao dos homens. E aí veremos quem pode mais", murmurou desafiadora.

Ao regressar, María dedicou-se exclusivamente às articulações de seu pensamento. Preocupada em contornar os inúmeros problemas que precediam o embarque, não percebeu o impacto que a visita ao navio tivera sobre o espírito de Mencía e Mencita; era o mesmo que a visão do patíbulo costuma provocar na alma de um condenado.

— Mãe! — reclamou María. — Estou cansada de me ocupar de tudo; você bem que poderia ajudar ficando com uma cara melhor!

Mencía tentou responder com um sorriso.

— Não vamos conseguir — murmurou, cansada. — E se conseguirmos, será para quê?
— Você acha que é hora de fazer uma pergunta dessas? — irritou-se María.
— As perguntas vêm e se instalam, embora eu procure afastá-las.
— Sobretudo quando você deixa que os outros façam todo o trabalho e fica com muito tempo sobrando. Até mais tarde, tenho muita coisa a fazer!

María virou-se e deu um passo para continuar suas atividades. Sentiu a pressão da mão de Mencía fechando-se em torno de seu braço, voltou-se, olhou-a com cólera e recebeu fúria em troca.

— Assim é melhor! Pelo menos você demonstra que tem sangue.
— Você já pensou não no risco em que está me colocando, pois isso não tem importância, mas para o que está arrastando sua irmã?
— Deve ser melhor ser arrastada pelo marido que você tentará conseguir para ela — ironizou María segurando o próprio cabelo e puxando-o como se a arrastassem à força.
— Filha!
— Você procurará um bom marido para Mencita, como sua mãe fez para você?
— Minha filha, você é mais inteligente do que eu, mas não tem olhos para perceber o medo de sua irmã.
— E você vai livrá-la do medo?
— Sua força não a deixa ver a fraqueza dos outros.
— Sua bondade não a deixa ver a covardia que se esconde debaixo da fraqueza.
— Não a obrigue a ir.
— Seria mesmo melhor que não viesse. Será um estorvo.
— Filha!

— Se você acha que ela ficará melhor aqui ao lado desse marido que vai lhe arranjar, vá em frente! Será melhor para todos!

María se virou e se afastou de Mencía sem dar lugar a réplicas. Enfiou-se em seu quarto e bateu a porta. Nos dias seguintes reduziu ao mínimo seu contato com a mãe e a irmã, querendo demonstrar que estava extraordinariamente ocupada.

"No final das contas", pensava, "estou completamente só e nada funcionará a menos que eu tome as providências para tal." Sorriu amargamente, pensando: "Estarei sob as ordens de um capitão que parece um morto vivo; e ao lado de uma mãe excessivamente boa, de uma irmã dócil e inútil e de poucos criados confiáveis. No entanto", recapitulou tentando não fraquejar, "frei Agustín não é má pessoa e algumas das mulheres tampouco. Com outras como o trio de jotas", sorriu com a idéia e se entusiasmou, "formado por Juana, Justa e Josefa, talvez eu consiga".

Tentou convencer sua mãe a ir a Medellín para colocar à venda a fazenda que lhe pertencia na Extremadura, sua terra natal. Mencía adiou várias vezes a partida até que pediu à filha para que fosse em seu lugar.

— Não é a viagem o que me acovarda — disse a María —, mas sim enfrentar sua avó. Trate-a com tato — pediu à filha depois de lhe dar as procurações pertinentes. — Espero que isso lhe sirva — suspirou —, porque, por mais poder que uma mulher confira a outra, qualquer pessoa que quiser lhe criar dificuldades acabará conseguindo. Boa sorte! — desejou-lhe na despedida.

María se debruçou para cumprimentá-la com a mão levantada quando o coche começava a andar. Viu o sorriso de sua mãe e de sua irmã e atrás delas o rosto de Marta banhado de lágrimas. Quando perdeu a casa de vista, percebeu que tinha em sua companhia Justa e Josefa sem ter dado nenhuma explicação àquela que era sua fiel criada. Prometeu consertar a situação na volta. O mesmo cocheiro mudo que levara Juana para escondê-la até o momento de zarpar levou-as com rapidez e tranqüilidade até a distante Medellín. A felicidade que a avó demonstrou ao receber a visita inesperada de María se transformou em estupor quando soube do motivo. Pediu para ver a procuração que permitia à jovem vender as terras e a entregou ao clérigo que atendia a sua casa para que a lesse. Quando o religioso acabou de ler, arrebatou-a de suas mãos, rasgou-a e jogou-a no fogo sem dizer palavra.

María ficou boquiaberta e obedeceu quando sua avó mandou-a dormir. Ao amanhecer, já havia redigido vários anúncios exortando quem quisesse comprar a um bom preço as propriedades de dona Mencía a ir a Sevilha. Depois da oração matinal, disse a sua avó que trazia ordens para que Juana voltasse com ela. Despediu-se fingindo submissão, mas quando entrou na carruagem preparou-se para passar pelos lugares mais freqüentados da cidade e afixou os anúncios de venda que escrevera na noite anterior. Depois perguntou ao cocheiro se a carruagem e os cavalos estavam em condições de atravessar a galope a considerável distância que os separava de Mérida.

Satisfeita com a resposta positiva, explicou o motivo da pressa a Juana, Justa e Josefa.

— Quando a velha mesquinha se inteirar dos anúncios, já estaremos fora do seu alcance! — comemorou Juana com uma gargalhada.

— Quanto tempo ela levará para saber? — riu María. Respondeu ao desconcerto que havia nos rostos de Justa e Josefa dizendo: — Minhas amigas, acabo de ludibriar minha adorável avó. O riso de Juana era uma prova de que não vivera no melhor dos mundos enquanto esteve a seu serviço. Mas — seu semblante se contraiu e seu tom se tornou um pouco mais sério —, preciso apresentá-las. Vou dizer apenas que as três são minha maior esperança para a viagem às Índias. E que preciso que ninguém saiba em Sevilha, nem mesmo em nossa casa, que Juana veio com a gente.

— E como fará isso? — perguntou Josefa.

— Não sei — murmurou María. Temos de pensar em alguma coisa antes de chegar.

— Se não nos explicar qual é o problema, será difícil dar qualquer sugestão.

María interrogou Juana com um olhar e ficou à espera de uma autorização que não foi explicitada. Um tempo depois, a jovem que se incorporara recentemente ao grupo voltou a contar como usara os punhais. Justa não se conteve:

— Miserável! — exclamou. E, ao ouvir o fim da história, segurou uma mão de Juana e garantiu: — Estaremos mais seguras juntas! — Mas certa timidez levou-a a soltar a mão que havia apertado.

— Juntos, todos os defeitos dos homens que conheci, e não foram poucos, não são nem a metade dos de um miserável como esse — Josefa balançou a cabeça em atitude de quem sabe que uma coisa aconteceu e ao mesmo tempo considera impossível que fatos como aqueles aconteçam. — Bem-vinda! — Josefa se entusiasmou e, pedindo permissão a María com os olhos, contou à recém-chegada e a Justa o que a levava a viajar ao Rio da Prata.

Justa ouviu imóvel o relato de Josefa e acrescentou suas boas-vindas às de María e Juana. Depois afirmou:

— Tenho nojo dos homens.

Em seguida, relatou às demais seus próprios motivos.

— Miseráveis! — murmurou por sua vez Juana e segurou rapidamente sua mão.

— E eu que acreditava já ter visto tudo o que se refere aos miseráveis! — voltou a falar Josefa balançando a cabeça de um lado para outro.

— Senhoras — sorriu María —, é bom saber tudo a respeito de cada uma, mas precisamos resolver a melhor forma de esconder Juana até a partida. Proponham alternativas que me encarregarei de ver quais são pontos fracos.

Quando chegaram a Sevilha já haviam decidido que o menos arriscado era dizer que haviam trazido de Medellín uma criada enferma. Enquanto estivesse na casa dos Sanabria, Juana deveria sair o menos possível do quarto que dividiria com Justa e Josefa. E teria que falar apenas o imprescindível para não ser denunciada por seu sotaque sevilhano. Assim que a casa onde seriam feitos os preparativos para a expedição fosse alugada, na desembocadura do Guadalquivir, as três passariam a trabalhar nela.

Tão logo pôs os pés em Sevilha, María voltou enfrentar a realidade que ameaçava seus planos.

"Minha mãe não tem fé no êxito da expedição e eu não consigo lhe transmitir a segurança necessária. À medida que o tempo vai diluindo a memória de seu marido, ela se sente com menos necessidade de fugir para as Índias. Em síntese", pensava, "meu êxito ou meu fracasso dependem de conseguir inculcar confiança em todos e, especialmente, em minha mãe".

Prometeu trabalhar com firmeza e amabilidade. "Se conseguir", dizia a si mesma, "evitar que a contrariedade tome conta de mim, serei capaz. E se não for capaz de fazer isso antes de soltar as amarras não chegarei a lugar algum."

"Não posso ignorar", temia, "que por mais que tente não consigo entusiasmar minha mãe. Sei", e a idéia a paralisava, "que está prestes a recuar, mas o que posso fazer?"

Sem encontrar uma solução, esforçou-se ainda mais, dizendo-se que a melhor maneira de provar a si mesma e aos demais de que era capaz era seguir em frente mesmo que tudo estivesse contra ela. Podia ler o crescente desânimo nos olhos de Mencía e temia que seus lábios o explicitassem. Prevendo que cedo ou tarde isso aconteceria, começou a procurar alternativas que não levassem à frustração da própria viagem.

"É impossível", avaliava sensatamente a situação. "É impraticável... A expedição vai consumir toda a fortuna da família. Se minha mãe não for e não desistir de financiar a armada, os barcos consumirão o dote. Sem dote ela não poderá se casar de novo e não conseguirá marido para Mencita; nem mesmo serão aceitas em um convento decente. Sem dote tudo é impossível e qualquer idiota sabe disso", murmurava María. "No Rio da Prata isso não terá importância, porque a mercadoria embarcada aqui vale lá infinitas vezes mais. Além disso, nas Índias seremos o governo, e eu", sorriu com ironia, "darei todos os poderes àquele que se casar comigo."

SEM AVISO prévio, no último dia de setembro a avó de María chegou de Medellín e se instalou na casa sevilhana dos Sanabria como se a tivesse tomado de assalto. Como o chefe de um exército de ocupação, deu ordens aos criados, desautorizou sua filha e exigiu silêncio de suas netas.

— Não há nada a discutir — começou dizendo quando se reuniu com Mencía e suas filhas. — Com a morte de seu marido, o dote que você recebeu para se casar com ele irá lhe proporcionar outro casamento ou a entrada em um convento. A honra da família não pode ser colocada em jogo com a leviandade que parece ser norma nesta casa. Ora, você por acaso acha que vai gastar minha fortuna armando umas caravelas ridículas? Não, não, não! — afirmou negando com a cabeça. — De maneira alguma você vai gastar o que é meu ou jogar o nome da família na lama. Você é capaz de se inclinar diante do desejo de uma garotinha irresponsável? — voltou a reprovar com a cabeça. — Faltou a essa menina que eu estivesse mais perto para cuidar de sua educação!

Mencía permanecia com os olhos abaixados. María observou dissimuladamente a rigidez e o temor de sua irmã; o abatimento e a vergonha de sua mãe. Pensou em pular em cima da avó e arrastá-la pelos cabelos. Esteve prestes a interrompê-la, mas não se sentiu capaz de articular palavra sem que a raiva a sufocasse. Então, com o gesto de quem não pretende atrapalhar a conversa, mas com a segurança de quem sabe da importância do que está fazendo, levantou-se, deu dois passos e ficou atrás da cadeira ocupada por Mencía. Em seguida esticou os dois braços para a frente, juntou as mãos, entrelaçou os dedos e abraçou-a com suavidade. Protegida pelo corpo da mãe, dirigiu à avó o mesmo sorriso que usara em Medellín para fingir que a obedecia. A velha senhora tentou fulminá-la com o olhar e María respondeu fazendo um gesto de quem escrevia com letras monumentais um cartaz como aqueles que distribuíra antes de voltar de Extremadura. A avó se enfureceu e exigiu de sua neta que se retirasse, pois queria conversar a sós com a filha. Em lugar de obedecer, María voltou a entrelaçar suas mãos em torno de Mencía. Fora de si, a avó rugiu:

— Diga à mal-educada da sua filha que saia voando daqui!

Como um clarão, as cores voltaram ao rosto de Mencía, mas ela não respondeu. Levantou suas mãos, colocou-as sobre as de sua filha, acariciou-as e depois as segurou com firmeza.

— Você não ouviu? — voltou a berrar, e, já incapaz de suportar o silêncio persistente da filha e a zombaria presente no implacável sorriso da neta, ficou em pé.

Avançou com a intenção de bater, mas se desviou em direção à saída, fechando a porta atrás de si com uma batida violenta. Sem mais nem menos, como um exército de ocupação incapaz de suportar as baixas causadas pela resistência do inimigo que ataca e se esconde, partiu no dia seguinte sem se despedir, embora soubesse que o fazia para sempre. Mencía tampouco disse alguma coisa, mas o sorriso voltou a freqüentar seu rosto e a energia de seus movimentos deixou claro que recuperara a iniciativa.

Colocou-se à disposição da filha para trabalhar nos preparativos da armada. Os pequenos êxitos que coroavam sua atividade alimentaram uma incipiente segurança em si mesma. Começou a tomar iniciativas e se ocupou pessoalmente do arrendamento de uma casa em Sanlúcar de Barrameda, imprescindível para armazenar a parte principal da carga na desembocadura do Guadalquivir. Vendeu suas propriedades sem que lhe provocasse nostalgia desprender-se do que nunca havia desfrutado. Comprou mercadorias que eram baratas na Espanha e que, como os anzóis de metal, eram extraordinariamente valiosas na hora de negociar com os índios. Sua proximidade imprimiu certo ritmo à tarefa de formiga dos homens que iam e viam transportando e acomodando a carga no convés. Quando o inverno chegou, o navio parecia ter ganhado em estatura e recuperado a dignidade.

No dia 23 de dezembro, Juana foi enviada a Sanlúcar. Frei Agustín deixou preparado tudo o que pôde para a comemoração do Natal e perguntou a María:

— Posso pedir permissão a sua mãe para passar estes dias com a minha?

— Mas logo agora, quando está tudo por fazer?

— Tudo está sempre por fazer — sorriu o religioso. — Mas se deixar de fazer esta visita agora não a farei mais.

— Que falta de esperança!

— Senso de realidade.

— Este é o nome que dá aos seus temores.

Frei Agustín olhou-a com curiosidade pensando na resposta.

— Não — sorriu —, não se trata de temores. Trata-se de despedidas. Minha mãe não irá às Índias e não voltarei de lá.

— Você é jovem; quem o impedirá de voltar?

— Suponhamos que sobreviva ao mar. Imaginemos que não serei morto pelas febres que sem dúvida nos atacarão durante a travessia. Aceitemos que os infiéis mouros não capturem nossas naus e não nos vendam como escravos. Presumamos que, embora estejamos em paz com os franceses, os piratas discípulos de Lutero ou Calvino não nos abordarão e não me decapitarão com todos os ministros da Santa Igreja Romana que conseguirem encontrar. Conjecturemos que sobreviverei ao punhal dos traidores que depuseram Cabeza de Vaca. Acreditemos que as flechas dos índios não me alcançarão e que tampouco acabarei em um de seus braseiros. Se Deus assim o quiser, será porque deseja que leve sua palavra aos infiéis e ficarei ali até que queira me chamar para o Seu lado.

— Que discurso! — aplaudiu María.

— Não brinque.

— Não estou brincando, mas me parece que você fala muito dos riscos.

— Querida amiga, falo de perigos que você teme e eu não. Sua armada pode ser arruinada por esses inimigos. Os riscos que mencionei podem arruinar seus propósitos, mas não os meus. Meu objetivo só pode ser ameaçado por minhas dúvidas, minhas hesitações, minha debilidade em responder à esperança que Ele depositou em mim — e, baixando o tom de voz como se estivesse envergonhado, acrescentou: — Sobretudo está ameaçado pela debilidade da minha carne.

— Agora você me impressionou — sorriu María sem ironia.

— Você deixará que eu peça a sua mãe para passar estes dias com a minha?

— Você me fará falta, mas diante de semelhante poder de persuasão quem poderia negar?

— Obrigado — sorriu o religioso e partiu.

Os trabalhos de estiva continuaram. Só houve pausa em respeito aos dias santos. No final do ano, já estava a bordo tudo o que era possível embarcar em Sevilha sem que o peso da carga impedisse o navio de enfrentar os bancos de areia espalhados ao longo das quase vinte léguas que deveriam ser percorridas pelo rio até que este encontrasse o oceano.

Na última terça-feira de janeiro de 1550, a catedral de Sevilha recebeu com pompa e circunstância os que se preparavam para participar da expedição. Depois da primeira missa da manhã, todos foram em procissão até o cais, levando uma imagem abençoada de Nossa Senhora das Mercês. Os poucos que deviam conduzir a nau rio abaixo e os muitos que se juntariam a eles em Sanlúcar de Barrameda despediram-se como quem deixa uma festa e promete se encontrar na seguinte. Pouco tempo, poucas e precisas manobras e uma única vela foram suficientes para que a embarcação desse início à viagem. Uma multidão de curiosos fez seu rumor pairar sobre o navio que começava a se afastar em direção à desembocadura do rio. Atrás da esteira d'água, como se quisessem alcançar os que se distanciavam, ouviram-se risadas prognosticando infernos e também bênçãos lançadas como beijos ao ar; prantos de mães pressentindo o pior e aclamações aos heróis que voltariam distribuindo ouro. Enquanto a multidão se dispersava, María se pôs à frente dos seus e exigiu:

— Ao que é nosso! Ainda há muito a fazer!

Era imperioso melhorar o aspecto da casa e de seus móveis. Era necessário acabar de vender tudo o que pudesse ser transformado em mercadoria suficientemente miúda para transportar e valiosa para vender aos espanhóis do Rio da Prata ou trocar com os índios. Era indispensável deixar a casa livre para garantir com sua renda o conforto de dom Diego de Sanabria.

A atividade foi febril até o último dia de fevereiro de 1550. Ao amanhecer desse dia, as últimas barcaças que levavam carga e gente para a armada saíram ao alcance da nau. Em poucos dias chegaram sem incidente à boca do Guadalquivir, onde eram aguardados pelos criados que haviam se adiantado e a tripulação que conduzira o navio desde Sevilha. Uns e outros trabalhavam para colocar em condições as duas caravelas menores que também fariam parte da armada. Trinta foram os dias necessários para completar a carga. A linha de flutuação afundou sob o peso do que era necessário para alimentar pelo menos durante noventa dias mais de uma centena de viajantes. Foram despachados 160 sacos de pão, cinqüenta pipas de meia tonelada de vinho, vinte moringas de azeite, 12 moringas de vinagre, noventa pipas de meia tonelada de água, carne e peixe salgado que perfaziam no total dez toneladas, duas toneladas de favas e três de grão-de-bico, assim como sessenta de lenha.

Também disputaram lugar nos porões dez toneladas de ferro laminado e dez de pregos, cem grandes fardos de tecido e cinqüentas caixotes de panos finos, cera, sabão, objetos de vidro, livros e armas que deveriam atingir um preço altíssimo no isolado Rio da Prata.

Finalmente embarcaram muitos porcos e um sem-número de galinhas que deviam gozar de uma última liberdade a bordo antes de serem gradualmente sacrificadas, para que houvesse sempre algum alimento fresco.

Quando já não havia tempo para ser gasto nos bordéis nem espaço para a deserção, os marinheiros receberam seis meses de soldo a título de adiantamento. Os donos de hospedarias e estalagens avançaram sobre eles para lhes cobrar o que haviam fiado. O que sobrou passou rápido às mães, esposas e filhos pequenos que haviam vindo se despedir dos seus e teriam de aguardar sem outro auxílio a duvidosa volta dos que se aventurariam no mar.

Também a praia de Sanlúcar se povoou daqueles que vinham se separar para sempre dos seus. Sobre a areia indiferente caíram lágrimas de esperança e de dor.

— Não o verei mais — ouvia-se aqui e ali a despedida das mães.

— Mandarei buscá-la quando estiver rico — respondiam os filhos.

— Qual é a necessidade que a senhora tem de levar minha filha? — ouviu María a repreensão de uma voz desalentada. Ao se virar, viu-se diante de sua criada Marta e de sua mãe.

— Um futuro melhor a espera — sorriu María e continuou a organizar o embarque, cheia de pressa.

Logo urgiu Marta para que ocupasse seu lugar no bote que ia e vinha da nau. Como a jovem não se mexia, precisou pegá-la pelo braço para desgrudá-la de sua mãe, que não parava de implorar para que ficasse.

— Toda a sorte do mundo para você, minha filha — murmurou quando já não podia fazer mais nada. E com um tom ainda mais baixo acrescentou: — E maldição para você, María de Sanabria, que a está afastando de mim.

María conseguiu ouvir, parou para responder, mas fez um gesto com a mão como quem espanta um inseto incômodo e continuou distribuindo instruções. Ao alvorecer tudo estava pronto e a armada de María de Sanabria apresentou suas velas ao vento ao amanhecer do dia 10 de abril de 1550. Juana e mais 12 mulheres que haviam sido contrabandeadas depois da última inspeção das autoridades começaram a vomitar sob o convés. Enquanto isso, as 49 que contavam com permissão real viam crescer a distância que as separava de seu mundo. Os homens que não estavam ocupados com as manobras também permaneciam como se estivessem aprisionados pela esteira que a popa fazia desaparecer apagando o caminho de volta.

María se afastou do grupo driblando com passo ágil os arpões dispostos no extremo do navio e se extasiou contemplando o infinito apontado pela proa.

Pareceu-lhe que pela primeira vez em sua vida estava em paz, que tudo saíra bem. Sabia que era quem, de fato, mandava na armada. Esperava levar a cabo as façanhas mais sonhadas do século. Confiava em encontrar riquezas que ofuscassem as de Cortés e Pizarro. Esperava deslumbrar o mundo mostrando que fizera uma aliança com o reino das amazonas. Estava certa de que seria venerada pela justiça e pela caridade com que levaria o evangelho aos índios. "Levei a cabo", murmurava para si mesma, "o que nenhuma mulher se atreveu a sonhar. Se o tivesse feito sem manter segredo, não teria conseguido nada além de piadas e mesmo hoje conseguiria pouco mais do que isso. Haverá logo uma chance de encabeçar a viagem; de me mostrar ao meu tempo e à posteridade. Mas agora o mar está à espreita, a travessia ameaçadora. Meu triunfo será chegar com a tropa intacta e coesa. Devo ser o general que conduz da sombra a nau a um porto seguro. Se conseguir, estarei a um passo da vitória. Mas agora...", murmurou cheia de decisão, "é preciso encarar as tarefas, pois haverá muito a fazer e a aprender nesse preâmbulo que nos separa das ilhas Canárias."

María desviou os olhos do horizonte para a popa, onde a maioria dos viajantes continuava contemplando a praia que se desvanecia. Desceu aos porões, fez o sinal combinado, e 13 mulheres pálidas saíram de seu esconderijo. Sem que sua aparição surpreendesse ninguém, subiram ao convés, ávidas por ar fresco. Não conseguiram espantar o enjôo e, pelo contrário, tinha-se a impressão de que haviam contagiado todo o resto. Não se salvaram aqueles que navegavam pela primeira vez nem os que labutavam havia muito tempo no mar. Resignadamente deitaram-se para sobrelevar as ânsias de vômito, enquanto esperavam que o corpo se acostumasse ao balanço das ondas. María quis lutar e continuou a fazer as tarefas que se impusera. Debilitada, curvou-se, ficou de joelhos, apoiou a barriga em um canhão a estibordo e com a cabeça voltada para baixo vomitou o pouco que havia comido. Maldisse em silêncio, apertou os dentes e colocou todo o seu empenho em se levantar.

— Posso ajudá-la? — perguntou uma voz a suas costas com tal acento que María soube logo que se tratava do arcabuzeiro alemão. — Posso ajudar? — insistiu ficando atrás dela e segurando com força seus braços, pouco abaixo dos ombros.

María se levantou, virou-se, agradeceu com um suspiro e deu alguns passos vacilantes em direção ao ar fresco.

— Espere — pediu Hans Staden oferecendo-lhe o braço.
— Espere — vacilou, contraindo ligeiramente o braço, como se estabelecesse a devida distância em relação à proprietária de um nobre sobrenome.

— Obrigada — ela respondeu sem aceitar.
— Você quer a opinião de um rude soldado? — perguntou o arcabuzeiro.

María não disse nem sim nem não. Apoiou a mão em uma viga e se manteve como que à espera das palavras do outro.

— Alguns mais, outros menos, mas todos sofrem nos primeiros dias no mar. Não quero que me interprete mal, mas às vezes é inútil se opor ao que o corpo quer. Lutar contra o enjôo não é melhor do que aceitá-lo até se acostumar. Não leve a mal, mas é o que convém tanto ao mais forte como ao mais fraco, ao corajoso e ao covarde: deitar e esperar que passe.

— E se acontecesse agora uma tempestade? Se fôssemos atacados pelos piratas?

— O medo produz milagres no corpo que ninguém sabe explicar. Mas quando o tempo é bom, até um soldado estúpido como eu se permite dizer a uma dama que o mais sábio é deitar e esperar — sorriu Staden.

— Obrigada — murmurou María e com passo inseguro foi agarrar o mastro principal, sacudida pelas ânsias de vômito.

Quando as forças já não lhe permitiam permanecer em pé, abaixou-se e tombou ao lado da mãe e da irmã.

No segundo dia, o vento virou e começou a soprar do sul. Arriaram as velas temendo que a nau fosse arrastada para a costa. O terceiro dia amanheceu nublado; avistava-se a orla. Os esforços para endireitar o rumo mal conseguiram impedir que a distância dos baixios não diminuísse. À noite foi possível ver a intimidante luz do porto português de Faro, mas a agitação do mar aconselhou que a distância fosse mantida o máximo possível. Lutaram sem descanso nos dias seguintes; o adversário era o continente que não conseguiam deixar para trás. A costa do Algarve manteve-se tão próxima que podiam ver a olho nu sujeitos que observavam a passagem das embarcações, torcendo por um naufrágio para fazer sua colheita antes da chegada das autoridades.

— Posso olhar? — pediu María estendendo a mão à luneta de Staden.

— Claro — ele sorriu e lhe deu o que pedira.

— O que devo olhar?

Staden fitou-a com curiosidade e encolheu os ombros:

— O que quiser — contestou suavemente.

— O que você estava vendo?

— O perigo. Nós, soldados, sempre estamos vendo o perigo.

— E onde está o perigo?

— Em todos os lados. Há perigos contra os quais não há defesa. Se batermos fundo nas rochas da costa, não haverá saída. A margem parece ao alcance da mão, mas raramente alguém chega a ela. Além do mais, se você chegar à areia com a pólvora molhada haverá sempre alguém disposto a matá-la para roubar. Deus nos livre dos perigos que não temos armas para enfrentar.

— E os outros?

— Estamos aqui para isso.
— Você veio de tão longe para isso?

Staden riu com picardia e afirmou:

— Em relação às Índias, os reinos da Alemanha são muito próximos. E devemos essa aventura a Carlos, Imperador nosso e de vocês; é ele quem está permitindo aos alemães desfrutar o banquete das Índias.

— Está querendo procurar ouro?

— Assim como todos, vou à procura de riqueza e de aventura. Quero ter do que viver na velhice e que não me faltem histórias para contar no dia em que tiver netos em minha terra.

— Obrigada — María interrompeu a conversa e devolveu a luneta. — Obrigada pelo conselho sobre o enjôo — voltou a dizer antes de se afastar.

Permaneceu no convés onde pajens e grumetes adolescentes, jovens marinheiros, oficiais curtidos, um piloto experimentado e um capitão grisalho trabalhavam sem descanso para enfrentar a força do vento. Os soldados não baixavam a guarda, como se se soubessem cercados. O sol se ocultou atrás do bloco de rochas do cabo de São Vicente. A escuridão fez com que o mar que se abria na frente fosse meramente intuído. As sombras permitiram ver os fogos dos que rezavam em terra por um naufrágio. A noite mostrou ao longe as luzes de navios que podiam ser de mouros ávidos pela dupla riqueza composta por carga e escravos. Quando amanheceu, continuava ventando do sul. Uma ração dupla e vinho foram distribuídos e todos os homens se envolveram nas manobras. Ao meio-dia se levantou uma tripla gritaria de júbilo na nau capitânia e nas duas caravelas, porque ficara claro que haviam conseguido dobrar o cabo de São Vicente. O capitão Salazar avisou com sinais que era inútil se opor ao vento que continuava soprando intensamente do sul. E por isso determinou que seguissem para o norte e ancorassem em Lisboa. Navegando com vento favorável, a maioria dos homens pôde se retirar para descansar. A frustração se apossava de María. Sabia que havia agüentado a primeira semana de navegação dormindo tão pouco como os tripulantes. Sabia que o perigo a intimidara menos do que à maioria dos homens. Não ignorava que sua participação na labuta era a de quem tinha uma energia inesgotável, mas seu esforço fora sempre o de um espectador.

Tratou com desdém as mulheres que permaneceram acocoradas sob o convés como se assim pudessem evitar o naufrágio. Interrompeu com gesto destemperado os lamentos das que se queixavam por ter abandonado a segurança da terra. Esporeou com zombarias aquelas que, temendo as sacudidas do navio, não se atreviam a andar sem se agarrar a alguma coisa. Quando a nau ancorou ao amparo das águas calmas do porto de Lisboa, Mencía e Mencita desembarcaram procurando o conforto da terra. María ficou a bordo com atitude de cão de guarda. Não atendeu a quem implorava nem deu importância aos rostos abatidos. Ameaçou mandar açoitar quem pedisse para desembarcar.

Em dois dias a atmosfera ficou mais suave e anunciou vento favorável. Durante a noite, tudo foi preparado para que a armada pudesse levantar âncoras a tempo de aproveitar a primeira brisa matinal. A claridade que se insinuava atrás da cidade mal permitia distinguir as pessoas e a carga a bordo. María achou que faltava gente entre os que observavam as manobras. Contou como se estivesse passando sua tropa em revista e teve certeza. Forçou a vista tentando distinguir na penumbra. Maldisse para seus botões por não ser capaz de enumerar as mulheres nem saber quem estava faltando. Um pouco mais de luz veio em sua ajuda e exclamou para si: "Marta; Marta e outras três! Malditas! Preguiçosas!", insultou, pegou uma vara e foi despertá-las.

Não encontrou ninguém e voltou cheia de fúria ao convés. Enquanto procurava Marta com o olhar, recordou o momento em que Juan de Sanabria estivera prestes a flagrar sua criada em falta. "Vejamos", pensou com mais calma, pensando na servente, "se também vai se sujar de cinzas para me fazer acreditar que estava economizando o carvão do senhor."

María procurou sem cessar. O sol se levantava com pressa. Depois de percorrer pela segunda vez o navio, achou inútil continuar brincando de esconde-esconde e gritou:

— Marta!

Frei Agustín respondeu:

— Venha.

— O que você quer agora? — perguntou María de mau humor.

— Imaginava que você ia demorar um pouco mais a se dar conta.

— O que está dizendo?

— Que ela foi embora.

— Como foi embora?

— Ela e mais três.

— O que você está dizendo? — ameaçou-o María.

— Medo do mar. Medo das Índias. Medo de seu chicote. Falta de suas mães.

— E você? Você sabia e não me avisou!

— Avisar de quê?

— Se quer continuar fazendo piada...!

— Por acaso você quer que eu seja para você o que o antigo confessor era para seu pai?

— O que isso tem a ver?

— Se tivesse faltado ao segredo devido à confissão de Marta teria deixado de ser servo de Deus para ser escravo de María de Sanabria.

— Mandarei desembarcá-lo!

— Então você queria levar Marta e as outras três como escravas?

María não respondeu, deu meia-volta e foi correndo procurar o capitão. Salazar ouviu-a sem olhá-la. Fazia a manobra para sair do porto. Depois respondeu:

— Sempre há deserções.

— Volte! Mande lançar as âncoras! Ordenarei que as busquem em terra!

— Pelo fato de terem desertado? Temo que dois bons marinheiros fizeram a mesma coisa. A terra tem lá suas atrações...

— Porque desertaram, porque roubaram o dinheiro que lhes adiantei em Sanlúcar, porque traíram, pelo que for!

— Verei se é possível — murmurou Salazar enquanto continuava cuidando da manobra e dando ordens precisas para sair mar adentro. — Ah, por favor, jovem senhora — acrescentou o capitão —, sempre que eu estiver muito ocupado, será conveniente que não me interrompa e, se for absolutamente indispensável, que só sua mãe o faça.

María reprimiu os insultos que ferviam em sua mente. Afastou-se e se acotovelou na varanda da popa para ruminar planos de vingança enquanto a costa se afastava insensivelmente. Não almoçou nem jantou nem quis se proteger do frio quando a noite caiu. Antes do amanhecer, deitou-se e dormiu até o pôr-do-sol seguinte. Foi até a proa e, diante do último raio de luz, jurou que não voltaria a dar motivo para que mulheres de sua tropa quisessem desertar.

VI

María contemplou longamente os pontos luminosos do firmamento. Perguntou-se se podia ser verdade que cada uma das incontáveis estrelas fosse maior do que a Terra. Sorriu tentando determinar as razões que as tornavam tão belas e agradeceu que estivessem ali para apontar o caminho que levava às Índias.

"A vitória me espera", pensou cheia de esperança, "mas vou mudar o rumo. Não, não aquele que vocês estão me indicando", murmurou olhando as estrelas; "quero tratar de outra maneira as pessoas da minha armada. Começarei", impôs-se, "pedindo perdão a quem maltratei injustamente. Acho que frei Agustín", mordeu o lábio murmurando o nome do frade, "está em primeiro lugar."

Ainda ficou um longo tempo olhando para a proa como se o porto das ilhas Canárias estivesse ao alcance de sua mão. Quando se sentiu segura de como iria falar com o frade, foi procurá-lo:

— Posso interrompê-lo? — perguntou amavelmente.

— Você é sempre bem-vinda — respondeu o religioso com sinceridade.

— Eu lhe devo um pedido de desculpa.

— Está aceito — sorriu frei Agustín —, se é que você acredita mesmo que precisa se desculpar.

— Acredito e não acredito.

— Parece que acredita, mas não quer acreditar — continuou sorrindo o religioso.

— É verdade — murmurou María enquanto a soberba se esvaecia de seu olhar. — Que trabalho me dá pedir perdão humildemente! — desculpou-se.

— Você é muito jovem — quis tranqüilizá-la frei Agustín.

— Como se você não fosse.

— Não é a mesma coisa; tenho sete anos a mais do que você. Mas, acima de tudo, é diferente, porque queremos coisas diferentes.

— O que você quer?

— Quer saber mesmo?

— Se me contar, eu saberei se me perdoou de verdade — pediu María.

— Eu quis ir às Índias da mesma maneira como você quer agora. Não para governar, pois não tenho sobrenome para isso, mas sim para descobrir e conquistar. Faz agora quase dez anos que o reverendo padre frei Bartolomé de las Casas — frei Agustín se persignou ao pronunciar o nome — veio à minha casa. Estava atrás das mulheres indígenas que haviam sido trazidas à força das Índias. Com a eloqüência de sua palavra, com o prestígio de sua santidade, com a autoridade que lhe dava o respaldo do Imperador, exigiu que aquelas infelizes fossem devolvidas a sua terra. A índia que servia em minha casa viera quando era menina e já era uma velha. Suplicou para ficar e o padre acedeu. Como se eu fosse importante, me perguntou: o que você fará para devolver aos índios o que lhes tiramos?

Frei Agustín fez uma pausa como se voltasse a pensar em uma resposta adequada. Sorriu e recordou:

— Pedi o amparo da Santa Igreja. Combati minhas dúvidas. Troquei as esperanças do conquistador pelas de soldado de Cristo. Fui como muitos outros à consagração de frei Bartolomé na igreja de São Paulo, no ano de 1544. No mesmo dia em que era nomeado bispo, em vez de dar atenção ao título que recebia, reconheceu-me, como se eu fosse importante. Ouviu minhas dúvidas, minha profissão de fé e meu compromisso. Colocou Deus por testemunha e proclamou que aquele era um dia feliz para as Índias porque havia alguém que se dispunha a combater as trevas infernais instauradas pelos espanhóis. É tudo — sorriu o religioso.

— E as dúvidas, querido amigo? — perguntou María.

— As dúvidas, as dúvidas... Deixe em paz as dúvidas, pois estes dias são de esperança! Vento em popa! Vamos!

— Dias de esperança! — María repetiu as palavras como se comemorasse.

Os dias de vento favorável se sucederam, mas, como se estivesse escrito que não deveria existir bom tempo para as mulheres, instalou-se o tédio. Os homens começaram a apostar, a blasfemar, a discutir e a perturbar. Sem nada para fazer, transformaram em brincadeira o assédio incontido às mulheres. Os sermões de frei Agustín provocavam cada vez mais risadas. Instada por María, Mencía se queixou reiteradamente a Salazar sem conseguir nada além de ser ouvida com atenção. Uma e outra vez, o capitão respondia encolhendo os ombros, explicando que aqueles fatos eram inevitáveis no mar. A grosseria das palavras dirigidas às mulheres virou um passar de mão incessante. Sem saber como lutar para manter a moral da própria tropa, María resolveu ficar em vigília permanente. No princípio, os marinheiros mantiveram em relação a ela o respeito devido a um superior. Depois de muitos dias, o fastio do mar levou-os do olhar dissimulado à grosseria descarada; do galanteio discreto à obscenidade. María pensou que chegara a hora de se valer dos punhais de Juana, do veneno de Justa e da habilidade de Josefa com os homens, mas não encontrou uma maneira. "Se o fizer secretamente, não haverá escarmento. Se o fizer em público, mostrarei minhas cartas e me exporei às represálias", dizia para conter as companheiras e a si própria.

Resolveu encarar o capitão Salazar e procurou-o nos porões, onde ele verificava a extensão do roubo de alimentos.

— Eles recebem todos os dias — murmurou Salazar como se estivesse indicando a diferença entre as coisas importantes e as secundárias — água suficiente, vinho e pão. Não lhes faltam a sopa de favas, o peixe salgado, o arroz, o azeite, o toucinho, nem a carne salgada que lhes damos diariamente para comer. E roubam da mesma maneira debaixo do meu nariz sem que eu consiga descobrir quem são os responsáveis.

María insistiu em suas reclamações, mas não conseguiu outra resposta além de um movimento de ombros. Quando estava subindo de novo, ouviu o murmúrio do riso de dois homens que haviam se escondido debaixo da escada para observá-la. Tremendo de raiva, dispôs-se a continuar como se não os tivesse visto quando uma voz com pronúncia inconfundível lhe perguntou:

— Quer vir ver isso?

María agradeceu intimamente ao arcabuzeiro o convite que lhe permitia mudar de direção, e se aproximou para ver o canhão.

— Parece-lhe suficientemente brilhante? — perguntou Hans Staden.

— Que importância pode ter o brilho de um canhão? — María ficou intrigada.

— Os soldados cuidam das armas quando elas estão silenciosas, ou não conseguem se entreter nos dias de tédio. Se sucumbirem ao ócio, nunca, nem eles nem as armas, estarão preparados.

María riu amistosamente da má pronúncia e perguntou:

— O que você quer dizer?

— Que você não deve julgar todos a partir do comportamento dos que se entretêm de maneira imprópria.
— Eu gostaria de enforcá-los!
— O mar e a forca não rejeitam ninguém. Mais cedo ou mais tarde você precisará deles e não poderá contar com os serviços de quem estiver morto.
— Se estão agindo assim agora, o que não farão dentro de 15 dias?
— Em um ou em muitos dias do futuro enfrentaremos um mar encrespado. O trabalho e o medo os devolverão ao seu lugar e você agradecerá por não tê-los enforcado — sorriu Staden.
— E até lá?
— Não me leve a mal, mas suponho que será obrigada a suportar muitas coisas. É necessária uma falta muito grave para que um capitão castigue um de seus homens por causa de uma mulher.
— Porcos! E isso inclui também aqueles que estão ao lado deles!
— Não é bom ofender quem não pode se defender. Se um homem fizesse isso, teria de responder, mesmo que fosse um nobre — replicou Staden com comedimento.
— Perdão, não quis... — afirmou María, deu meia-volta e se dirigiu ao convés.
Havia se afastado três passos quando voltou a se virar e pediu novamente, olhando-o nos olhos:
— De verdade, peço desculpas. Esforço-me dia e noite para que minha gente chegue saudável e coesa às Índias. Pensei em enfrentar tempestades, corsários, motins, mas isto...
— Alguns capitães encontram soluções.
— Alguns que tenham mais caráter castigam seus homens? — esperançou-se María.

— Não, não, isso não — riu Staden. — Ninguém discute quando um capitão dependura pelos braços um homem que puxou um punhal contra outro e o deixa ali até que chore de dor. Vi serem castigados assim despenseiros que se apropriavam do vinho e davam à tripulação vinagre misturado com água. Isso é a justiça para a gente do mar, mas quando um capitão suplicia homens por coisas menores...

— Coisas menores!

— Você precisa entender como as coisas acontecem no mar.

— E então qual é a solução se as coisas no mar são assim mesmo?

— Vi que alguns capitães mantêm seus homens ocupados — respondeu Staden sem entender a ironia que havia na pergunta de María.

— Como? — perguntou a jovem mudando completamente de tom.

— Parece uma temeridade dizer — sorriu Staden.

— Por favor — suplicou María.

— Em uma viagem de volta das Índias, estava tudo indo bem. A carga era valiosa e o vento favorável, mas a hostilidade entre os marinheiros desocupados foi se instalando. Primeiro foram os que perdiam nos dados e nas cartas. A pancadaria inicial foi seguida por uma punhalada. Duas ou três noites mais tarde, um homem caiu no mar em circunstâncias obscuras. Continuava soprando um vento favorável, mas pairava no ar um motim. O capitão e os poucos que lhe eram leais tínhamos os dias ou talvez as horas contadas. Velávamos as armas na escuridão da noite, prontos para nos defender, quando um de nós nos persuadiu a abrir uma fenda na caravela para deixar a água entrar.

— Para afundar a embarcação?

— Não, não — sorriu Staden. — As fendas abertas de propósito obrigam toda a tripulação a enfrentar a água para que o barco possa seguir caminho. Bem, o medo acaba com o motim, a água faz com que todos os braços se tornem indispensáveis. Ouvi dizer, inclusive, que alguns capitães abrem fendas simplesmente para que a tripulação não se acovarde assim que surgir uma verdadeira.

— Peço desculpas de novo — ficou olhando para ele como se quisesse abraçá-lo.

— Eu não farei uma coisa dessas — antecipou-se Staden — porque não sou um soldado amotinado. Mas se alguém for fazer, é melhor que eu saiba antes para não deixar as coisas fugirem do controle.

— E como se faz uma coisa dessas?

— Para que não se note que foi de propósito, arranhando o breu que há nas juntas das madeiras.

— E se a coisa não for bem-feita?

— Se a fenda for maior do que a que se pode enfrentar, afundaremos. Se coincidir com um temporal, iremos a pique. Se formos avistados por barcos inimigos nessa situação, estaremos perdidos. Enfim, não é simples ter tudo sob controle no mar.

— Vou arriscar.

— Você não ganha nada me anunciando uma ação antes de executá-la.

— Você vai contar ao capitão?

— Você está me interpretando mal. Eu não levo nem trago histórias. Estou bastante ocupado com meus assuntos e o barco não é meu — riu Staden.

— Parece que pouco lhe importa naufragar.

— Se afundarmos, logo ficaremos sabendo — sorriu Staden. — Mas, se você me permite, farei uma observação de soldado rude, mas sincero.

— Permito.

— Você não está se preocupando demais com o barco e muito pouco com aquilo que deveria ser a preocupação de uma senhora importante?

— Deveria? — respondeu María com os dentes apertados.

— Você me leva a mal porque não sei me expressar diante de uma nobre senhora.

— Fale como se eu fosse uma passageira qualquer.

Um lampejo de picardia iluminou o sorriso de Staden; por um instante pareceu que ia percorrer com o olhar o corpo de María, mas se conteve imediatamente e observou:

— Não posso nem devo.

María mordeu o lábio inferior, ia exigir que continuasse, mas se conteve, sorriu, agradeceu e voltou ao convés. À noite já reunira as ferramentas necessárias, e, com a ajuda de Justa, Joana e Josefa, abriu uma pequena fenda no casco. Sem que ninguém percebesse seu movimento, as quatro devolveram as ferramentas ao seu lugar e se deitaram para esperar pela descoberta da novidade.

— Gritos de pavor ou passos apressados? — perguntava-se María durante a tensa espera. Estava fazendo esse tipo de aposta quando um chiado dissolveu suas dúvidas. Cem pessoas se levantaram ao mesmo tempo. Umas correram até o convés como se pudessem fugir da água. Outras se chocaram com elas quando desciam desesperadamente para averiguar a gravidade do problema. Todos se estorvavam e ninguém atinava em ir buscar as bombas nem os baldes necessários à operação.

Algumas mulheres seguraram outras que, aterrorizadas, procuravam se atirar no mar. Alguns marinheiros se apressavam em desamarrar e descer o batel. Um estampido sacudiu o ar e acabou com o bulício. Como se até então não tivesse estado na nau, o capitão Salazar apareceu no convés. Segurava entre os dedos indicador e anular o pavio, ainda aceso, com o qual disparara no ar um tiro de arcabuz. Sua simples presença trouxe a ordem e foi suficiente para abrir-lhe caminho até a zona inundada. Um momento mais tarde, voltou ao convés e deu ordens com a mesma atitude que tivera nas aborrecidas manhãs precedentes. Minutos depois, as bombas e a corrente de baldes funcionavam a pleno vapor e a quantidade de água que entrava pela fenda e a que era devolvida ao mar começava a ser igual.

Quando a situação estava sob controle, Salazar mandou chamar a proprietária do barco, Mencía. Ela acorreu apressada, ainda com o medo estampado em seu semblante, e perguntou, como quem interroga um médico a respeito da gravidade da própria doença:

— E então?

— Não afundaremos. Preciso lhe fazer um pedido extraordinário: pode chamar sua filha María?

— Claro — respondeu, saiu e em um instante estava de volta com a jovem.

Salazar olhou-as como se conduzisse um interrogatório e depois de alguma hesitação explicou:

— O que vou dizer me incomoda, mas as senhoras compreenderão que é necessário.

— Fale — pediu Mencía, enquanto María cravava as unhas na palma das próprias mãos.

— No ritmo em que estamos indo — afirmou Salazar —, não poderemos manter o navio flutuando sem sua cooperação.

— Estamos a suas ordens — asseverou a mãe enquanto a filha reprimia um suspiro de alívio.

— Há duas alternativas: uma é arriscada; a outra, cansativa. Posso mandar pregar uma lâmina de chumbo por fora para tapar o buraco, mas será fácil perder quem mergulhar em mar aberto. Caso contrário — continuou Salazar —, teremos de tirar água dia e noite, mas não temos homens suficientes para cobrir todos os turnos. Não me passou despercebida a ascendência que sua jovem filha tem sobre nossas passageiras. De modo que, dona Mencía, se eu tiver sua permissão, pedirei que se coloque sob minhas ordens para tal esforço.

— Claro — murmurou Mencía, tentando fazer com que a alegria que a embargava parecesse apenas altivez.

Logo depois sete mulheres estavam passando de mão em mão baldes cheios de água dos porões à amurada, enquanto outras tantas tratavam de devolvê-los. Os turnos eram breves e, antes que uma obrigação, a oportunidade de usar as mãos e o tempo era vista como um privilégio. Estabeleceu-se certa cordialidade entre os homens que moviam rítmica e exaustivamente as bombas e as mulheres que faziam os baldes voar de mão em mão. Ao meio-dia, ficou claro que, se o bom tempo permanecesse, conseguiriam devolver ao mar tanta ou mais água do que a que entrava. Alguém começou a cantar toadas sobre a terra que deixavam e, aos poucos, o som do coro se sobrepôs ao da água que entrava e saía, ao do ar que era generosamente aspirado e expelido durante aquele esforço.

No meio da tarde o trabalho já tinha um ritmo próprio e María começou a ficar mais tranqüila. Ia e vinha como quem deseja que seus subordinados trabalhem por si mesmos, mas não se esqueçam da presença atenta do superior. Ao entardecer, foi até seu lugar favorito ao lado da âncora de proa e contemplou longamente o mar que a separava daquelas ilhas que já lhe pareciam próximas, as Canárias.

— Então você o enrolou — murmurou Josefa a suas costas.

María virou a cabeça, recebeu-a com um sorriso e murmurou:

— Enrolamos.

— E agora vamos fazer o quê?

— Agora devemos desfrutar o caminho até as ilhas.

— Desfrutar?

— Você preferiria estar como estávamos antes? — sorriu María.

— Não, claro que não, mas eu chamo de desfrutar outras coisas — riu.

— O quê?

— Vamos... Você é uma menina inocente, mas nem tanto.

María ia responder com mau humor, mas se conteve e confessou:

— É muito difícil para mim, que devo controlar tudo, admitir que não entendo nada desse assunto de que você está falando.

— Isso é fácil resolver — riu Josefa.

— Como? Fale sério.

— Se é uma ordem sua, as coisas ficam difíceis para mim. Eu ia lhe recomendar que procurasse alguém de quem goste e o convide a ensiná-la. A noite será sem lua e graças à água todos estarão muito ocupados com seus assuntos. O suficiente para não perceberem...

— Eu lhe pedi para falar sério... — insistiu María, mas sem irritação.

— Estou falando sério. Qual é a outra maneira? De repente você consegue encontrar lições em algum de seus livros... — riu Josefa.

— Trata-se disso, de achar alguém que me ensine.

— Ensinar sem praticar? Você não sabe o está dizendo.

— Não quero praticar! Pelo menos não agora — ponderou María.

— Então não será fácil.

— Você prometeu que ia me ajudar.

— Você sabe muito bem que eu quero, mas isso é muito difícil de explicar com palavras.

— Tenho vergonha de dizer o que quero lhe pedir — afirmou María, ficando ruborizada.

— Não seja infantil — tranqüilizou-a Josefa.

— Você vai zombar de mim.

— Juro que não — voltou a tranqüilizá-la Josefa.

— Não vai querer.

— Vamos lá — riu.

— Não, não; digo outro dia — murmurou María depressa e fez um gesto de que ia partir.

— Espere — pediu Josefa apoiando a palma da mão em seu ombro. — Espere — reiterou. — Suponho que você saiba que um bom capitão é capaz de confiar em seus soldados — riu.

— É horrível.

— No começo algumas dessas coisas são horríveis, mas depois você se acostuma e acaba gostando — riu Josefa.

— Eu quero ver.

— O que você quer ver?

— Como se faz... — murmurou María sem poder evitar que uma mancha muito vermelha tomasse conta de seu rosto.

— Ah! — murmurou Josefa. — E quer que eu...

— Sim.

— Bem, bem, bem... — murmurou Josefa olhando para o chão e balançando a cabeça de um lado para outro.

Levantou o rosto, olhou para a frente, deixou que um riso grosseiro aflorasse e respondeu:

— Será necessário escolher uma pessoa. Frei Agustín até que não cairia mal a uma pessoa de bom gosto, mas temo que seja um sujeito difícil. Além do mais — continuou ironizando —, parece-me que não serviria muito para uma aula. Hum... — murmurou passando a língua nos lábios como quem imagina diversos sabores. Sugeriu e descartou vários nomes e ao final propôs: — O soldado alemão.

— Esse não! — reagiu María elevando tanto a voz que achou que tinha gritado.

— O que é isso? — perguntou Josefa.

— Não, não — María tentou dissimular sua confusão. — É o sujeito que me ajudou.

— Vamos — riu Josefa. — E o que isso tem a ver? Parece que você acha que vou torturá-lo.

— Ele não — voltou a pedir María em um tom que pareceu de súplica.

— Bem, bem — riu Josefa. — Olhe só! Parece que ao menos a nossa capitã tem paladar. E eu que achava que era feita de gelo!

— Você vai procurar outra pessoa?

— Procurarei, mas vou avisando que você ficará me devendo — riu Josefa. — E acho — acrescentou com uma piscadela maliciosa — que se o arcabuzeiro estivesse escutando não lhe agradeceria por ter feito uma reserva.

— Diga-me onde e quando devo me esconder — pediu, para terminar a conversa.

— Eu a avisarei — afirmou Josefa, que voltou a rir e se afastou balançando as cadeiras como se acompanhasse o ritmo das ondas.

"Eu a invejo", suspirou María, voltando a se preocupar com a eficiência da corrente de baldes. "Eu a invejo", voltou a pensar na noite seguinte enquanto se escondia no lugar combinado. Aguardou prendendo a respiração, sacudida pela dúvida, pois não entendia direito o que estava fazendo. Ia abandonar o esconderijo, mas um ruído de passos anunciou que não seria mais possível sem que a descobrissem. Josefa se despiu pausadamente e fez o que cabia com seu amante ocasional. Como se estivesse bêbada, conduziu-o em uma espécie de dança sob a tênue luz das estrelas; queria exibi-lo.

Durante os minutos que se seguiram, María mordeu seu lábio inferior até que sangrasse tentando reprimir qualquer som que pudesse delatar sua presença. Esforçou-se ao máximo para manter os olhos fechados, mas cada gemido, cada ruído de um corpo contra o outro a impeliam a abri-los. Quando Josefa e seu amante se afastaram, esqueceu-se de que estava em um navio e quis sair correndo, mas permaneceu imóvel como quem fica deitado calmamente depois de uma tormenta.

Desde então não conseguiu se livrar do assédio de uma impaciência que não compreendia. Pensou em recorrer a frei Agustín, mas ficou chateada de antemão imaginando a reprimenda que teria de ouvir. Ia perguntar a Josefa e lembrou-se que ela lhe dissera às gargalhadas que, se não experimentasse, jamais entenderia. Manter em andamento o trabalho dos que lutavam contra a água exigia pouco da sua atenção. Percebeu que começava a responder muito mal às pessoas e compreendeu que se continuasse agindo assim só conseguiria perder a confiança da sua gente.

Maldizendo-se a cada tentativa, procurou chamar a atenção do arcabuzeiro louro. Toda vez que não obtinha nada além de amabilidade e indiferença, começava a maquinar planos de vingança que logo descartava; a única conseqüência era a de ficar mais preocupada. Embora tivesse feito indizíveis esforços para ocultar a agressividade, não conseguiu evitar que frei Agustín percebesse seu estado de espírito.

— Parece que você está sonhando com um chicote que lhe permita arrancar a pele das nossas costas. Querida amiga, você pode me dizer o que está acontecendo? — colocou-se à disposição o religioso.

— Nada — replicou María em tom de quem dava a conversa por terminada.

— Bem — suspirou o frade. — Houve uma época em que você me dispensava mais confiança e haverá uma época em que voltará a confiar em mim. Suponho que você sabe que estou sempre a sua disposição — murmurou para acrescentar logo depois de uma pausa: — Mas agora lhe trago problemas.

— Problemas? Que problemas?

— Juana. Um dos marinheiros era vizinho dela e sabe de quem se trata.

— O que o sujeito sabe? — alarmou-se María.

— Que ela desapareceu em Sevilha como quem tenta deixar uma pista falsa; que os inquisidores perguntaram muito por ela quando já havia partido; que não acreditaram que tivesse sido seqüestrada ou morta.

— E o que você lhe disse?

— Garanti que está enganado, que se equivoca, mas deixei claro que fiquei preocupado e lhe disse que tentaria me informar.

— O que ele quer?

— Não sei; não tenho certeza.

— Uma recompensa pelo seu silêncio?

— Não tenho certeza; creio que não.

— Então?

— Acredita que se ela continuar no navio a armada será atingida pelo azar.

— O que podemos fazer?

— Suborná-lo será uma declaração de culpa; ameaçá-lo só funcionará até que se sinta seguro nas Canárias. Talvez persuadi-lo daquilo que não parece disposto a acreditar, convencê-lo de que está errado...

— Isso vai funcionar?

— Não dá para saber. Se falar, falará com as autoridades das Canárias.

— E que tal um acidente no mar?

— María! — horrorizou-se frei Agustín. — Ele não passa de um ingênuo.

— Só perguntei...

Depois sussurrou:

— Vou nos entregar aos seus dons de persuasão — afirmou avaliando a dimensão do que arriscava e o que teria de dar em troca. Distraiu-se especulando sobre o alcance de uma denúncia e fez que ia partir.

O frade pediu:

— Por favor, espere, pois tenho também outra preocupação.

— Prossiga — suspirou María.

— Não tem nada a ver com o que acabei de contar. Tem a ver com você. Não estou cego; posso ver a causa de seu desassossego.

— Qual é? — desafiou.

— Se deseja que eu pare, pode dizer. Mas se me deixar continuar, ouça-me.

— Bem — admitiu María, suavizando o tom de voz.

— É evidente que seu olhar se ilumina sempre que encontra o soldado alemão.

— Sim, talvez, mas qual é o problema? — voltou a desafiar.

— María! Você não pode estar perguntando isso a sério. Ele é um simples soldado. Como você fará tudo o que pretende sem credibilidade?

— O que você quer que eu faça? — respondeu com insolência.

— E o que eu sei a respeito do que você deve fazer?! De imediato, deixar de procurar pretexto para ficar esbarrando no arcabuzeiro!

— O que você sabe?

— Pelo menos que ele parece decente e não sabe como se comportar diante de sua malícia.

— Maldito! — murmurou María com os dentes apertados. — Vá se ocupar de suas pobres almas desgarradas e me deixe em paz! Você acha — ocorreu-lhe para agredir — que não vi que você não consegue afastar os olhos do corpo de Josefa?

Frei Agustín tremeu como quem faz um esforço supremo para se conter, ficou vermelho, depois, lívido, deu uns passos para o lado e se inclinou sobre a borda do navio para vomitar. Um momento depois María se aproximou e pediu:

— Perdoe-me, querido amigo.

— O problema — murmurou o religioso quando recuperou a fala — não é perdoá-la. O problema — sussurrou como quem fora colocado diante de uma cena que não podia suportar — é que você disse a verdade. O que posso fazer? — lamentou-se. — Não há cansaço a que não me submeta nem suplício que a própria carne não tenha me proporcionado, mas tudo é inútil — suspirou.

María ficou ali do lado, como quem dá proteção a uma criança. Ficaram ausentes, com o olhar posto na água que a quilha dividia e cortava e dividia e...

— Eu vou lhe dizer uma coisa terrível que não quero calar — murmurou María depois de um longo silêncio.

— O que pode ser pior do que um homem sem tenacidade para cumprir os compromissos que estabeleceu com Deus?

— Eu lhe direi o que acima de qualquer coisa no mundo teria desejado que você me dissesse a respeito do arcabuzeiro.

A perplexidade do religioso não reduziu seu abatimento.

— Diga, pois... De qualquer maneira, o que importa? — sussurrou.

— Eu sei desde que me foi apresentada em Sevilha. Sei que gosta de você. Sei que Josefa aceitou mudar de vida para segui-lo.

Frei Agustín deu meia-volta e, como se estivesse bêbado, fugiu correndo para o outro extremo do navio. María ficou olhando com tristeza e encolheu os ombros como se soubesse que naquele momento não podia fazer nada. Depois voltou a cuidar de manter ativo o incessante ir e vir dos baldes, atividade necessária à manutenção da estabilidade do nível da água.

— Daqui a pouco estaremos em terra e teremos semanas para descansar bem e comer melhor — disse a todo mundo.

Depois de seis dias de sol e vento favorável o vigia avistou a terra.

"Felicidade é isto", observou María para si mesma, recostada na varanda da popa. "Tentar reconhecer a terra...", murmurou olhando a multidão apinhada no madeirame a estibordo, voltada para a proa. "Emoção infinita... Emoção de distinguir uma praia que desprezariam se estivessem nela", pensou, alheia às comemorações.

Os olhos de María encontraram as costas de Staden no meio da multidão, mas bem perto dela. O arcabuzeiro estava em pé sobre a varanda a estibordo, tão inclinado em cima do mar quanto permitia o comprimento do braço que usava para segurar um cabo. Depois de um tempo, cansado da posição, tomou impulso e pulou no convés. Virou-se para chegar ao mastro principal e subir; queria observar melhor a distância. O olhar de María encontrou o sorriso de Staden.

— Tivemos muita água no caminho — riu o arcabuzeiro olhando alternadamente em direção a terra e aos porões —; não é possível não pular de alegria ao ver que a costa se aproxima.

María armou um sorriso como o de quem se alegra pelo sucesso de uma festa a qual resolveu não ir e continuou observando, como se a sorte do navio dependesse de sua atenção.

— Você não quer subir? — perguntou Staden apontando a escada de cordas que levava à gávea do mastro principal.

— Mas... — María tentou ganhar tempo para apaziguar as batidas descontroladas de seu coração.

— Eu a ajudo — ofereceu Staden com um amplo sorriso.
— Não hesite e não cairá. Nem tenha medo, pois quando se vê a terra depois de uma eternidade no mar ninguém presta atenção ao que os outros estão fazendo.

A gávea era estreita; foi obrigada a ficar colada no arcabuzeiro. Contemplou em pé o continente; teve a impressão de que chegara ilesa à porta do paraíso. Desceu ao convés sem chamar atenção. Foi de um a um; chamou cada um pelo nome; parabenizou cada pessoa particularmente. Adicionou sua própria alegria à felicidade do grupo. Esperou ao lado de todos pelo prognóstico do capitão; o anúncio de que na manhã seguinte seria possível ir à terra não se fez esperar. No entanto, à medida que o azul do horizonte ia escurecendo e a noite avançava sobre os últimos reflexos do sol, cresceu em sua alma uma ansiedade inusitada. Procurou desesperadamente a quem relatar a própria felicidade. Sorriu, não sem tristeza, ao se dar conta de que, de todas as pessoas que havia no navio, a única com quem se sentia capaz de falar era um religioso aterrorizado pela mesma coisa que nela resplandecia.

Mal conciliou um breve sono durante a última hora de escuridão. Ao fim, sob o vigoroso sol do meio-dia, fundearam na ilha de La Palma. O ir e vir dos botes levou à praia homens e mulheres loucos para se inclinar, tocar com a testa e beijar a terra que lhes proporcionava descanso. María repartiu cordialidade enquanto aguardava ser a última das mulheres a desembarcar. Staden também ficou a bordo como se tivesse obrigações a cumprir. Aproveitou a oportunidade proporcionada pela ausência de pessoas, aproximou-se de María e com voz baixa e um sorriso amplo se ofereceu:

— Já estive aqui; a ilha é cheia de encanto, mas há algum perigo. Se quiser passear, vai precisar de um guia; se me escolher, ficarei muito feliz.

María sorriu, deixando claro que ficara satisfeita com as palavras de Staden. Riu consigo mesma; achara engraçada a complicada frase na qual, estava certa, Staden pensara longamente antes de pronunciar.

— Nos veremos em terra — afirmou e preparou-se para desembarcar.

VII

ERA FUNDAMENTAL REPOR as forças e renovar a provisão de alimentos frescos. Também era essencial reparar o casco do navio e, para tal, era necessário desembarcar parte considerável da carga. Passariam semanas enquanto os botes transportavam a mercadoria para a terra e depois de volta para seu lugar. Deviam voltar a armazenar caixotes e volumes de forma a evitar que o movimento os transformasse em um temível martelo dentro dos porões. Era necessário aproveitar as águas transparentes e quietas da baía para que homens pudessem submergir e pregar as placas de chumbo que vedassem a fenda pelo lado de fora. Era indispensável o exaustivo trabalho de deixar o interior seco para revisar fendas e vedá-las minuciosamente.

María resolveu com eficácia os problemas de alojamento de sua tropa. Desde o princípio visitou reiteradamente a praia como se lhe coubesse supervisionar o conserto do navio. Depois de uma semana, considerou suficiente o descanso que concedera a sua gente e distribuiu tarefas que estancaram a crescente tendência a disputas.

À medida que seu tempo livre aumentava, perguntava-se com mais freqüência: "Aonde quero chegar?", sempre que seus impulsos a levavam a tentar ficar perto do arcabuzeiro. "E se me aproximar dele e ele for um daqueles que à noite se gabam para quem quiser escutar?", temia e se tranqüilizava afirmando para si: "Não posso me enganar tanto, mas: e se for?", atormentava-se. "Se for...", respondia a si mesma com um sorriso gelado, "o veneno cumprirá seu papel. Mas vamos, María, é evidente que sabe da história da fenda e é claro que de sua boca não saiu palavra."

Cheia de dúvidas, resolveu se valer do que o próprio Staden havia lhe oferecido. Com o pretexto de manter sua gente ativa, organizou longos passeios e solicitou ao arcabuzeiro seus serviços de guia e protetor. Voltou decepcionada da primeira dessas caminhadas porque a presença pegajosa dos demais a impedira até de sorrir para o alemão. Resolveu a dificuldade determinando que os passeios fossem feitos por grupos menores e no seu só incluiu suas três criadas mais confiáveis, frei Agustín e o arcabuzeiro.

— Sei, querido amigo — sussurrou carinhosamente María caminhando ao lado do religioso —, que você se esforça participando dessas caminhadas só para proteger minha virtude.

Frei Agustín assentiu como quem deseja responder com semblante austero mas não consegue dissimular a força de sua alegria.

— Não consigo ver o mal nesta maravilha — afirmou contemplando os vários tons de verde da paisagem.

— Vejo, querido amigo, que foi picado por um inseto parecido com o que me picou — sorriu María avaliando as possibilidades que o caminho sinuoso oferecia para pegar Staden pela barba e desaparecer com ele.

— É evidente — sorriu frei Agustín — que você se esforça para me atormentar, mas, depois de muitas noites de angústia, Deus me concedeu este dia de paz.

— Paz — sorriu Maria. — Paz? — perguntou com a entonação de quem é capaz de ver a paisagem maravilhosa que se estende diante de seus olhos. — Descansamos? — sugeriu

apontando uma clareira no ponto mais alto. — Descansamos?
— propôs desta vez para todos, depois de obter a aprovação do religioso.

Compartilharam beleza, queijo, vinho e risadas. Finalizando o almoço improvisado, María se levantou e sugeriu:

— Há uma coisa inadequada para uma dama, mas que quem está aqui deveria aprender.

Sem esperar pela resposta, pegou a besta que o arcabuzeiro havia deixado ao seu lado e perguntou:

— Você nos ensina a usá-la?
— Arma não é brinquedo — murmurou o alemão.
— Ensina?
— Estou a suas ordens, mas arma não é brinquedo.

María apontou ao longe com a besta desarmada. Frei Agustín se desculpou dizendo que as armas eram carregadas pelo demônio e afirmando que em suas mãos seriam mais perigosas do que nas de um cego. Juana e Josefa não se recusaram, mas não demonstraram maior interesse. Juana riu garantindo:

— Essa não é a minha arma.

Staden ficou em pé; com amabilidade e firmeza, recuperou sua arma e concedeu:

— Ensinarei, mas terão de se esforçar.

Afastou-se procurado um lugar adequado, voltou e os conduziu a um lugar onde havia um sólido tronco de madeira macia depois do qual ficava uma densa vegetação, útil para deter as flechas que não acertassem o alvo. Diante do interesse de uns, a indiferença do religioso e o bocejo de Josefa, explicou detalhadamente as várias partes e o funcionamento da besta. Depois cedeu a arma a cada um dos presentes para que esticassem a corda e colocassem a flecha em seu lugar. Frei Agustín e Josefa recusaram com um sorriso.

Staden mostrou como se apontava e disparou a trinta passos. A flecha ficou tremendo exatamente no ponto em que havia mirado. O arcabuzeiro desdenhou o murmúrio de aprovação e sintetizou em uma frase que o deixou sem fôlego:

— Difícil é acertar um pequeno animal de caça que se movimenta com velocidade e se esconde entre os galhos; complicado é flechar um homem que veste armadura, que não quer morrer e que se move no convés de um barco que também se move. Difícil é quando aquele que dispara também o faz de tábuas que as ondas balançam e teme a morte.

— Seu discurso, querido amigo, não fica atrás dos de Cícero — aplaudiu frei Agustín.

— O quê? — perguntou Staden.

— Esqueça, pois nós entendemos perfeitamente — riu María.

— Quem quer atirar? — ofereceu Staden.

— Eu — adiantou-se María e depois, como se estivesse chateada pela pressa que demonstrara, cedeu a vez com um movimento de cabeça a Juana e a Justa.

As duas declinaram e María caminhou até se situar no ponto adequado. Armou a besta, colocou a seta e apontou. Staden se aproximou para corrigir a posição e depois retrocedeu um passo. María perdeu completamente a concentração e o arcabuzeiro voltou a se aproximar. Corrigiu novamente a posição e para isso ficou muito próximo das costas da jovem, segurou seu braço e murmurou ao lado de sua têmpora:

— Assim está melhor.

María tremeu e fez um ligeiro movimento para trás que a deixou ainda mais perto do peito de seu professor. Incapaz de manter a concentração, fez um disparo torto e voltou ao seu lugar, procurando parecer aborrecida com o tamanho do desacerto.

Depois de inúmeros disparos, uma certa sensação de monotonia envolveu os que aguardavam sua vez para praticar e impacientou os que observavam. Voltaram em silêncio como ao final de uma dura jornada.

"Meu problema", María tentava ver as coisas com clareza, "não é ficar sozinha com ele, pois isso consigo facilmente. Meu problema é que não sei decidir o que quero", pensava se esforçando para dissimular a extraordinária felicidade, a irritação extrema e o ensimesmamento que a dominavam alternadamente.

Andou quase todo o tempo com o olhar daquele que presta atenção no caminho temendo escorregar. Conseguiu assim ocultar a ira que brilhava em seus olhos, como também a sensação de que desejava o corpo do arcabuzeiro.

"Meu problema tampouco consiste em não saber o que quero, pois sei bem o que procuro", pensou María, seguindo-o com olhos desejosos. "Meu problema", concluiu com um suspiro, "é que não sei parar de pensar. Se não conseguir parar de me preocupar, se não refrear a vontade de controlar tudo, nada vai acontecer", atormentou-se durante os passeios dos dias seguintes.

Finalmente resolveu tomar a iniciativa e colaborar com o acaso. A oportunidade não demorou a chegar e foi proporcionada pelo que restava de uma tarde a sós com o arcabuzeiro.

"E agora o que faço?", perguntou-se enquanto os minutos passavam e o outro permanecia sem tomar iniciativa alguma. Repetiu-se várias vezes a pergunta esticando sua paciência até o infinito. Então afirmou com a entonação de voz de quem insulta:

— Vi que você olha com desejo todas as mulheres. Todas, menos eu.

Staden não demonstrou surpresa diante da frase. Permaneceu sentado, abaixou a cabeça e se entreteve continuando a desenhar com um graveto na terra. Sem levantar a vista respondeu:

— Não é assim.

— Explique-se! — ordenou María como se estivesse falando com um subordinado.

— Sou um soldado; você é a mais nobre entre as nobres; por que quer minha desgraça, por que procura a sua?

María não soube responder, mas seu coração se agitou porque entendeu que a resposta não era negativa.

— Isso é tudo? — murmurou depois de alguns instantes carregados de silêncio.

— E é pouco? — replicou Staden.

Depois de uma nova pausa, María manifestou sua dor:

— Entristece-me que você esteja tão decidido a lutar contra a tempestade, as feras e os homens e tão pouco disposto a fazê-lo por uma dama.

— No primeiro caso há esperança. Posso vencer; por mais desigual que seja o combate, sempre tenho uma possibilidade de vencer.

— Vencer para quê?

— Para viver, se Deus não resolver de outra maneira.

— Ora, como é desanimado o cavaleiro! — ironizou María.

Staden não respondeu. Levantou e apontou a baía com o olhar, como que convidando ao regresso. María conteve o insulto; ia dizer que voltaria sozinha, mas imaginou a impossibilidade de dar explicações ao chegar e se conteve. Maldizendo, cheia de fúria, dispôs-se a seguir o alemão. Desceram depressa e em silêncio, quase pulando de penhasco em penhasco. O arcabuzeiro se deteve diante de um desnível quase tão alto como ele. Deixou a besta no chão, apoiou a mão direita e pulou sem dificuldade. Deteve-se para oferecer auxílio a María e ela o recusou com um olhar de ódio. Sentou-se, deixou as pernas penduradas e firmou as mãos em cada um dos lados da pedra para encontrar apoio e poder pular para a frente. Staden se colocou diante dela estendendo os braços para segurá-la. María voltou a negar enfaticamente com a cabeça. O arcabuzeiro se adiantou, colocou suas mãos entre os braços e o corpo de María e levantou-a para ajudá-la a descer. María resistiu golpeando com os punhos a parte externa dos braços de Staden. Por um instante seus olhares se cruzaram e Staden se aproximou ainda mais para que María descesse roçando suavemente seu corpo no dele. Pegou-a depois quase com fúria e beijou-a desesperadamente. Deitou-a sobre a relva macia, abriu com pressa sua roupa e a própria e a possuiu. Depois ficaram deitados, acariciando mil sonhos até que as alongadas sombras da tarde exigiram que voltassem.

Naquela noite María desejou que um incêndio providencial destruísse os navios e os deixasse para sempre naquela terra. Ao amanhecer, foi à beira do mar e golpeou-a a evidência de que logo teriam de zarpar. Andou entre as rochas procurando um lugar afastado, não sabia se para chorar ou gritar o nome do amado. Não fez nada, mas quando voltou à praia tinha no rosto a luz dos que sentem que há esperança.

No dia seguinte deu as ordens de sempre a sua gente. Quando encontrou uma maneira de se livrar dos acompanhantes no iminente passeio, uniu-se àqueles que a aguardavam para dar início à caminhada. Staden veio até eles com passo seguro, mas o olhar fugidio. Saudou, evitando que seus olhos encontrassem os de María e começaram a andar com o objetivo de chegar ao alto de um morro. María apressou o passo de tal modo que era difícil segui-la. A um gesto seu, Justa parou, alegando que estava muito cansada. María riu olhando para os outros, que também resfolegavam, e observou:

— Queridos amigos, é evidente que nesse passo acabarei não conhecendo a ilha. Vão no seu ritmo que eu os aguardarei la em cima, se conseguirem chegar — riu.

Sem dar lugar a uma resposta, continuou subindo depressa. Staden olhou para o grupo, viu María se afastando rapidamente e como quem escolhe cumprir um e descuidar do outro dos deveres de sua função resolveu perseguir a jovem. Alcançou-a quando já estavam fora da vista dos retardatários, colocou-se ao seu lado em silêncio e andou como se fosse obrigado a observar sem parar onde colocava os pés.

— Seu rosto está péssimo — riu María.

— Ai, ai — suspirou Staden com um sorriso.

— Você já resolveu se livrar de mim e esses lamentos são apenas um presságio? — sorriu María.

— Ai, ai — voltou a suspirar o arcabuzeiro, mas desta vez com menos tristeza, e agarrou-a pela cintura sem parar de caminhar.

María passou seu braço por cima do de Staden, também o segurou pela cintura, trouxe-o mais para perto dela e continuou caminhando com pressa ao seu lado. Guardaram silêncio ao longo de cem passos, até que o arcabuzeiro se colocou diante da jovem fechando seu caminho, enlaçou com os dois braços seu pescoço e beijou-a longamente. Depois, com o olhar fixo em seus olhos, como se respondesse ao que María lhe dissera, se lamentou:

— Você decidiu se afastar de mim no mesmo momento em que me tornou seu escravo.

— Besteira — riu María. — Evite, meu querido, tamanhas besteiras, pois dentro de alguns dias o mar não nos permitirá mais que fiquemos a sós.

Como se tivesse sido chamado à realidade da beleza, Staden voltou a abraçá-la e a beijá-la. Depois a levantou nos braços e levou-a até um clarão cercado de penhascos e atapetado por uma relva suave. Trocou o desespero da véspera pela doçura; em lugar de arrancar sua roupa, despiu-a, sabendo que não havia nenhuma coisa mais importante no mundo.

Por um momento María lembrou:

— Imaginar que ontem estive prestes a perguntar se aquilo era tudo...

Depois maldisse sua incapacidade de parar de pensar e em seguida, sem saber como, se entregou totalmente, sentindo o que jamais havia imaginado que fosse possível sentir.

Mais tarde, deitados, abraçados, rindo em silêncio com os corpos colados, ouviram a cem passos o rumor dos que se dirigiam ao topo. María fez um gesto de se levantar para procurar uma maneira de chegar antes deles.

— Deixe — pediu Staden. — Já estive aqui e será fácil mencionar detalhes do lugar. Diremos que cansamos de esperá-los e voltamos sem vê-los.

— Você tinha preparado tudo? — riu María, feliz.

Sem esperar resposta, reclinou a cabeça sobre o peito nu de Staden e entre o sono e a vigília pensou que em tudo que havia comido até os últimos dois dias não havia nem sal nem temperos; que o cacau que havia provado não tinha açúcar. Viu-se como quem avistara a água, mas nem havia submergido nem havia sido agitado por uma onda morna.

"Até agora eu não tinha visto a verdadeira luz; não tinha escutado a música nem tinha sabido cantar", pensou María acariciando com sua perna as do arcabuzeiro. "Minha pele e meu coração saíram da armadura que os encerravam."

Adormeceu descansando delicadamente a palma e o rosto no peito do amado. Quando foi necessário, voltaram à praia. Aproveitaram até o limite cada segundo, sabendo que tinham de zarpar. O dia de levantar âncora os encontrou tão inquietos como qualquer um que vive em um mundo em permanente primavera. Embarcaram comprometidos em suportar a pesada carga do segredo. Levavam as palavras mais doces, os juramentos mais solenes. Iniciavam a travessia do oceano com a pele desperta e a esperança desatada.

"Uma vez no Rio da Prata; uma vez reconhecida por todos, não será difícil convencê-los, obrigá-los a aceitar nosso casamento", sonhava María, obrigando-se a atender a tropa que tratara sem cuidado.

Sem que fosse uma coisa deliberada, diminuiu seu nível de exigências e seu comportamento se tornou mais indulgente. Só percebeu riso obsceno, o gesto grosseiro e a expressão rude dos marinheiros como se fossem um rumor distante. Esqueceu-se de descarregar o chicote de seus olhares de censura e preferiu simular que não via a crescente proximidade entre homens e mulheres. Foi amorosa com sua mãe e sua irmã e ouviu suas confidências, embora sem se atrever a lhes fazer as próprias. Sentiu-se permanentemente acompanhada; não houve momento em que a recordação do amado não lhe arrancasse um sorriso. Teve certeza de que tinha sorte e também mérito pelos momentos prazerosos que se derramavam sobre ela e os demais. Um dia após outro viu como o vento adverso empurrava os navios para a costa da Guiné. Esteve sempre certa de que não haveria força capaz de desviá-la da capitania que ia comandar. Agonizava de impaciência aguardando a próxima vez em que poderia cruzar seu olhar com o do arcabuzeiro. Enquanto se ocupava ardentemente para que tudo corresse bem, sonhava acordada com um naufrágio que os levasse sozinhos em uma balsa solitária. Enquanto consolava os que começavam a se inquietar com o desvio de rota, inventava tarefas que lhe dessem oportunidade de passar perto dele; de vê-lo a menos de um passo; de roçá-lo. Ouvia os lamentos diante do rigoroso calor do equador sem entender como não desfrutavam os baldes de água salgada. Não entendia que tipo de cegueira os afetava para permanecer indiferentes diante dos corpos cujas formas as roupas molhadas deixavam em evidência. Evocou muitas vezes com nostalgia e gratidão Cabeza de Vaca. Pensou com tristeza em seu tio Hernán Cortés, em seu pai, no criado que enviara à morte, e se compadeceu, porque não haviam conhecido o que era o amor. Cuspiu, com a imaginação, na tumba do traidor que Juana apunhalara. Prometeu cuidar de sua irmã e jurou para si que sua mãe voltaria a se casar, desta vez com felicidade.

Quanto pior era o vento que os lançava contra a costa africana, mais brilhava seu sorriso tranqüilizador, sua carícia de consolo, sua palavra de alento. Levou as mulheres que sabiam aliviar as dores até os que sofriam das doenças do amontoamento, da falta de alimentos frescos, da água contaminada, do calor tropical. Conseguiu que a cada novo dia de lenta e errática navegação fosse menor a grosseria com que os homens a saudavam. Ao amanhecer, ao cair do sol, nas horas em que as pessoas vêem menos e contemplam mais, alguns homens começaram a se persignar quando ela passava. Os agoniados trabalhadores do mar receberam seus cuidados como o carpinteiro a atenção de uma princesa.

— Não se engane; não acredite — suspirou María — que sou tão boa assim. Destino aos demais o que gostaria de dar a ele — confessou a frei Agustín.

— Há muito procuro sem encontrar onde está o mal de amar tão intensamente. Mas não confie em mim, pois talvez não o encontre procurando a própria indulgência.

— Que Deus tão cruel pode condenar alguém por amar assim? — perguntou María.

Frei Agustín encolheu os ombros como quem sabe que não tem nem terá uma resposta. Olhou para a jovem e afirmou:

— Mas queira Ele que eu seja capaz de levar aos índios pelo menos um pouco da luz, um pouco da felicidade que você esbanja neste navio.

— Você é muito generoso comigo. Estamos todos fazendo a nossa parte — sorriu María e acrescentou com uma voz que mal se podia ouvir: — Daria qualquer coisa para ficar um tempo a sós com ele.

— Você está louca, María de Sanabria, mas só Deus pode iluminar assim o seu rosto — frei Agustín se persignou e ficou fitando a distância como se tivesse se esquecido da conversa.

Depois de fazer uma pausa, dando a impressão de que estava pensando no que iria dizer, repetiu:

— Você está louca, mas se Deus nos levar a parar na costa da África eu a ajudarei.

— Tenho vontade de beijá-lo — riu María discretamente.

— María!

— O beijo de uma irmã — sorriu e acrescentou com seriedade: — Essa luz que ilumina nossas intenções não pode ser uma armadilha do Maligno — negando com um movimento de cabeça e se persignando depois.

— Depende de a que parte dos nossos propósitos você se refere — ponderou o religioso.

— Aceito — riu María e ambos se dedicaram a contemplar os rastros que as nuvens desenhavam no entardecer, a água cortada pela quilha, a alongada sombra dos mastros no mar.

UM VENTO inquietante desviou os navios da rota por mais sete dias. Quando amainou, os deixara como se fossem uma minúscula mosca na teia de aranha do golfo da Guiné. Rezar pelo fim da destrutiva calmaria passou a ser a única ocupação que poderia ter alguma utilidade. Salazar resolveu que os três navios deveriam se aproximar, como se a providência fosse dar mais atenção à desgraça de muitos. Dar mil passos no mar quieto só era possível a exaustivos golpes de remo, a esgotante esforço do batel. Em duas jornadas de suor, as embarcações estavam próximas o suficiente para permitir que se falasse sem gritaria de convés a convés; o suficiente para que fosse celebrada uma única missa e ouvido o sermão de um único frade no trio de navios.

O sol incandescente ameaçava; a água se tornava pestilenta e a comida apodrecia. O ócio irritava, as velas sem vento eram motivo de desespero e ao fundo serpenteava a ameaçadora linha da costa. Talvez em algumas de suas enseadas já os tivessem espreitando um corsário implacável; talvez estivessem sendo esquadrinhados por lunetas ávidas por uma presa. Ninguém ignorava que a margem podia esconder homens regozijados por uma espera da qual não podiam sair perdedores; feras que aguardavam na comodidade da costa que cessasse a calmaria para persegui-los com o mesmo vento e velas melhores.

A inatividade mitigou a necessidade de alimentos, mas o espesso calor do trópico manteve o desejo de beber. A necessidade de renovar a provisão de água doce se apresentou como se viesse para satisfazer os desejos de María.

Quando as sombras protetoras aparecessem, o bote deveria se dirigir à costa. Era indispensável que chegasse à margem antes da aurora para evitar que fosse visto por piratas ou índios à espreita. Os barris de água deveriam ser cheios necessariamente ao abrigo da floresta. E eles teriam que esperar de qualquer maneira até a noite seguinte para voltar. Salazar designou seis robustos remadores, e para protegê-los o alemão e outro arcabuzeiro.

Com passo apressado e voz deliberadamente firme, frei Agustín pediu a dona Mencía:

— Não devemos passar em vão por esta terra. A senhora vai me permitir, em nome de Deus, que eu vá até lá e deixe em terra uma cruz santa. Em nome do Imperador, talvez seja conveniente deixar um marco com suas armas neste lugar ao qual a providência nos trouxe.

Mencía não entendeu o alcance do pedido e hesitou. Depois de um momento disse:

— Em relação a sua primeira solicitação, você tem minha permissão; se o capitão não se opuser, é claro... Em relação à segunda...

— Se não quiser ir, certamente María gostará de fazê-lo em seu lugar.

— E o perigo?

— O perigo? — sorriu frei Agustín. — Só as almas correm verdadeiro perigo — asseverou e questionou: — E pode haver perigo maior na breve distração de ir a terra do que o de ficar a bordo?

— E os piratas? — alarmou-se Mencía. — Por que então vão ser acompanhados por dois soldados?

Frei Agustín sorriu e sem perder a atitude cortês afirmou:

— Verdadeiramente expostos estarão os navios quando o vento começar a soprar, mas não há grandes inimigos para um batel invisível protegido pelas sombras. Os arcabuzeiros vão para o caso de aparecer alguma fera ou para tentar nos trazer alguma carne fresca.

— Então você quer ir e quer que María também vá — sintetizou Mencía.

— Estou pedindo sua permissão — contemporizou frei Agustín.

— Está acontecendo algo que você não quer me contar, mas permito — sorriu Mencía. — Ah — acrescentou —, desde que o capitão não se oponha.

Esperaram para embarcar no pequeno bote até que a última luz da tarde tivesse se apagado. María tentou em vão conciliar o sono durante boa parte da travessia. Já muito tarde, embalada pelos monótonos golpes dos remos, mergulhou em um sonho inquieto cheio de prazer. Despertou ao alvorecer dentro do matagal protetor que cercava um pequeno braço de mar. Os arcabuzeiros exploraram o tranqüilo espaço próximo, e indicaram uma clareira que parecia segura. O religioso cravou na terra a cruz que tinha preparado e os remadores extenuados se deitaram ao seu amparo. Um dos soldados ficou para guardar o sono dos que haviam navegado a noite inteira e Staden se afastou procurando caça. María perdeu-o de vista como quem se despede pela primeira vez do amado. Prestou atenção com o peito apertado no menor ruído que pudesse indicar perigo e quando já não ouvia nada se sentou para esperar como quem teme uma desgraça. Com uma imensa vontade de chorar, sentiu finalmente passos, encheu-se de esperança e viu que Staden se aproximava arrastando uma caça. O arcabuzeiro sorriu e se calou, respeitando o sono dos homens exauridos. Disse que havia acertado outras flechas e pediu que o acompanhassem para ir buscar os animais atingidos. Foram e voltaram várias vezes, seguidos por um enxame de moscas, até que trouxeram uma quantidade razoável de carne. Com sorriso e sem fingimento, frei Agustín se disse cansado e afirmou que ficaria para vigiar o butim recém-caçado.

Staden lhe agradeceu com uma inclinação de cabeça e pediu a María que o aguardasse. Atravessou o pequeno braço de água e por alguns minutos se perdeu da vista. Voltou, levantou-a nos braços para atravessar o suave curso d'água, depositou-a na outra margem e levou-a até o lugar que acabara de explorar. No caminho se deteve bruscamente, pediu silêncio levantando o indicador e examinou os sons e os cheiros trazidos pelo ar.

— Não é nada... Tive uma impressão. É que não é prudente baixar assim a guarda em uma praia desconhecida — justificou-se.

María sorriu, abraçou seu pescoço, beijou-o e perguntou:

— Você não percorreu tudo quando estava caçando?

— Sim — murmurou hesitante Staden correspondendo ao abraço.

María se soltou, pegou-o pela mão e levou-o até um canto da clareira. Apertou-o contra um sólido tronco e voltou a beijá-lo, deixando que seu corpo descansasse contra o do arcabuzeiro. Staden colocou no chão ao alcance da mão direita a besta armada e carregada, segurou María pela cintura e atraiu-a ainda mais para ele. Alternadamente beijou-a e afastou seu rosto para contemplá-la e sorrir fascinado. Depois, como se não pesasse nada, voltou a tomá-la nos braços, deitou-a e cobriu seu corpo sem sufocá-la. Com os olhos entrefechados haviam se entregado sem reservas ao que sentiam e faziam sentir quando um relâmpago eletrizou os músculos de Staden.

O arcabuzeiro deu um pulo, avançou em direção à besta, protegeu-se atrás de um tronco e esperou, pronto para atirar Antes que María conseguisse entender ou perguntar qualquer coisa, Staden negou balançando a cabeça de um lado para outro enquanto murmurava:

— Voltei a me enganar; os sons me garantem que o bosque está tranqüilo. — Como se estivesse envergonhado, voltou ao lugar onde María permanecia deitada e seminua. Beijou-a, voltou a se deitar sobre ela e em instantes voltava à ação como se nada o tivesse interrompido. María sufocou o desgosto e esforçou-se como pôde para voltar a amar, mas a única coisa que conseguiu foi uma sensação vaga de dever cumprido.

Ficou deitada ao lado de Staden, mas com a mente muito distante. Assim que achou que a oportunidade havia chegado, disse que era necessário não preocupar frei Agustín e permitiu que voltassem ao bote.

"É claro", pensou María, "que ele não percebeu o que saiu errado. É evidente", se disse muitas vezes para consolo próprio, "que na próxima vez será melhor."

Mas as muitas garantias que deu a si mesma não lhe permitiram espantar a tristeza. Recebeu com alívio a noite protetora que lhes permitiu iniciar a volta.

"Devo esperar por uma nova oportunidade. Aguardar e não me deixar levar por pressentimentos sombrios", exigiu de si mesma, enquanto o batel se distanciava da margem.

Quando, ao amanhecer, foram recebidos como heróis, esforçou-se para desfrutar com todos. Nos dias seguintes se obrigou a compartilhar a alegria provocada pelo pouco alimento fresco e a abundante água saborosa que atenuavam os danos da prolongada calmaria.

María suspirou ao lado de todos ao cair da tarde em que, finalmente, as cores do crepúsculo mudaram. Cheia de esperanças, mas como se tivesse deixado alguma coisa na costa da Guiné, foi descansar confiando no vento positivo da madrugada seguinte. Ao alvorecer, parecia que um milagre devolvera a vida às velas estufadas. O precioso tempo de voltar a navegar com vento de popa foi rasgado por um angustiante anúncio vindo da gávea.

— Velas perto da costa! — gritou o vigia e todos entenderam quem era a caça.

Não houve quem parasse de se persignar, embora não tivesse ficado claro até o meio da manhã quem venceria a corrida. Quando os raios de sol estavam caindo na vertical, ficou indubitável que o caçador encurtava a distância. Quando ainda restavam três horas de luz, o corsário já havia manobrado e os encurralara entre o próprio barco e a terra.

— Não conseguiremos mais fugir — o capitão Salazar chamou dona Mencía para lhe comunicar. — No máximo até o alvorecer de amanhã seremos abordados. A velocidade do navio deles, o número de seus soldados e o alcance de seus canhões deixa claro que estamos perdidos. Seremos capturados pelos hereges franceses — avaliou como se falasse de um assunto no qual mal estivesse envolvido.

— Perdidos? — perguntou Mencía, angustiada.

— Irremediavelmente perdidos — afirmou com neutralidade Salazar. — De nada nos valerá o fato de hoje reinar a paz com o rei da França. Queria de qualquer maneira consultá-la sobre a decisão que deseja tomar.

— Há então alguma solução?

— Não. Trata-se apenas de escolher a maneira de perder.

Mencía ficou cabisbaixa por alguns momentos até que afirmou, docemente:

— Não nos enganemos, capitão. O senhor e eu sabemos que quem decide por mim é minha filha María. O inimigo se aproxima. Por que não fala diretamente com ela? — pediu.

— Acho que não tenho nada a lhe dizer, mas se quer assim... — concedeu.

María entrou apressadamente, enquanto Mencía abandonava o minúsculo aposento dizendo que preferia que se entendessem a sós.

— A situação é irremediável — voltou a informar Salazar. — Podemos tentar escapar nas duas caravelas enquanto saqueiam nosso navio, mas não vai dar certo. Nas embarcações menores não há água para tanta gente e só conseguiremos morrer de sede. Podemos lançar os navios contra a costa para sermos mortos pelas doenças, pelos nativos, pelas feras e pelo abandono.

— Que tal lutar?

— Lutar... — sorriu Salazar. — Não é que seus soldados sejam o dobro dos nossos; não é que tenham muito mais canhões do que a gente. É um problema de alcance — explicou como quem ensina um problema de lógica. — Seus canhões alcançam o dobro da distância do mais potente dos nossos. Eles se limitarão a nos varrer com uma saraivada e, quando não restar ninguém, se apossarão da mesma maneira dos nossos navios.

— Qual é a alternativa, então? — impacientou-se María.

— Entregar tudo e em troca dos barcos salvar a vida da nossa gente.

— Quem garante que cumprirão o acordo?

— No mar, os acordos são selados com reféns. Não quererão se arriscar a perder nem um dos seus homens pelo efêmero prazer de nos matar... Exceto...

— Exceto?

— Não acreditarão que não temos um religioso. Nem valerá a pena disfarçar. Talvez os malditos huguenotes não aceitem deixá-lo com vida.

— O senhor está pensando em entregar frei Agustín? — gritou, incrédula, María.

— Tentarei impedir que isso aconteça, mas ele conhecia muito bem os riscos quando embarcou.

— Não aceitarei uma coisa dessas.

— Não se trata — explicou com paciência Salazar — de aceitar ou não.

María lhe dirigiu um olhar homicida, mas no momento em que ia replicar achou que era melhor não desperdiçar seu tempo e ordenou:

— Continue!

— Tampouco poderemos proteger as mulheres.

— O quê? — gritou María.

— Não sacrificarão homens pelo prazer de nos matar. Em troca, aposto minha cabeça que, pelas mulheres, não haverá entre eles quem não queira se expor ao pouco poder de fogo de que dispomos para responder. Poderei proteger apenas sua mãe, sua irmã e você.

— Foi para isso que o senhor veio conosco, capitão? — perguntou María com desprezo.

— Vim para levar os navios ao Rio da Prata — respondeu Salazar como se falasse com alguém que não fosse capaz de entender as coisas mais elementares.

— Não!

— O que você fará? — respondeu Salazar deixando entrever alguma tristeza. — Agora, se me perdoa — desculpou-se com cortesia —, preciso dar algumas ordens. Além do mais — acrescentou antes de ir arriar o pavilhão —, você se equivoca achando que estes homens me obedecerão se mandá-los lutar. Em um instante teriam minha cabeça em suas mãos e correriam para levá-la ao pirata como prova de amizade. Eles os matariam, ficariam com os navios e com todas vocês.

Com um gesto de quem não pode perder mais tempo, olhou para María e murmurou:

— Admiro sua coragem — e se afastou para dar ordens.

Durante alguns instantes, María ficou sem saber como reagir. Parecia-lhe inconcebível que aquilo acabasse assim, mas foi tirada da paralisia pelo perigo que pairava sobre frei Agustín e a imagem das mulheres de sua tropa sendo violentadas. Voou até estibordo, de onde Staden observava as manobras do inimigo. Pegou-o pelo braço e levou-o imperiosamente a um canto:

— Ajude-me — pediu angustiada —, pois o capitão não quer resistir.

— O que quer que eu faça? — perguntou surpreso o arcabuzeiro.

— E como vou saber? — respondeu María com uma surpresa ainda maior.

— Sou seu escravo, mas olhe para os canhões deles, observe seus homens no convés — apontou entregando sua luneta. — O capitão estaria louco se quisesse resistir.

— E se quiserem atirar frei Agustín no mar?

— Está em minhas mãos evitá-lo?

— Vim a você implorando auxílio! — exclamou enfurecida María.

— Acalme-se — tentou explicar o arcabuzeiro.

— Quer que me acalme? — gritou María. — Precisamos fazer alguma coisa.

— Ou você resiste ou se entrega. Essa é a lei do mar. Quem resiste, é morto; quem se entrega tem permissão para viver.

— Você deixaria esses protestantes hereges assassinarem frei Agustín? Presenciaria as mulheres serem violentadas sem fazer nada?

— Diga-me o que fazer.

— Você deveria saber!

— Mas não sei.

— Prefiro morrer antes de aceitar isso.

— Está dizendo isso agora porque não viu a morte de perto.

— Morrerei! — afirmou María cheia de raiva.

— Você acha que os outros querem morrer?

— O que me importa a preferência de quem é desprovido de honra!

— Sou seu escravo e farei o que disser, mas me matarão por causa disso e certamente passarão a faca em muitos outros.

— Obrigada. Pode ficar para contemplar o espetáculo, vê-los violentar as mulheres!

— Amanhã vão preferir isso à morte.

— Vou me misturar com elas; terei a mesma sorte!

— Você está louca! Então não ama a vida?

— Você está cego? Não vê que não há vida sem lealdade, honra e glória! — replicou María e, virando-se, partiu como quem tem assuntos urgentes a resolver.

Viu que frei Agustín rezava. Hesitou por um instante, e quando se aproximou para interrompê-lo viu que ao seu lado estava o homem que reconhecera e ameaçara denunciar Juana. Ouviu-o pedir:

— Frei Agustín, eu lhe imploro! Permita-me que me cubra com suas roupas, que os faça crer que sou eu o religioso. Posso fazer isso; quando estiverem muito próximos e puderem me ver, fugirei para a terra. Não me alcançarão se o mar me deixar chegar. Tenho uma chance. E se Deus não quiser, levará em conta o que fiz por um de seus ministros.

— Não posso aceitar, mas muito me consola o que está me oferecendo.

— É necessário! — insistiu o outro. — Vossa Reverência é essencial para todos.

— Somos todos necessários e ninguém o é. Deus não colocará sobre mim uma cruz mais pesada do que a que posso carregar — afirmou com doçura e acrescentou: — Sua oferta foi tão importante que estou certo de que já foi admitido no céu — garantiu o religioso.

Depois o olhou nos olhos, colocou as mãos sobre seus ombros, beijou-o na testa e pediu:

— Agora vá, que preciso me preparar.

María se deteve por um instante enquanto o marinheiro se afastava: "E pensar que sugeri assassinar este homem só para evitar a possibilidade de que denunciasse Juana!", tremeu recordando. Encarou frei Agustín e exigiu:

— Nem ouse pensar que deva se preparar para a morte!

— Tenho meus sentidos no além: por que você me distrai com esperanças de salvação neste reino? — sorriu com angústia.

— Não permitirei que o matem!

— Como? — perguntou frei Agustín, e havia em sua voz um timbre de esperança.

— Ainda não sei, mas não permitirei.

— Obrigado, querida amiga — murmurou frei Agustín em tom de um homem resignado com a própria morte.

— Lutarei!

— Você está louca.

— Deus não nos fez para que vivêssemos como bestas!

— Você assinará a sua desgraça e a de todos.

— Você não entendeu? Essa desgraça já está decidida: acorde! — exigiu María.

— Eu me coloquei nas mãos de Deus.

— E vai deixar todas estas mulheres nas mãos dos hereges franceses? — agrediu María.

— O que poderei fazer, além de aceitar minha cruz?

— Vejo que acha mais confortável morrer do que ver os porcos protestantes se aproveitando de Josefa!

— Deixe-me morrer em paz!

— Lute!

Frei Agustín se ergueu, levantou o punho direito para bater em María, ia desferir o soco, mas desviou-o para a palma da sua mão esquerda.

— Eu lutaria! Mas como?

Levada por uma súbita inspiração, María apressou-o:

— Reúna todas as mulheres e leve-as para debaixo do convés. Use todo o seu poder de persuasão para que fiquem tranqüilas, quietas e em silêncio absoluto. Que todas se preparem para o caso de ser necessário morrer. Confie em mim! Venceremos! — prometeu.

Enquanto o religioso corria para cumprir o que havia lhe pedido, María percorreu o navio procurando quantas lamparinas de azeite havia. Proveu-se de chama e pavio e desceu para deixá-los nos porões. Voltou correndo ao convés para encontrar Salazar e lhe expor seu plano. O capitão inclinou a cabeça como quem está extremamente surpreso e, antes que pudesse contestar, María afirmou:

— Caso contrário não ficará ninguém para contar.

Salazar esboçou um sorriso que não chegou a aflorar em seus lábios e aprovou:

— Há uma possibilidade em cem, mas pode funcionar.

O NAVIO corsário se aproximou o bastante para poder atingi-los com seus canhões e arriou as velas antes de ingressar no espaço em que podia ser alcançado. De seu costado se desprendeu um bote que logo estava ao lado da presa. Os remadores chegaram querendo palavras de rendição, mas sabendo que, se algo desse errado, de nada lhes serviria que seus companheiros os vingassem.

— Diga a seu capitão — ordenou Salazar ao que vinha no comando — que lhe entregaremos todos os objetos valiosos que queiram levar dos três navios. Diga-lhe também que, se eu não tiver garantias pela vida da minha gente, irei lutar. Diga-lhe — acrescentou para evidente alívio dos remadores — que não aceitarei reféns escolhidos entre gente menor, assim como são vocês, que poderia estar propenso a sacrificar. Diga-lhe que poderá levar nossas riquezas sem derramar uma gota de sangue, mas que irei a pique com elas se não me oferecer como garantia seu segundo, seu piloto e um oficial.

Os remadores voltaram ao navio corsário com a mensagem.

— Quando chegarem e nos minutos seguintes — vaticinou Salazar — saberemos se viveremos ou se morreremos. Prefiro esperar o canhonaço ou os reféns, a vida ou a morte no convés — disse, despedindo-se com um sorriso das mulheres refugiadas nos porões.

María seguiu-o com o olhar enquanto se apressava a regressar ao seu posto de comando. Distraiu-se observando o caudal de vida que o perigo devolvia àquele homem. De repente voltou a dedicar toda a sua atenção em manter as mulheres calmas e silenciosas.

— Graças a Deus — apareceu um pouco mais tarde Salazar. — Graças a Deus — voltou a dizer. — Irei receber os reféns — confirmou.

O imediato, o piloto e o oficial do navio corsário subiram com facilidade pela escada. Salazar os saudou com um gesto militar, levou-os ao outro lado da nau e lhes comunicou:

— Senhores, o que vão encontrar os surpreenderá, mas não pretende ser uma ameaça a suas vidas.

Os três trocaram olhares de medo e curiosidade enquanto Salazar os convidava com um gesto a acompanhá-lo até os porões. Encontraram a penumbra rasgada por duas dúzias de pequenas lamparinas de azeite acesas. Mudos de espanto, descobriram que havia sob ela o brilho de uma centena de olhos femininos. O imediato perguntou:

— O que isso significa?

— Que juramos perder a vida antes da honra — respondeu uma voz de mulher.

O corsário fitou Salazar, que confirmou:

— De fato, este navio está repleto de damas. Tal como já disse, estamos dispostos a lhes entregar toda a riqueza que conseguirem levar e se não... — interrompeu a frase apontando as lamparinas que formavam um anel cheio de pontos de fogo em torno do recipiente onde ficava guardada a pólvora.

Os três corsários trocaram olhares de inquietação. O piloto inquiriu:

— O senhor acredita que há capitão capaz de controlar seus homens quando o mar está cheirando a fêmeas?

— É a vossa e a nossa única chance, senhores — Salazar acrescentou falando exclusivamente para o piloto e o imediato: — Devo deixá-los em tão grata companhia se estiverem de acordo que o senhor — apontou ao oficial — é o emissário adequado ante vosso capitão.

Os aludidos assentiram lúgubres e Salazar continuou, desta vez se dirigindo ao oficial:

— O senhor deverá convencer seu capitão da conveniência de um saque organizado. O senhor deve lhe assegurar que mesmo que uma destas mulheres fraqueje, há cinqüenta dispostas a detonar a pólvora. Dirá a ele que o senhor e mais dois oficiais podem vir a bordo e apontar tudo o que quiserem levar, mas o vosso batel será carregado por nossos homens. Terá de persuadi-lo, pois do contrário ficará sem estes dois homens e sem as riquezas que já ganhou sem lutar.

Salazar acompanhou com o olhar a manobra do bote que regressava ao navio corsário. Distinguiu com sua luneta o capitão aguardando seu oficial a bombordo. Adivinhou as perguntas gritadas e a medida da resposta do oficial. Suspirou com alívio quando viu que o homem que levara a proposta de rendição e o capitão se retiravam para conversar em particular. Voltou a suspirar com alívio quando o movimento no convés adversário tornou evidente que o batel se poria de novo em movimento e que os canhões permaneceriam em silêncio. Recebeu, tal como havia concedido e exigido, três oficiais que revistaram a carga meticulosamente. Durante as 72 horas seguintes, as lamparinas arderam em volta da pólvora armazenada. Toda vez que os inimigos se aproximaram para checar e pilhar o que havia de valor, a chama se aproximou da pólvora. Absolutamente disposta a não se entregar, María não pregou os olhos temendo que o ânimo das outras fraquejasse. Sem largar a própria lamparina, desdobrou-se atendendo, acariciando, alentando, tranqüilizando as companheiras. Repartiu bênção, pão e água com uma das mãos, enquanto a chama se agitava ao compasso da outra. Andou em pé nas muletas que lhe proporcionavam o medo de sua irmã, a abnegação de sua mãe, a companhia de Juana, Justa e Josefa, a coragem ingênua de frei Agustín. Sustentou-se pela obrigação que sentia em relação às mulheres com as quais compartilhava os porões.

Enquanto isso, os piratas trasladavam à própria nau até a última jóia, todos os tecidos de valor e os poucos objetos de ouro que encontraram. Não levaram, no entanto, a mercadoria essencial para negociar nas Índias. Não lhes interessou carregar-se em excesso com pesados artigos de ferro que, em todo caso, pouco valiam nos portos da Europa.

Três jornadas foram suficientes ao corsário para levar tudo o que podia armazenar no próprio barco. Durante a quarta, as vítimas se distanciaram a toda vela e deixaram para trás um medo atroz. Os reféns foram libertados em um bote com água e comida suficientes para esperar que os recolhessem. As mulheres voltaram a respirar a brisa do convés. Tudo era suave comemoração, pois haviam conseguido salvar uma parte do que já se dera por perdido.

María não se alegrou pelo regresso de uma coragem que não a havia abandonado nem se regozijou por salvar alguns bens sem importância. Fingiu que estava doente e não comemorou o fim do cerco nem foi à missa que contou com a presença de todos.

Sentiu uma pena infinita das mulheres com quem havia compartilhado os porões. Até lamentou a sorte dos que permaneceram trêmulos no convés. Mas, sobretudo, lhe doía a própria sorte. Perguntou-se, mas sem interesse, se entre os piratas havia algum com mais desejo de dar a vida por ela do que o arcabuzeiro.

"Por mim", pensava, "teria incendiado mil vezes o paiol deste barco maldito. Morri antes da minha primeira luta", murmurava sem esperança. "Para mim tanto faz que a água nos baste para chegar às Índias ou que pereçamos desesperados no mar. Mas", quis infundir-se ânimo, "jurei ser capitão de minha tropa e a bom porto irei de levá-la."

VIII

A NAU E as duas caravelas se afastaram dos corsários ao longo de dez jornadas de vento fraco. Na tarde do décimo primeiro dia, Salazar desceu para informar a María que resolvera enforcar um homem. Afirmou que a corda que pendia do mastro principal serviria para isso e para amedrontar os revoltosos. Adiantou-se para responder ao que achou que a jovem iria lhe perguntar e explicou:

— Apunhalou um outro com quem estava jogando dados. Não é improvável que a vítima estivesse trapaceando, mas não teve tempo nem de levantar as mãos para se defender — comentou o capitão.

Ao mesmo tempo apontou com um movimento de cabeça o lugar de onde provinham os gritos que pediam clemência.

— Perguntei a dona Mencía e mais uma vez ela respondeu que a consulte. Será ao amanhecer, a menos que a senhora queira evitar — continuou Salazar, cuja atitude em relação a María mostrava as marcas do encontro com os piratas. Acrescentou: — Perdoá-lo nos exporá a outras brigas, a novas mortes. Este é um dos homens que há dez dias tremia de medo — sorriu com desprezo. — É o tipo que, há uma semana, nos agradecia por tê-lo livrado com tão poucas perdas dos piratas. E é daqueles que agora — voltou a sorrir com desprezo

— murmuram que alguém deve compensá-los por tudo o que lhes roubaram.

— Faça o senhor o que achar melhor.

— Uma vez que já anunciei a execução, não poderei voltar atrás. Leve em conta que quando tiver feito sinais para ordenar às duas caravelas que se aproximem para testemunhar a execução não poderei interrompê-la sem perder autoridade — quis esclarecer Salazar.

— Como o senhor achar melhor — confirmou indiferente, mas a voz do instinto a fez perguntar: — Quem é ele? — Ao ouvir um nome que não conhecia, María voltou a confirmar: — Como o senhor achar melhor.

Quando Salazar partiu, voltou a se deitar. Antes de dormir, María reprovou-se com tristeza, pois nem averiguara se enforcariam um velho ou uma criança; se era alguém que tinha filhos para alimentar; ou se deixaria alguém que o choraria.

Acordou agitada pouco tempo depois, porque o próprio pesadelo havia se misturado com as vozes de súplica do condenado. Foi ao convés, encontrou o capitão e perguntou se podia dar aguardente ao infeliz. Salazar murmurou que isso prejudicaria o caráter modelar da medida exemplar; que o condenado, uma vez alcoolizado, se calaria e deixaria a tripulação dormir, mas, depois de hesitar, afirmou:

— Mas se avaliarmos o que aconteceu e o que acontecerá, o castigo será suficiente — e concordou.

O álcool entorpeceu a consciência daquele que esperava por seu último amanhecer. Transformou seus gritos em um gemido contínuo e tão tênue que foi encoberto pelo barulho do barco no mar. A calma da hora do sono se instalou a bordo. María ficou apoiada na varanda de popa protegida por uma frágil sensação de paz. Observou as estrelas, depois olhou em direção às ilhas Canárias, pensando em como estavam tão distantes de umas quanto das outras. Evocou o sorriso de Cabeza de Vaca quando a expedição começava a se tornar possível e se disse:

— Você persiste, María; não tem jeito de aprender; teima em acreditar em alguns homens.

Sem perceber, sentindo-se o único ser vivo e acordado naquela imensidão, falara consigo em um tom tão alto que sua própria voz a sobressaltou.

— Ouço — escutou a suas costas e voltou a se sobressaltar — que você também não consegue dormir — sussurrou frei Agustín, que caminhou até ficar ao seu lado.

— Não fiz nada para salvar o homem que dentro de algumas horas será enforcado.

— Nada pude fazer para que encomende sua alma.

— Que fracassos os nossos! — sorriu María com amarga doçura.

— Minha amiga — observou como se tivesse sido contagiado pela paz do firmamento —, nós somos instrumentos do Senhor: devemos, então, nos reprovar o fato de que outros não façam por si próprios o que ninguém mais pode fazer por eles?

— O que está querendo dizer?

— Que tudo o que você fez é grandioso e só alguém que foi cego pela soberba seria incapaz de perceber isso.

— Está falando de mim?

— Em boa parte sim.

— Como sim?

— Você demonstrou poder muito mais do que o resto dos mortais, mas não tem paz em relação àquilo de que só Deus é capaz.

— Em relação a muito mais do que isso — sorriu María com amargura. — Nem sequer consegui a ajuda dele para lutar.

— Esta ajuda teria levado você à morte.

— Já não estou morta?

Frei Agustín abraçou-a com o olhar. Depois permaneceram em silêncio, contemplando os pontos luminosos da abóbada negra. O religioso aspirou profundamente o ar salino e afirmou:

— Graças a Deus você não morreu; não o culpe por ter ficado do lado da vida.

— Nem sequer o culpo — murmurou María. — Mas já não posso reconhecer nele aquele que acreditei ter conhecido nas Canárias.

— Pobre amiga minha — brincou protetor frei Agustín e afirmou: — Agora vai recuperar as forças porque toda esta gente depende de você; fará isso amanhã porque, pela glória e felicidade de Deus, voltará a amar a vida.

Permanecerem em silêncio, muito perto um do outro, observando a água, o firmamento e o tempo que a nau deixava para trás. A noite avançou e um grito de terror se propagou, misturado à primeira luz do alvorecer. O medo devolvera ao condenado a consciência do fim iminente; a tênue claridade havia permitido que visse a corda que, ao balançar, desenhava e apagava uma faixa escura sobre o convés.

As embarcações se reuniram, ampliando a platéia. Dois homens robustos levaram o condenado ao mastro maior. A noite de medo esbranquiçara seus cabelos, acinzentara sua pele, roubara a energia de seus braços, de suas pernas. Não resistiu porque não lhe restava força alguma; não gritou porque de dentro do pesadelo não lhe foi possível; não se confessou nem comungou porque palavras, ritos e idéias faziam parte de uma realidade que já abandonara. Mal lançou um olhar de animalzinho assustado quando puseram o laço em seu pescoço, e não ele, mas seu instinto, fez com que se contorcesse desde que o primeiro golpe da corda até muito tempo depois de ter sido içado ao topo do mastro principal.

Desceram o cadáver, foi celebrada uma missa e os presentes pediram pelas almas da vítima do punhal e do enforcado. Depois, os corpos foram enviados até onde quis levá-los a bala de canhão que serviu para entregá-los à água salgada. Em seguida, obedecendo às potentes vozes dos três capitães, a nau capitânia e as duas caravelas içaram velas e voltaram a sulcar o mar, procurando o poente.

"Não tive nenhum momento de dúvida", reprovou-se María. "Nem por um momento me assaltou a tentação de ajudar aquele desgraçado. Nem uma só vez me importou a vida ou a morte. Não estremeci com seus gritos de terror nem me comoveu seu sofrimento. Molestou-me mais o fato de ele ter estragado a noite e acabado com a calma com suas súplicas. Não tive pena quando começaram a içá-lo nem lamentei quando já estava morto. Todo o meu pesar se reduziu à obrigação de assistir a um espetáculo desagradável. Ao formigamento interior causado pelas contorções de um corpo estrangulado quebrando a tranqüilidade do ar. Isso é tudo", murmurou María para si antes de abandonar seu posto no convés e procurar seu lugar para voltar a se deitar.

Nos dias seguintes decidiu que iria ficar mais ativa. Esforçou-se para atender às crescentes demandas das mulheres que começavam a exibir as doenças e o tédio de quem está há muito tempo à mercê das ondas. No entanto, logo se sentiu impotente para controlar sua falta de energia. Voltou a ficar todo o tempo que lhe era possível deitada e a procurar as horas silenciosas da alta noite para ocupar um lugar na varanda da popa. Dali passava horas olhando em direção a Sevilha, às Canárias, à costa onde os piratas estariam aguardando uma nova presa. Permanecia muda olhando para trás, cega e surda à grosseria contra as mulheres, que havia renascido e proliferado. Vivia assim, sem forças para dar atenção à vida cotidiana e menos ainda à tormenta que se insinuava no horizonte. Manteve-se indiferente à crescente certeza de que a água disponível não era suficiente para chegar ao Brasil. Tampouco percebeu o que Juana, Justa e Josefa, achando que estava doente, se esforçavam para lhe ocultar, até que a situação se tornou intolerável. Quando começaram a exigir sua atenção, atendeu-as com desânimo, como quem escuta uma conversa que não lhe diz respeito.

— Você não quer ver o que está acontecendo com a gente. Se você não nos defender eu o farei — ameaçou Juana, lutando para conter a violência que lutava para explodir em seu peito.

Dia após dia, María respondia que resolveria no dia seguinte, e voltava a se abandonar em seus próprios pensamentos.

Até que um dia Juana não conseguiu mais se conter e se dirigiu a ela como quem avança sobre uma presa. Agarrou-a pelos ombros e sacudiu-a com apreciável violência.

María se virou e respondeu com um brilho de fúria no olhar, mas um instante mais tarde perguntou, como se tivesse acabado de desembarcar em um país estranho:

— O que está acontecendo?

— Todos escondem a verdade de você como se fosse uma pobrezinha incapaz! — insultou-a Juana. — Você não sabe o que está acontecendo! — afirmou. — Os porcos já não se contentam em nos insultar. Sempre que querem nos agarram e ficam passando a mão na gente. Justa conseguiu escapar quando já estava seminua e isso eu não vou suportar! É fácil: assaltam-na no meio de vários homens, tapam sua boca e levam você a um dos cubículos improvisados no convés. Em um momento ou outro o capitão distribuiu algumas bordoadas e isso evitou que continuassem; a ajuda eventual de um ou outro homem mais decente permitiu que algumas de nós fugíssem. O arcabuzeiro com quem você parecia se entender bem nos salvou em mais de uma oportunidade.

— O que você está dizendo! — interrompeu María enfurecida.

— Que você deve se informar, menina; acorde!

— Como se atreve!

— E me atrevo a dizer que se você não fizer o que deve quem vai fazer sou eu!

María observou-a com o olhar incendiado de ira e saiu para admoestar o capitão. Sem ironia, Salazar observou:

— Comemoro vê-la recuperada.

— Não vim para me distrair conversando com o senhor!

— Estes homens... — começou dizendo o capitão.

— O senhor os chama de homens; não passam de porcos!

— Como quiser — replicou suavemente o capitão, e continuou: — estes indivíduos dizem que se ninguém vai lhes pagar o que os piratas lhes roubaram pelo menos se divertirão. Se eu enforcar um deles, haverá um motim. Se encontrarmos logo a terra, isso poderá nos permitir evitar males maiores.

— De que terra o senhor está falando?

— Você devia saber que com a água potável que temos não conseguiremos chegar ao Brasil. Alguns homens dizem que estiveram nesta latitude em ilhas de portugueses. O piloto não as tem assinaladas em seu mapa, mas eu me fio nos marinheiros. Essa é a nossa esperança.

— O senhor deve conter esses porcos!

— Você não vê que estou tão desarmado que nem consigo racionar a água?

— Se o senhor não fizer nada, quem vai fazer sou eu!

— O que quer que eu faça que não seja para piorar o que já está completamente ruim?

— Amarre-os; açoite-os; submeta-os à tortura; enforque-os!

— Nesse caso haverá motim — garantiu Salazar com a mesma entonação de quem prediz a direção do vento que soprará mais tarde. — Numa visão otimista — continuou, contando nos dedos da mão —, existem no máximo dez homens dispostos a morrer comigo. E quando os amotinados transpuserem a linha hierárquica e matarem seu capitão, serão homens perdidos e nada mais os deterá. Por favor, dona María — pediu Salazar —, pare e pense nas conseqüências. Pense em sua mãe; pense em sua irmã.

María olhou-o com fúria, apertou os dentes para evitar que começasse a gritar: inútil! Deu a volta e saiu sem cumprimentar. Ao sair, Staden pegou-a pelo braço, fez com que o acompanhasse até um canto do navio e afirmou:

— Eu ouvi tudo. Vou ajudá-la.

— Obrigada — respondeu María, soltou-se e começou a andar.

— Espere.

— Esperar o quê?

— Eu me arrisquei; voltarei a me arriscar; farei tudo o que quiser.

— Obrigada — voltou a dizer María e fez novamente um movimento de que ia embora.

— Espere, por favor. Se me pedir, posso matá-los, embora me enforquem depois. Peça que me atire no mar. Peça-me qualquer coisa.

María parou para olhá-lo, como se sentisse curiosidade. Sorriu ao mesmo tempo que pequenas rugas se insinuaram em sua testa, e respondeu como se liberasse uma litania trabalhada cuidadosamente em sua alma:

— Não culpo você; não me culpe. Tivemos uma oportunidade e você optou pela vida e eu pela glória. A sorte jamais oferece duas vezes uma oportunidade como essa a alguém. Nunca mais! — enfatizou María e pediu: — Não se culpe; não me culpo, mas não volte a mim. Nunca mais volte a falar comigo, até que eu encontre a paz!

Staden ficou apoiado sobre a muralha de estibordo tão sem ânimo como se balançasse pendurado no mastro principal. Não se mexeu, não tentou detê-la, e, quando María se distanciou, deu meia-volta e ficou absorto como se a única coisa que lhe importasse fosse a contemplação das distantes ondas do mar.

María percorreu com pressa o convés em um e outro sentido como quem o inspeciona para reassumir o controle da situação. Assim que as analisava, ia descartando uma por uma as mil maneiras de colocar um ponto final no assédio sofrido pelas mulheres.

"Nada deterá estes porcos, a não ser o medo", pensou. "Não tenho autoridade para castigar e não se pode contar com o débil Salazar. E para que um castigo seja exemplar, tem de ser público e isso também não está em minhas mãos. Claro que posso fazer o pior deles cair no mar, mas se parecer um acidente não adiantará de nada; e se declarar que fui eu quem fez ou mandou fazer, terei quebrado o último fio de disciplina que mantém o poder de Salazar. Exigirão dele que enforque o autor. É possível que o faça, e talvez ainda tivesse que ouvi-lo dizer que estava fazendo aquilo para o bem de todos", maldisse María. A imagem de Juana, Justa ou Josefa enforcada paralisou-a. Sem achar uma solução, o desânimo voltou a dominá-la. Resolveu ir se deitar prometendo-se que quando acordasse estaria mais lúcida e então seria mais fácil encontrar o melhor caminho.

"Você não pode abandonar assim, tão vilmente, a sua gente", repetiu-se com raiva de si própria todas as vezes que procurou, sem encontrar, forças para sair do abatimento. Permaneceu assim nesse dia e nos seguintes, sabendo, mas sem assumir, que a disciplina a bordo se esfarinhava.

Passava longas horas do dia e da noite na popa, olhando para trás como se tivesse deixado ali tudo o que havia de importante em sua vida. Estava tão alheia ao mundo que a cercava que em uma daquelas tardes demorou a entender o que acontecia quando Juana e Justa se aproximaram. Seguravam com força, como se a arrastassem, a jovenzinha filha do criado envenenado em Sevilha. Inés parecia ferida e à beira das lágrimas.

Imaginou outra daquelas brigas de mulheres causadas pelo tédio. Quando chegaram mais perto, viu os olhos úmidos e assustados da garota e se aborreceu com a prepotência de suas leais ajudantes.

— Soltem-na! — exigiu. — E me digam o que ela fez — murmurou com má vontade.

— Fez? — exclamou Josefa, que vinha atrás delas.

— Desperte! — Juana tomou a palavra.

— O quê?

— Onde você está? Não está entendendo nada?

— Seja o que for, não pode ser tão grave — titubeou María ao responder com o gesto de quem acabara de sair do sono e ainda não entende bem o mundo em que desembarcou.

— Ela foi vio-len-ta-da, es-tu-pra-da! Informe-se! — cuspiu Juana.

— O quê? — gritou María olhando incrédula para as mulheres que a cercavam. Deteve um longo olhar na garota e perguntou com o tom de quem ainda luta para ter alguma esperança: — Você?

Ficou esperando boquiaberta, como se estivesse aguardando que lhe dissessem que as coisas haviam sido diferentes.

Inés respondeu deixando escapar as lágrimas envergonhadas de quem se sabe irremediavelmente culpada. A ira que percorria em procissão a alma de María se manifestou em abraços, atenções, beijos e carinhos maternais dirigidos à jovem.

— Eles vão pagar por isso — murmurou com absoluta segurança.

Levaram-na para dormir em um lugar protegido e voltaram ao lugar que haviam ocupado antes na popa.

— Não falarei da parte de culpa que me toca — afirmou María — porque não há tempo a perder em lamentos inúteis. Quero ouvir a opinião de vocês.

Em uma hora chegaram à conclusão de que matar apenas um dos três culpados não bastaria porque não poderiam fazê-lo abertamente e pareceria um acidente.

— Além do mais, é muito melhor matar os três, sem nenhuma hesitação ou contemplação — decretou María.

— Os três — responderam Juana, Justa e Josefa como se estivessem somando ao de María o próprio juramento.

— Veneno — opinou María. — Acho que é mais seguro.

— Eu prefiro os punhais — pediu Juana.

— É difícil — avaliou María. — Embora eu não tenha perdido tempo, pois aprendi a atirar com a besta, será muito difícil matar os três sem que nos vejam. Veneno — voltou a sustentar.

— Veneno — juraram todas e começaram a se preparar para a execução tripla.

— Veneno, grandes quantidades de veneno com mel e vinho doce.

— Eles se sentem machos no chiqueiro — murmurou Josefa. — Acreditam que o vinho é um tipo de tributo, que representa submissão. Não são capazes de imaginar nada diferente; acham que estamos aqui para que montem na gente quando quiserem. Sorriram pela última vez quando passaram a mão no meu traseiro. Acham que algumas são bastante espertas para se oferecer. Mas a verdade é a seguinte: não podemos falhar, pois não haverá uma segunda chance.

— Irei com você — propuseram ao mesmo tempo Justa e Juana, que permaneciam de mãos dadas.

Josefa riu, pediu para ir, e alardeou seus próprios méritos para ser o mensageiro das taças fatais. Depois de hesitar, María determinou:

— Tem razão; sem dúvida é a melhor de nós.

Montaram discreta guarda e viram que os três estupradores haviam se concentrado em uma partida de dados.

— É agora! — urgiu Josefa.

— É agora! — confirmou María.

Justa serviu uma jarra de vinho e colocou-a na mão se Josefa. Depois verteu o conteúdo de um frasco num garrafão quase cheio e também entregou-o à amiga.

A portadora do vinho foi recebida com risadas. Um dos homens agarrou-a pela cintura e obrigou-a a se sentar em seus joelhos. Simulando a falta de submissão dos servis, Josefa fingiu alguma resistência e proferiu um insulto entre gargalhadas. Liquidou com um grande gole a metade do vinho que levava na jarra. Depois se recostou como se fingisse lutar contra quem a agarrava, voltou a rir estrondosamente e disse que queria ficar com parte dos ganhos do jogador, pois certamente iria lhe dar sorte.

O homem se ajeitou sobre a caixa em que estava sentado, abriu as pernas, afastou a roupa e exibiu seu membro, proclamando:

— Esta é a parte que lhe caberá por ter me dado sorte!

Seus companheiros de jogo comemoraram com gargalhadas o acontecimento e prometeram uma recompensa igual. Josefa abriu a boca para responder, mas em vez de falar fez um gesto obsceno com a mão esquerda e com a direita deixou cair entre seus lábios o que restava de vinho na jarra. Entre risos voltou a se servir e fez um movimento ostensivo de continuar bebendo. Aquele que a segurava lhe arrebatou a jarra jurando que nenhuma fêmea, por melhor que fosse, ia beber antes dele. Deu um gole e esvaziou o conteúdo.

— Vamos! — exigiu. — Por acaso não há nada para meus amigos?

Obediente, Josefa voltou a encher a jarra e outro dos jogadores a esvaziou. Sem esperar pela ordem de voltar a servir, o fez, e ofereceu-a ao terceiro dos estupradores. O indivíduo cuspiu para um lado, fez uma careta de desdém e tirou de baixo de seu assento uma garrafa de aguardente e a exibiu.

— Miserável! Estava escondendo isso de quem dividiu com você as fêmeas que caçaram! — insultaram-no entre risadas os que haviam bebido vinho.

— Levante-se e me dê isso! — ordenou o que agarrava Josefa, arrebatando-lhe o garrafão. Bebeu longamente, passou-o a seu companheiro, recuperou-o e voltou a beber.

Protegida pela atenção que os homens ainda davam ao vinho e aos dados, Josefa pôde se afastar, indo ao encontro das companheiras. Perguntou assustada:

— E agora, o que fazemos?

— Com a quantidade que beberam, em menos tempo do que é necessário para se dizer um credo estarão se retorcendo de dor — garantiu Justa.

— Precisamos agir imediatamente! — urgiu María —, ou o que não bebeu vinho perceberá que você serviu veneno a seus companheiros e estaremos perdidas.

— Mas fazer o quê? — interrompeu Justa.

— Você! — ordenou María segurando o braço de Josefa. — É necessário que você volte lá e o leve para aquele canto — apontou o lugar.

— Você está preparada? — perguntou colocando a outra mão no ombro de Juana.

Juana assentiu com um rápido movimento de cabeça.

— Você não vai falhar, não é mesmo? — quis se assegurar María.

— A essa distância não falharei — prometeu, voltando a avaliar a distância entre o lugar em que poderia se esconder até o momento de lançar o punhal e a varanda de bombordo aonde levaria a vítima. — Não, não falharei.

— Agora? — perguntou Josefa.

— Agora? — repetiu María, mas dirigindo a pergunta a Juana.

— Um instante — pediu enquanto se distanciava; voltou com um punhal em cada mão. Levantou-os, e as lâminas resplandeceram na pouca luz da noite.

Levou-as até o rosto e beijou as empunhaduras em forma de cruz. O aço brilhou e refletiu seu sorriso.

— Estou pronta — afirmou.

— Em que posição devo tentar colocar o sujeito? — hesitou Josefa antes de ir buscar aquele que nunca saberia que evitara o veneno.

— Não se importe — afirmou Juana.

— Não se importe — confirmou María e urgiu: — Vá!

Josefa voltou para perto dos homens que continuavam jogando, mas com menos entusiasmo. Ficou de joelhos atrás de sua vítima, pressionou o corpo contra suas costas e enfiou as duas mãos em sua roupa, procurando seu peito.

— Vamos? — perguntou, convidando-o com uma leve pressão dos braços.

O homem se levantou, abraçou-se a ela, apalpou-a como se estivesse sóbrio e se deixou levar com andar de bêbado. Mal chegaram ao lugar combinado se ouviu uma voz imperativa ordenando:

— Afaste-se!

Josefa escapuliu e o homem ficou recostado na amurada. Manteve os braços esticados como se continuasse abraçando um peixe grande que acabara de escorregar. Olhou incrédulo o anel vazio formado por seus braços, procurou Josefa com o olhar e gritou:

— Sua puta!

— Encomende-se a Deus! — respondeu-lhe a voz que ordenara a Josefa para se afastar.

— Agora não — respondeu fazendo um gesto como se espantasse o álcool que o impedia de entender o que acontecia.

— Encomende-se a Deus — repetiu Juana levando a mão armada com o punhal para perto da orelha e lançando-o à procura do peito de sua vítima.

— Agora não — balbuciou o estuprador. Abaixou a cabeça e viu o cabo do punhal. Em um único instante sentiu a dor, sentiu o cheiro do próprio sangue e percebeu que estava morto. — Nãooo! — um grito sacudiu o ar expondo seu terror enquanto tentava se manter em pé apoiando-se na amurada. Abriu desmesuradamente a boca e deixou a cabeça cair para trás, como se estivesse extenuado.

A noite amplificou o ruído do cadáver se chocando contra o mar e, como se todos esperassem ouvir mais, o navio ficou em silêncio.

— Vamos — urgiu María e as mulheres foram para seus lugares habituais enquanto quem estava de guarda e quem acabara de despertar corria para saber o que havia acontecido.

— Um homem ao mar — confirmou Salazar apoiado na amurada. — À noite não o encontraremos — disse em voz alta, como quem diz algo apenas para si mesmo.

— Nem será necessário — outro apontou o sangue que manchava o convés.

— Nem será necessário — repetiu Salazar com o acento grave de quem sabe que está diante de um problema que não conseguirá resolver. — Alguém viu alguma coisa? — perguntou sem esperança.

A multidão trocou olhares, murmúrios, e cada homem declarou sua própria ignorância. O silêncio voltou a reinar por conta própria, mas foi uma vitória efêmera, porque, de repente, a escuridão ficou repleta do murmúrio de muitas vozes. Os passageiros olhavam uns aos outros, expressavam surpresa, conjeturavam sobre a identidade do morto. Salazar entendeu que na confusão da noite não poderia determinar com certeza nem sequer quem faltava. Ordenou que todos os homens estivessem no convés ao amanhecer, fez um movimento de se retirar e exigiu:

— Calem-se!

Ignorando a ordem, um som que nem parecia do vento que enfunava as velas nem de um ser vivo abriu caminho. Muitos se persignaram. Salazar e outros atrás dele foram até o ruído. Encontraram dois homens que se retorciam de dor e grunhiam como se uma corda apertasse suas gargantas.

— Quietos! — exigiu o capitão. — O que aconteceu?

Os moribundos continuaram arranhando as madeiras do convés. Salazar se aproximou mais um passo, alheio ao eco de escárnio que sua ordem provocara, e mandou:

— Segurem estes homens.

Fez com que os colocassem em pé na sua frente e insistiu em perguntar:

— O que aconteceu? — e obteve murmúrios como resposta. — O que aconteceu? — voltou a interrogar, mas desta vez falou com voz de quem nada obteria. Persignou-se e cedeu o palco a frei Agustín.

O religioso não teve nada a comprovar. Os homens se asfixiavam com uma dor que os deixava cegos a qualquer arrependimento final. Administrou-lhes o pouco que pôde dos sacramentos. Impaciente, com voz pesada como se estivesse interrogando aqueles que presenciavam a agonia, mas detendo seu olhar em María e em Justa, inquiriu:

— Há algo que se possa fazer para aliviar o sofrimento destes infelizes?

Ninguém respondeu. Frei Agustín voltou a percorrer com a vista a multidão que cercava os corpos em convulsão. Deteve seu olhar nas mulheres e viu que Juana, Justa, Josefa e María faziam um cerco como se estivessem protegendo quem, na verdade, havia sido a vítima.

Ao mesmo tempo, o ar deixou de entrar nos pulmões dos estupradores. Exalaram o último suspiro e deixaram o convés vazio de vozes, mas martelado pelos corpos que resistiam a ficar inertes. Quando o último sopro de vida os abandonou, Salazar preencheu o silêncio afirmando:

— Quem fez isso vai pagar — o tom era tal que deu a impressão de estar anunciando a própria impotência. — Agora, cada um a sua ocupação! — ordenou, e teve a consciência de que só o obedeciam porque era aquilo mesmo que, de qualquer maneira, todos iriam fazer. Depois chamou María, convidou-a a se sentar e fez a mesma coisa; ficou tão perto dela que parecia estar querendo que fosse possível falar sem o risco de ser ouvido.

— Ignoro o que você teve a ver com tudo isso e sei que não me dirá — afirmou.

— Se é assim, o que quer me dizer? — perguntou María com simplicidade.

— Que haverá um motim se eu não lhes entregar um culpado. Também haverá, mesmo que eu o fizer, mas talvez possamos ganhar um dia.

— Qual seria a vantagem?

— Tantas coisas podem acontecer em mais um dia... — suspirou Salazar.

— Por exemplo?

— Você e eu poderemos morrer. Ou, quem sabe, encontremos terra.

— Se o culpado não aparecer, quando será o motim?
— Na próxima noite, suponho.
— E o que você fará?
— Resistirei, mas será inútil. Eles me matarão; matarão os poucos que estão do nosso lado.
— Não há esperança?
— Não creio.
— Nenhuma?
— Para mim, a de morrer como um homem.
— O senhor pode me apontar com segurança os cabeças do motim?
— Não se deixarão pilhar — sorriu Salazar. — Só comerão a comida que eles mesmos prepararem e não beberão vinho nem água que não tenham sob seu controle.
— Pode ou não? — insistiu María.
— Sei quem são, mas não se porão ao meu alcance.
— E se se pusessem, o que o senhor faria?
— Eu os mataria, mas eles também sabem disso. Não correrão esse risco. Não conseguirei.
— Conseguiremos.

Salazar se acomodou em seu assento, serviu-se um cálice do melhor xerez e afirmou:

— Você é incrível, dona María.
— O senhor deve confiar em mim.
— Totalmente — um riso apareceu nos lábios de Salazar, e se dispôs a escutar.

Quando María havia explicado sua proposta, voltou a sorrir e negou com a cabeça, como quem não dá crédito ao que ouvira. Serviu um cálice de xerez e colocou-o na mão da jovem. Voltou a servir o seu, levantou-o e propôs:

— A Cabeza de Vaca!
— O senhor perdeu o juízo? — perguntou María sem por isso deixar de levantar seu cálice.

— Cabeza de Vaca me disse maravilhas a seu respeito. Logicamente, pensei que havia sido atacado pelo mal que costuma bloquear a consciência de quem está ficando velho. — Um sorriso voltou a se esboçar na boca do capitão.

— A Cabeza de Vaca! — Os dois brindaram e ficaram imediatamente em pé, como quem não pode perder um instante. Antes que María se afastasse, Salazar a reteve e afirmou:

— Mesmo que a gente vá para o inferno, você merece vencer.

Voltaram ao convés, ao encontro do ar fresco e dos cadáveres que haviam sido preparados com presteza para serem entregues ao mar. Durante o que restava da noite, cochichos de surpresa, de medo e de vergonha se misturavam, enquanto permanecia evidente quem fazia parte do grupo dos que estavam dispostos a se amotinar. Ao alvorecer, uma breve missa se elevou com dificuldade sobre as vozes e por um instante o som da água que se abria para receber os corpos calou os murmúrios.

Salazar aproveitou e prometeu com falsa solenidade:

— Encontrarei o culpado e antes da meia-noite ele será enforcado!

Sem dar lugar a nenhum eco, ordenou que cada um voltasse a suas atividades. Os cabeças do motim em andamento se retiraram como se lhes tivessem dito para voltar a afiar as armas. Inquietava-os que houvesse alguém capaz de assassinar na escuridão. Parecia-lhes improvável que Salazar fosse cumprir o prometido, mas estavam certos da própria incapacidade de resolver o problema. Conscientes da impunidade que lhes era concedida pela sua superioridade numérica, resolveram adiar o motim até a hora que o capitão estabelecera como prazo para entregar o matador.

O DIA transcorreu carregado de maus augúrios e a noite chegou sem lua nem vento. O silêncio de uns e o murmúrio de outros anunciavam uma tormenta. De repente surgiu uma luz que se multiplicou e invadiu o convés. Antes que as pessoas pudessem interpretar a natureza daquela claridade, alguém gritou:

— Fogo! — anunciando um incêndio que devorava a popa e ameaçava se espalhar.

Na confusão, dois punhais certeiros lançados de curta distância acabaram com a vida de dois líderes do movimento daqueles que queriam se amotinar. Apesar da densa fumaça, um terceiro percebeu o que acontecia, procurou se refugiar escalando até o alto do mastro principal e dali arrebentou a garganta berrando um pedido de auxílio que se diluiu na gritaria geral. Quando se viu perdido, começou a suplicar aos gritos:

— Confissão!

— Você não vai ganhar tempo — prometeu María.

— Ele está muito longe — murmurou Juana.

María não respondeu, foi até o lugar onde Salazar tinha as armas preparadas para uma resistência impossível e voltou com uma besta. Acertou o primeiro disparo, e o corpo sem vida do terceiro líder se estatelou no convés. Pouco depois, sem dificuldade e sem que o navio sofresse maiores danos, o fogo que havia sido cuidadosamente provocado foi sufocado.

A atenção absoluta que as chamas haviam concitado desviou-se sem querer para os três cadáveres que descansavam no convés. Era um círculo de incrédulos. Um anel de murmúrio se levantou em torno dos copos estendidos.

Salazar avisou a María:

— Se houver motim, será agora — seu tom era de tanta neutralidade que parecia o de quem, por estar morto, não podia arriscar a vida.

Andou até o posto de comando seguido pelos oito únicos homens em que depositava plena confiança.

María mordeu os lábios para manter a calma, enquanto se maldizia pelo pulo que seu coração havia dado ao perceber que Staden era um dos leais. Ouviu Salazar lhe ordenando:

— Todos com os pavios acesos e os arcabuzes preparados. Matem aquele que eu apontar com o indicador como se fosse um cachorro. Não desperdicem tiros. O primeiro a disparar será aquele que estiver mais perto de mim, à minha direita. Em seguida cada um que estiver mais próximo, e, depois, que Deus nos ajude.

Uma badalada do sino convocou todos os que estavam no barco.

— Entre a noite de ontem e a de hoje — começou sem preâmbulos — tivemos seis cadáveres. Invoco o testemunho de Deus; que o Senhor me fulmine agora se eu os matei ou mandei matar. Mas — continuou o capitão, aproveitando o vazio propiciado pela expectativa — os seis que perderam a vida tinham algo em comum. Faltavam aos seus deveres de respeito às damas que viajam neste navio; não obedeciam devidamente ao seu capitão; não mostravam temor a Deus. Quem os matou? — perguntou como se fosse apontar os culpados, e depois de uma breve pausa assinalou: — Deus sabe e a seu tempo pedirá que prestem contas. Deus se apiede deles e da alma dos mortos. E aos demais — acrescentou levantando o punho fechado —, que nos sirva de advertência.

Salazar voltou a fazer uma breve pausa e em seguida ofereceu, como quem faz uma pergunta sem importância:

— Alguém quer falar?

Do meio do silêncio, um indivíduo exigiu:

— O senhor faça justiça ou nós mesmos faremos! — ameaçou o homem com o punho esquerdo, exibindo o machado que segurava com a mão direita.

— Fazer justiça... — começou a responder Salazar em tom condescendente enquanto levantava a mão e o apontava com o dedo indicador. Acima da voz do capitão se levantou um estampido e a bala disparada por um de seus arcabuzeiros arrebentou o peito daquele que fora apontado.

— Alguém mais quer falar? — perguntou o capitão como quem modera uma conversa.

Ninguém pronunciou palavra e apenas o discreto golpe das armas contra o piso mostrou que aqueles que estavam prontos para o motim se rendiam sem lutar.

— Vocês dois, prendam aquele homem — ordenou Salazar com o cuidado de apontá-lo com a mão inteira. — Vocês dois — gritou apontando para outros —, prendam aquele ali.

Assim, ordenou a prisão de cinco indivíduos que foram amarrados pelos que até um momento antes eram seus cúmplices. Fez com que fossem conduzidos aos porões e de viva voz atribuiu a custódia a dois de seus soldados leais com instrução de executá-los diante da menor suspeita.

— Cada qual ao seu! — ordenou finalmente à multidão. A caminho de seu aposento, aproximou-se de María, segurou-a com suavidade pelo braço e agradeceu: — Compreendo Cabeza de Vaca. Por um momento você me devolveu à época em que eu tinha vinte anos.

— Se puder, não os enforque — foi tudo o que ocorreu a María dizer.

— Não será necessário; sem líderes não haverá motim — prognosticou Salazar e deu um passo para seguir seu caminho.

Os QUATRO cadáveres ficaram estendidos em tábuas estreitas durante o resto da noite. Ninguém os chorou e ao alvorecer foram entregues ao mar. A água os engoliu com indiferença e em um momento eram apenas vultos escuros que se afastavam rapidamente do mundo dos vivos. Quando o sol começou a aquecer o convés, pareciam esquecidos, como se houvesse uma categoria de homens prescindíveis. Ao meio-dia, o assunto do motim mal se mantinha; parecia algo que fora importante, mas passara de moda. A atualidade era o mar infinito, a rota perdida, a água doce que já estava sendo racionada há muito tempo.

Soprava um vento favorável e as naus avançavam com elegância. Os veteranos do mar sabiam que havia ilhas portuguesas, mas navegavam às cegas porque o piloto não as tinha assinaladas em seu mapa. Todos os dias esperavam avistar a terra, mas os olhos cansados só encontravam o mar. María redobrou seus esforços para manter sua gente animada, mas conseguia apenas que as vitórias do dia se perdessem na desesperança que advinha a cada ocaso. Sabia que na hora do crepúsculo seu desalento renascia e, disposta a não lhe ceder terreno, costumava compartilhar o anoitecer com frei Agustín.

— Há dez dias você nos livrou dos amotinados. Dez dias, cada um igual ao outro. Tanto que parecem ser um só — comentou o religioso.

— Cada dia igual ao anterior... Faz um dia que não ouvia um riso e o de ontem também era seu — confirmou María.

— Para não chorar. Nunca religioso algum teve fiéis tão desanimados.

— Se forem parecidos comigo depois que empurrei Staden para um lado... — riu María de si mesma.

— Outra vez! — ironizou com censura frei Agustín.

— Apesar de tudo, bem que poderia não ter sido tão radical — respondeu com um sorriso, enquanto permitia que um estremecimento de desejo percorresse seu corpo.

— Ah, como a vida ficaria mais bela se alguém gritasse agora: terra! — mudou o religioso o tom da conversa e em seguida emudeceu.

María não replicou. Nos lábios de um e de outro flutuou uma expressão de serenidade da qual não estava ausente a alegria. Após os breves instantes que o sol levou para se esconder no mar, María, como se estivesse falando para si mesma, refletiu:

— Não posso fazê-los trabalhar só para mantê-los ocupados. Agora — sorriu —, até que seria bom abrir um buraco no casco do navio. Mas com pouca água e comida, seria loucura colocar os corpos em movimento. Sem atividade, não vou conseguir mitigar o abatimento das almas. No entanto... No entanto — repetiu com alegria, como quem encontrara uma solução —, posso tentar uma ou duas coisas.

Sem explicar o que pretendia, pegou frei Agustín pelo braço e o convidou:

— Venha, vou pedir autorização a Salazar.

O capitão encolheu os ombros e respondeu com um toque de ironia:

— Dona María: faça o que quiser, pois sei que vai me enlouquecer. Não me pediu permissão para furar o casco do navio, para aproximar as chamas do paiol, para provocar um incêndio e nem para enviar seis homens ao outro mundo. E agora — acrescentou depois de uma pausa —, pede minha autorização para cantar e ler...

María agradeceu com o sorriso de quem conseguiu o que queria e não quer discutir. Com pressa para fazer tudo a que se propunha, voltou à proa com frei Agustín.

— Gosto da idéia — aprovou o religioso —, mas você não vai fazer com que se mexam para vir nos ouvir.

— Depende.

— Depende? Cada vez leio menos a Palavra para eles, pois não quero testemunhar os bocejos com que a recebem.

— Depende: leremos o que querem ouvir.

— Não vai funcionar: você chama todos e aparecem três.

— Não vamos chamar ninguém.

— Eu sabia que o sol do equador destrói a consciência, mas suas propostas...

— Você leu *Orlando furioso*?

— Nem Deus permita! — persignou-se frei Agustín e depois de uma pausa riu: — Sim, bem, admito. Li. E então?

— Eu tenho uma tradução.

— E daí?

— É isso o que vamos ler.

— Perdidos no mar à beira de entregar nossas almas ao Senhor e você quer que nos dediquemos a contar histórias de cavaleiros e de amores?

— Não me leve, querido amigo, a uma discussão complicada. Já tenho coisas demais para explicar no dia do Juízo. Matei sem dar oportunidade de defesa e sem lamentar: você acredita que a leitura de um livro de entretenimento me acrescentará uma mancha considerável?

— Não, mas...

— Mas nada. No dia do Juízo levarão em conta que o que foi feito foi feito para salvar todo mundo e não a nós mesmos.

— Você é infamemente convincente — riu o religioso e perguntou: — Como faremos?

— Aqui quem sabe ler bem é minha mãe, minha irmã, você e eu. Talvez alguém mais, mas por ora seremos suficientes. Será necessário ler o começo muitas vezes.

— Se mandá-los ouvir, não terão interesse.

— Começarei como se lesse para uns poucos. Outros ficarão curiosos e começarão a se aproximar. Será necessário começar muitas vezes, sempre desde o princípio.

— Ah, eu a contrataria para me explicar como devo ensinar a doutrina — brincou o religioso.

— Amanhã, quando o sol tiver descido um pouco, começaremos — sorriu María, acrescentando: — Você consegue trazer de volta seu coro de vozes angelicais?

— Posso — entusiasmou-se o religioso ao ver que teria uma atividade para se entreter.

Uma hora antes do crepúsculo, María se aproximou com passo silencioso do lugar onde Juana e Justa estavam contemplando as alterações das cores do céu e do mar. As jovens se sobressaltaram quando perceberam sua presença e se afastaram como se tivessem sido surpreendidas em falta. María exibiu o livro que trazia, foi buscar Josefa e começou a ler para as três, em voz bastante alta, como se quisesse que outros pudessem ouvir o relato. Depois do pobre café-da-manhã, um segundo grupo acompanhou a leitura das mesmas páginas, desta vez pelos lábios de dona Mencía. Depois do magro almoço, muita gente acompanhou a leitura das mesmas páginas, agora na voz de Mencita. Um bom tempo antes do pôr-do-sol, muitos já pediam para ouvir a história desde o princípio, pois queriam conseguir acompanhar mais tarde a leitura do capítulo seguinte. Ao entardecer, María cedeu lugar a frei Agustín e o navio inteiro ficou pendurado em suas palavras.

Antes que o cansaço provocado pela extensão da narrativa se aproximasse, María interrompeu a leitura, propondo continuar no dia seguinte. Poderosas mas amistosas manifestações de protesto se levantaram e, depois, se elevou sobre aquelas vozes a da jovem, pedindo:

— Ouçam.

Todos ficaram esperando o que ia dizer, mas no lugar disso trinou uma guitarra e atrás dela dez vozes cantaram a nostalgia da terra, da gente, da vida que haviam deixado. O sorriso de frei Agustín foi um convite suficiente para que todos se entregassem a adoçar com a música o desalento da noite.

Antes do amanhecer, o único galo que ainda vivia no navio cantou. A expectativa pela retomada da história tornou menos amargo o parco café-da-manhã. Foi necessário colocar alguns ouvintes em dia desde a primeira página. Foram muitos os que se entretiveram escutando pela segunda vez. Um dia após outro, as várias vozes dos narradores foram ganhando seus próprios adeptos. Havia quem quisesse o tom apaixonado de María, quem preferisse a narrativa límpida de Mencía e quem elegesse a voz robusta e quase admonitória de frei Agustín. Mas embora o tivessem ouvido de outra boca, todos amavam ouvir o dolorido e ao mesmo tempo doce relato de Mencita.

Os rudes marinheiros ouviam como se tivessem voltado à infância e suas mães lhes cantassem na cama. Acompanhavam o movimento de seu rosto como o haviam feito, quando enfermos, com o da Santíssima Virgem. As mulheres queriam ser ela, mas sem inveja. Quando Mencita terminava a leitura prevista do dia, percebia-se o tosco movimento dos homens que teriam corrido para abraçá-la com delicadeza; a gratidão das mulheres por terem saído de um navio à deriva e depois acompanhado aventuras vividas em terras e tempos distantes.

A música continuou indicando o leito adequado para a nostalgia e permitiu que aquela gente desgraçada transformasse a dor em poesia. O ímã da narrativa enfeitiçou-a de tal modo que muitos se empenharam em aprender a ler. Enquanto isso, os navios seguiam o rumo dos ventos, já sem água para alcançar as Índias. Uma chuva poderia adiar o fim; as ilhas portuguesas que não estavam assinaladas na carta do piloto poderiam salvá-los.

Dia após dia amanhecia sem uma nuvem que pressagiasse a água ansiada; os horizontes claros permitiam alongar o olhar, mas nenhuma sombra ameaçava o nefasto predomínio da água salgada. O grito anunciando a terra continuou sendo a maior esperança, o sonho mais doce, mas a narrativa reduziu muitas vezes a importância obsessiva que lhe era naturalmente conferida.

O dia chegava ao fim e com ele a leitura daquela jornada e também as páginas de *Orlando furioso*. Mencita passava lentamente as últimas páginas como se adicionasse à própria tristeza a causada pelo fim do livro. Entrefechou os olhos, fez uma longa pausa e, como se estivesse sonhando e deixando sonhar aqueles que a escutavam, abriu-os e sorriu com timidez para as cores do entardecer. Então murmurou:

— Pássaros.

Ninguém perguntou, mas pareceu que todos diziam:

— O quê?

— Pássaros — sussurrou Mencita com uma expressão de quem contempla a beleza.

— Pássaros — levantou-se uma gigantesca gritaria de alegria.

A ansiedade e a esperança voltaram por conta própria. Os homens voaram para subir nas gáveas e de lá acompanhar com a vista o rumo das aves. As pessoas se abraçaram e se bendisseram no convés. A noite foi de vigília, a alvorada de olhar tenso e coração palpitante. Ninguém quis assumir um engano; ninguém gritou que havia avistado a terra até que os primeiros raios do sol transformaram a praia em uma evidência irrefutável.

IX

RECUPERARAM-SE DO MAR estafante ao amparo da hospitalidade dos poucos portugueses da ilha de Ano Bom. Descansaram na areia do oceano que tinham acabado de sulcar. Mataram a sede e se divertiram mergulhando seus corpos na água doce. Fizeram nova provisão de pães com a farinha que traziam, aproveitando a abundância de lenha. Saciaram-se de peixe e fizeram carvão para que não faltasse combustível em alto-mar. Repararam os cascos negros das naus, conectaram cabos, costuraram velas. Carregaram até onde coube água de excelente qualidade, e quando se anunciou o início da temporada de ventos favoráveis tudo já estava pronto. Embarcaram, na última hora, porcos e galinhas relutantes que pareciam se recusar a substituir os animais que haviam sido transformados em alimento fresco nos trechos anteriores da viagem.

Antes da alvorada, homens e mulheres embarcaram resignados, como se fosse evidente que não podiam ficar. Um dia e uma noite de boa brisa deixaram fora do alcance da vista a praia que fora sua tábua de salvação. Quatro longos meses já os separavam da Espanha e os navios voltaram a ser brinquedos órfãos ao sabor das ondas. Os que haviam desistido da viagem eram reverenciados como exemplo de sabedoria. A inteligência de Marta e a de todos que haviam desertado aproveitando a oportunidade que a inesperada Lisboa lhes oferecera era louvada. A bordo soavam palavras positivas que ecoavam como se escondessem maus presságios. Afloravam gestos de ansiedade que dissimulavam íntimas maldições por terem colocado entre suas vidas e a morte a fragilidade de uma tábua.

Muitos tentaram repetir o clima de aconchego proporcionado pelos coros, mas a música brotou de gente que se sabia sozinha. Aqueles que pretenderam ler para todos não conseguiram que a narrativa substituísse a vida. Quem tentou ouvir não conseguiu que as aventuras do passado afugentassem o desejo de alcançar a margem.

Antes de zarpar, Salazar combinara que cederia às duas caravelas a força e a habilidade dos amotinados que não enforcara. Para evitar possíveis males, lhes destinou também quatro soldados e recebeu em troca alguns marinheiros e vários passageiros. María não hesitou em concordar que Staden estivesse entre os que partiam, embora tivesse se entristecido quando já estavam em alto-mar.

Os novos rostos a bordo eram a única coisa que recordava as circunstâncias em que homens haviam sido enforcados, envenenados, apunhalados e flechados. Tinham vindo para restabelecer o equilíbrio e até mesmo por aqueles pequenos ou mínimos motivos que costumam determinar que um passageiro embarque em um navio que soçobra ou em um que chega ao seu destino.

Dom Hernando de Trejo, cavaleiro de Plasencia, pedira e conseguira sem dificuldade continuar a viagem na nau capitânia. Por hierarquia e fortuna, era um dos homens mais importantes da armada. Passava folgadamente dos trinta anos, sua estatura era mediana, tinha um corpo frágil, muita agilidade e suas mãos mostravam que nunca havia trabalhado com elas. Era cortês com o capitão e também com o último dos marinheiros. Procurava ser amável, mas se mantinha a uma distância prudente das mulheres.

Sem que fosse obrigado nem por necessidade, procurava se manter ocupado. Ora se empenhava em entender os mecanismos do barco, ora prestava ajuda. Parecia ter tanto interesse no caminho como nos objetivos da viagem. A felicidade que irradiava contrastava, viva mas não agressivamente, com a ansiedade generalizada.

— Vim para este navio — sorriu quando teve oportunidade de conversar com María — porque desde a ilha de La Palma venho ouvindo coisas extraordinárias sobre ele.

— Não faltaram acontecimentos — sorriu María.

— Acredito que sim, mesmo que só seja verdadeira uma pequena parte de tudo o que se murmura.

— O mar leva e traz histórias.

— Você fala como se fosse um capitão experiente — sorriu dom Hernando de Trejo.

— Cruzar o mar transforma qualquer pessoa em marinheiro.

— A curiosidade me pôs a caminho das Índias; atravesso o oceano e observo, mas não sinto que a abundância de água salgada esteja me tornando um marinheiro. Vamos ver se este navio consegue — brincou o cavaleiro de Plasencia.

— Então seja bem-vindo — María encerrou a conversa com amabilidade.

— Parece que as Índias são extraordinárias. Se tudo o que ouvi é verdade, as damas se tornam extraordinárias até mesmo antes de chegar.

— Você está nos bajulando.

— Não bajulo. Apenas me esforço para compreender. Além do mais — acrescentou sorridente —, vocês têm livros e acredito que poderão me emprestá-los.

— Um cavaleiro amante da leitura? — surpreendeu-se María.

— Um cavaleiro desejoso de saber — corrigiu-a Trejo.

— Veja então o senhor o que temos e escolha o que deseja.

— Obrigado — sorriu com a expressão de um menino a quem deram um doce.

— Bem-vindo — despediu-se María e sorriu: — escolha o quanto antes, porque o balanço e a leitura são maus companheiros.

Naquela tarde, a brisa foi ficando mais forte até virar vento e o mar ficou encorpado. No princípio, os navios andaram mais depressa, depois a espuma branqueou o convés e, por último, chicotadas de água o varreram. A velocidade do vento assustou as pessoas que haviam se acostumado a temer a calmaria. A vagarosa tripulação empurrou os animais até um lugar em que não podia ser atingido pelas ondas. O vento se enfureceu depressa e as manobras no mar encrespado se tornaram um verdadeiro combate. Um golpe de vento perverso partiu de repente o mastro de proa antes que conseguissem arriar todas as velas. O temporal dominou a tarde escura e toda a noite. Ao alvorecer, perdeu força, e, ao meio-dia, não tinha mais ímpeto para enfrentar o sol radiante. A tripulação reparou os danos, recuperou as forças e esqueceu os medos. Homens, mulheres e animais voltaram à luz do convés, à procura de ar. Aguçaram o olhar em todas as direções e não encontraram nenhum rastro das caravelas.

Acenderam com muito cuidado uma fogueira na proa, para que uma coluna densa de fumaça se alçasse ao céu. Aguardaram em vão a resposta dos dois navios menores, e quando a tarde caiu se resignaram com o pensamento de que alcançariam a costa ou morreriam, em ambos os casos sozinhos. Para uns, as caravelas foram a pique durante a tormenta e sua gente já descansava no fundo do oceano. Outros acreditavam em um reencontro no ponto combinado na costa do Brasil, agora alguns dias mais distante da nau capitânia por causa do mastro partido.

— Outra vez! — maldisse María quando Salazar lhe comunicou que era imperioso começar a racionar a comida.

Pensou em reunir todas as mulheres e comunicar-lhes as más notícias, embalando-as em otimismo. Depois lhe pareceu que não havia lugar adequado para isso e que não conseguiria fazer aquilo direito. Resolveu conversar muitas vezes com pequenos grupos; pensou que devia preparar o que e como dizer. Aproximou-se de frei Agustín, convidou-o a acompanhá-la e lhe perguntou:

— O que você faria com a história do racionamento?
— Há mais de uma solução viável?
— Não brinque comigo: como daria a notícia?
— Dizendo que o jejum é purificador.
— Você está brincando.
— Você acha que esse é um privilégio exclusivamente seu?
— Não estou de bom humor.
— Talvez o problema seja este.

María ia responder com uma grosseria, mas seu olhar colérico se diluiu ao estatelar-se contra a expressão de felicidade do religioso.

— Depois você me diz o que está acontecendo — María murmurou desarmada, sorriu e pediu: — Mas agora me ajude.
— Nem só de pão vive o homem.
— E daí?
— Se estivesse em seu lugar, repartiria esperança terrena, que é o que as pessoas querem... Queremos sempre receber. É melhor acreditar que o racionamento é um excesso de prudência e que a costa do Brasil está ao alcance da mão.
— E dentro de um mês o que diremos? — perguntou María. — Supondo que possamos dizer algo porque ainda não tenhamos morrido.

Depois de um tempo murmurou:

— Sabe de uma coisa, frei Agustín? Eu invejo a sua paz.

— Às vezes temo que Deus me cobre o privilégio que hoje me dá. Deixei de me torturar com as falhas que não posso evitar. Há dias em que creio que Ele quer que seja assim; há noites em que tenho certeza de que O ofendo.

— Eu não tenho paz nem de dia nem de noite.

— Por causa da história do arcabuzeiro?

— Não — sorriu María um pouco confusa. — Não, não me parece que seja isso.

— Então?

— Você é a única pessoa que conhece o que fiz e o que pensei em fazer. Comecei avaliando a hipótese de envenenar meu pai; desde então induzi a matar, mandei matar e eu mesma o fiz. Tenho tentado me arrepender, mas não estou cega a ponto de ignorar que isso não é verdade, pois acredito, sinceramente, que o que foi feito bem-feito está.

— E?

— Tenho sido movida pela estupidez dos homens.

— As mulheres são menos estúpidas?

— São menos estúpidas. É verdade que se tivéssemos poder outro galo cantaria.

— E?

— Pare imediatamente de perguntar "e"! — María fingiu se irritar e continuou: — Começo a fraquejar.

— Não é o que vejo.

— Não em meus atos, mas sim em minhas convicções.

— Explique-se.

— Percorri este caminho procurando a glória, movida por uma imensa admiração pelos que protagonizaram grandes realizações. Para que o presente e a posteridade tivessem notícias de mim. Por isso me empenhei em procurar o poder. Como foi fácil! Como foi simples ter sob controle o que parecia impossível! Como precisei de pouco esforço para derrotar nobres estúpidos, piratas estúpidos, capitães estúpidos, marinheiros estúpidos!

— E é por isso que você começa fraquejar?

— Talvez pelo fato de ter sido tão fácil, começo a me perguntar: para quê?

— Os padres da Igreja teriam aplaudido seu discurso — sorriu sem ironia frei Agustín. — Mas é melhor que não se faça muitas perguntas, pois precisamos de você para chegar à terra.

Ficaram contemplando o mar até que María se despediu dizendo:

— Tentarei mitigar a amargura da escassez de pão usando a alegria. — E se foi como quem recuperara a saúde.

Navegaram durante dois dias a meia-ração. No terceiro, grandes cardumes de peixe do tamanho de um homem cercaram o navio. A jornada foi uma festa enquanto içavam dourados e bonitos. O mar adquiriu brilhos avermelhados quando os arpões se fartaram com os maiores deles. Ao entardecer, o ar se encheu de peixes-voadores e de manhã muitos haviam caído dentro do navio. Saciada a fome, refeitas as provisões, ameno o clima, homens e mulheres passaram a se movimentar a bordo como quem se sabe predestinado a uma travessia bem-sucedida.

No entanto, o infatigável mar não descansou e a enfermidade que um marinheiro contraíra na ilha de Ano Bom logo se converteu em epidemia. María foi uma das primeiras vítimas. Lutou um dia inteiro como se a febre pudesse ser derrotada pela inteireza de caráter. Não admitiu que não estivesse conseguindo vencer e seu organismo o fez por ela. As pernas pararam de sustentá-la e arranhou os joelhos e as mãos ao cair. Ainda lutou para se levantar, mas não conseguiu mais do que se ver em uma que lhe pareceu ridícula posição de quadrúpede.

Não houve um marinheiro que não fizesse um movimento para socorrê-la nem que se atrevesse a tocá-la. María passou os dias seguintes tendo breves intervalos de lucidez em um oceano de febre alta. Coberta até os olhos, não conseguia combater o frio interno que ignorava o calor do trópico e a violenta temperatura do corpo. Queixava-se com suavidade e falava como se sonhasse em outro idioma. Em um momento em que a febre lhe deu uma trégua, perguntou a sua mãe, que não saía de seu lado:

— Mãe, eu vou morrer?

Mencía se apressou em negar enfaticamente. María sorriu com tristeza e pediu:

— Vá, chame frei Agustín e me deixe com ele.

— Não! — respondeu horrorizada.

— Não? — sussurrou María.

— Não permitirei que encomende sua alma!

María deixou a cabeça cair no travesseiro e permitiu que sua mãe continuasse lhe fazendo carinho. Sem dificuldade, vieram-lhe as lágrimas que segurara tão ferreamente. Chorou pelo que havia sofrido e calado quando era pequena. Chorou pela falta de sorte de Cabeza de Vaca, obrigado a ficar em terra. Chorou pelo nefasto destino dos que ela havia incitado a embarcar, e por Marta, que desertara em Lisboa. Chorou pela Espanha que não voltaria a ver e pelas praias do Brasil, que jamais veria. Chorou até se desafogar pela nostalgia de uns breves dias nas Canárias, e derramou lágrimas por ter deixado que o arcabuzeiro partisse em uma nau que se perdera. Chorou pelo esforço inútil, pelo que poderia ter sido e pelo que já não seria.

Chorou protegida pelo carinho de sua mãe até se perder no sonho tumultuado dos febris. Quando voltou a acordar insistiu:

— Por favor, mamãe, não me contradiga: você precisa chamar frei Agustín.

— Você quer se confessar como se estivesse muito doente — brincou o religioso tentando dissimular o medo.

— Confessar-me?

— Bem — sorriu, como se a pergunta o tivesse livrado de uma carga pesada.

— Querido amigo — murmurou María com lucidez, mas exaurida pela febre —, o que eu poderia confessar que já não tenha confessado? Que segredo guardo em minha alma que você não conheça?

— Obrigado — murmurou frei Agustín.

— Arrepender-me; à beira da morte convém...

— Você não está à beira da morte!

— Não me interrompa — María pediu com doçura. — O problema é que não consigo me arrepender.

— Por acaso você não tem amado ao próximo como a si mesma?

— Aqueles que enviei à morte?

— Você teria podido defender a quem salvou sem que o tivesse feito?

— Será sempre assim?

— O que está querendo dizer?

— Por acaso isto não é um sinal, por acaso se pode sair matando vida afora?

— Não sei — murmurou frei Agustín.

— Eu tampouco. Quer saber? — acrescentou María depois de uma pausa. — Tenho medo.

— E quem nunca experimentou o medo?

— Eu não havia experimentado o medo e agora padeço dele.

— Medo da justiça divina.

— Medo do inferno, medo da morte, medo de que meu corpo se perca no monstruoso oceano, medo de morrer antes de ter começado e, sobretudo, medo de deixar minha gente sozinha.

— Você não vai nos deixar sozinhos.

— Querido amigo — irritou-se María —, nem o medo nem a febre conseguem me cegar.

— Perdoe — murmurou frei Agustín. — Tenho mais medo do que você.

— Obrigada, amigo — sorriu vagamente, virou-se para o outro lado, voltou a cobrir os olhos e retornou ao vaporoso mundo da febre.

Toda vez que pediu água, a mão solícita de Mencía levou o copo aos seus lábios. Sempre que o suor empapou sua testa, Mencía enxugou-o, aflita e prestativa. Sentindo que, mesmo na nebulosa para onde a febre a transportara, María continuava ouvindo, Mencía se negou a ficar em silêncio. Narrou-lhe com doçura o que recordava dos primeiros anos de sua vida. Pintou-lhe com cores suaves as tardes de sesta em que, enquanto os outros dormiam, sua avó lhe ensinara a decifrar as letras. Quis descrever o rosto da bisavó de María, mas descobriu que perdera suas feições.

— No entanto — sorriu ao ouvido da enferma —, ainda vejo a luz a que o iluminava.

Quando esgotaram suas recordações confessou:

— Também... — mas se interrompeu enquanto a preocupação afogueava seu rosto e balançou a cabeça de um lado para outro como se quisesse negar o que não chegara a pronunciar. Juntou as mãos como se fosse fazer uma oração, mas deixou os braços caírem, desalentada. Um momento depois prosseguiu como se precisasse cumprir um dever inevitável.

— ...Você se lembra — indagou como se María estivesse em condições de responder — que depois de uma das surras de Sanabria você me relevou que Cabeza de Vaca estava ao seu lado para nos ajudar a sair do inferno? Eu lhe confesso agora — tremeu Mencía ao sussurrar ao ouvido de sua filha inconsciente — que enganei Sanabria e fui mulher do Imperador durante três dias na primavera.

Como se tivesse se livrado de uma pedra que havia muito tempo lhe apertava o peito, a normalidade voltou à respiração de Mencía. Tornou a acariciar o cabelo de sua filha, inclinou-se e com voz quase inaudível lhe ordenou:

— Você tem que se recuperar, pois todos precisamos de você! Ah — acrescentou com um sorriso —, juro que quando você ficar curada não esconderei mais de você o que até hoje não disse nem mesmo no confessionário.

Os dois dias seguintes foram de muita febre, mas depois deles a vida voltou a ser mais forte, a temperatura mais baixa e os intervalos de lucidez mais prolongados.

— Você está me escondendo alguma coisa — afirmou María quando a melhora de sua saúde lhe permitiu tecer suspeitas.

— Está tudo bem; o que eu poderia lhe ocultar?

— Está me escondendo alguma coisa sim.

— Estamos sendo levados por um bom vento, graças aos peixes não está sendo difícil suportar o racionamento e a tripulação está tranqüila.

— Vou subir — tentou se levantar María, mas a fraqueza não lhe permitiu.

Mencía roçou as faces de sua filha com um beijo e suplicou:

— Descanse.

— O que você está me escondendo, mãe? — suplicou María, e Mencía, vencida pelo cansaço, soluçou:

— As febres estão ficando mais longas.

— É horrível — murmurou María.

— Horrível — repetiu Mencía.

— Quantos?

— Quantos o quê?

— Sua pergunta diz que há duas questões — murmurou sombria María. — Quantos são os doentes, e quem morreu? — perguntou com voz trêmula.

Mencía nomeou dois homens e quatro mulheres que já não existiam mais. María cobriu o rosto com as duas mãos, reprimiu um soluço e perguntou com ansiedade:

— E doentes?

Sua mãe pronunciou os nomes dos que já estavam saindo das garras da febre e continuou depois com a vintena que lutava pela vida.

— Que desgraça! — ruminou María. — Mãe — pediu depois —, eu lhe imploro que me ajude a sair daqui. Morrerei de desgosto se não puder consolar as mulheres que incentivei a vir.

— Você não pode — suplicou Mencía.

— Morrerei se não o fizer. Por favor, me ajude.

— Minha filha, você está louca — murmurou Mencía para dizer que acedia: — O que você quer que eu faça?

— Prepare uma cadeira e chame dois homens que queiram me levar voluntariamente.

— Voluntários? — sorriu Mencía com amargura. — Você desconhece totalmente o terror que reina na nau.

— Por favor — suplicou María.

Mencía subiu para atender à súplica de María. Frei Agustín apareceu para ajudá-la.

— O cavaleiro Hernando de Trejo virá me ajudar a carregá-la — garantiu.

— Ele não teme o contágio?

— Diz que teme mais do que ninguém, mas que não lhe parece haver um lugar onde possa se esconder. Virá em seguida.

— Em seguida? — perguntou María e, instintivamente, levou as mãos à cabeça como se fosse ajeitar o cabelo.

— Ah, querida amiga, vejo que você está se restabelecendo! — riu o religioso imitando o gesto.

María respondeu com um sorriso. Quando a levaram ao convés, recebeu como uma bênção a luz e saboreou como se fosse um manjar a corrente de ar salino que inundou seus pulmões. Pediu que a levassem ao lugar onde estavam aqueles que queria ver primeiro, mas foi impedida pelos doentes que encontrou no caminho. Distribuiu consolo usando o poder de capitão até então invicto: usando a virtude de quem mostrava com o próprio exemplo que era possível derrotar a enfermidade.

Quando pôde, foi até onde Justa estava deitada e interrogou com o olhar. Juana escolheu os ombros. Josefa juntou as mãos em atitude de quem se prepara para rezar e também não disse palavra. As duas se levantaram, procurando não incomodar a enferma, e abraçaram María com suavidade.

— Bem-vinda — murmurou Juana e voltou a dirigir imediatamente toda a sua atenção à enferma. Tornou a enxugar sua testa e a segurar suas mãos trêmulas. Aproximou seus lábios do lóbulo ardente da enferma e lhe explicou que María já tinha se restabelecido e que ela seria a próxima.

María quis ajudar, mas sabia que não podia oferecer mais do que boas palavras. Lutando contra a própria debilidade, inclinou-se até se deitar ao lado de Justa. Acariciou e ajeitou seus cabelos, misturando seus dedos com os de Juana.

— Você se salvará — ouviu Juana afirmando ao seu ouvido.

— Você se salvará — sussurrou também María sua própria oração. Combateu o desejo de permanecer e pediu ajuda para se levantar. Frei Agustín e dom Hernando ergueram-na, até que conseguiu se sentar de novo, e depois a levaram de um doente a outro. Quando já não podia evitar os golpes da própria debilidade, fez com que a levassem para descansar encostada na amurada de estibordo. Viu o sol se escondendo com pressa e sorriu pensando que ainda iluminava a desejada orla do Brasil. Uma dor aguda atazanou seu estômago, pensando naqueles que já não veria nessa terra. Bebeu grandes goles do vinho reservado aos enfermos e a angústia se diluiu. Seus músculos e sua mente relaxaram e o sono recuperou-a.

A saúde voltou velozmente ao seu corpo. Misturou o bem-estar de quem esteve a um passo da morte com a impotência do capitão que vê sua tropa ser dizimada. Não faltou a suas obrigações. Acompanhou cada moribundo como se fosse o mais importante. Venceu a tristeza que a atazanava e imprimiu em seu rosto a serenidade de quem garante aos vivos que os mortos foram se reunir com o Pai. Levou água e vinho aos lábios dos que sofriam. Apressou-se em ser a mãe que muitos reencontraram no delírio. Trabalhou incansavelmente, e, quando fraquejou, chorou às escondidas.

— A dor é pessoal — respondeu a frei Agustín tentando disfarçar as lágrimas.

— Se a cruz que você pretende carregar é muito pesada para suas forças...

— Você é muito generoso comigo — murmurou María contendo o soluço. Levantou o braço, apertou o punho como se fosse bater, endureceu a expressão de seu rosto e afirmou: — Qual é o tamanho da dor que sinto por eles, qual é a dor que sinto por minha armada?

— Ninguém é tão santo que, salvando os demais, renuncie a trilhar o caminho da própria salvação.

— E?

— Não vejo razão para você se reprovar porque também lhe dói aquilo que perde.

— Quantos vão morrer?

— Quantos morreremos? — perguntou em voz alta o religioso. — Não sei; não sei quantos de nós ainda adoecerão. Alguns corpos resistem, outros não. Que seja feita a vontade de Deus — suspirou com resignação.

— Quantos? — insistiu María.

— Vinte, trinta? — encolheu os ombros frei Agustín. — Uns nem adoecem e outros se recuperam rápido. Há quem morra em três dias como se tivesse pressa de nos deixar e a maioria definha por uma semana, como se seu destino fosse se apagar lentamente.

No dia seguinte a cor e o riso voltaram ao corpo de Justa. Quando a última luz do entardecer borrava as formas, María acreditou vê-la unida a Juana em um longo beijo. Aproximou-se cheia de felicidade para abraçá-las. Continuou atendendo aos enfermos, tentando dissimular sua extraordinária felicidade, que lhe parecia uma blasfêmia no meio de tanta dor. Mas sua alegria se quebrou sem lhe dar sequer o direito de descansar quando a febre atacou Mencita.

O medo arranhou o interior de María. Quis consolar Mencía, mas as palavras que lhe ocorreram não atravessaram o umbral da brincadeira. Procurou se revezar com ela durante o dia e a noite, mas Mencía não saiu do lado da enferma. A febre arrasadora parecia um tambor espancando as resistências de sua irmã. Em três dias sua pele ficou amarela, seus ossos pronunciados e seus olhos afundados. Apenas em seus lábios rachados permaneceu o sorriso do capitão que resolvera acompanhar seu barco ao fundo do mar.

— Não tenho força — desculpava-se Mencita. — E a que seu amor me der não será suficiente.

María tentou em vão persuadi-la. Lutou como se pudesse vencer, mas viu crescer os sinais da derrota. Aproximava-se para convencer, consolar e mimar. Precisava fugir cada vez com mais freqüência para que a própria dor explodisse longe da enferma.

Pela primeira vez desde que era pequena rezou como se isso servisse de alguma coisa. Ofereceu a alma em troca de uma melhora de sua irmã. Pediu, suplicou, implorou por um sinal até extraviar o olhar e perder o controle do próprio pensamento. Deus não respondeu. Maldisse, blasfemou, prometeu se converter às prédicas de Calvino e rogou ao Maligno, mas só obteve silêncio.

Foi tentada pelo mar, mas conteve-a o medo de morrer afogada. Saiu em busca de uma arma de fogo; encontrou Trejo e pediu-lhe uma emprestada.

— Claro — ele acedeu sem fazer perguntas.

María, com a mão trêmula, acondicionou e compactou a pólvora, colocou chumbo grosso, acendeu o pavio e quando só faltava o estampido para concretizar a morte foi ouvida a batida de uma mão contra outra. Levantou a vista e deu de cara com Trejo, que apagara a chama. María fitou-o incrédula e enfrentou olhos cheios de compaixão. Observou-o sem dor, mas com a estranheza de quem acaba de receber uma pancada forte na cabeça.

— Venha — disse Trejo abrindo os braços.

— Não diga nada a ninguém — murmurou María muito mais tarde.

— Quem de nós nunca fraquejou?

— Não agüento mais. Ela vai morrer.

— Estamos nas mãos de Deus.

— Consola-o dizer, mas você acredita que me consola ouvir?

— Não.

Os dois guardaram silêncio mirando o mar. María alçou a vista aonde devia estar a praia e murmurou:

— Nunca chegará a vê-la — e voltou a mergulhar no silêncio.

— Temos todos que morrer.

— Sem ter amado? Sem beijar a terra prometida?

— Não há consolo para o sofrimento dos inocentes — murmurou Hernando de Trejo e se fechou no respeitoso silêncio de quem está em um funeral. Permaneceu ao lado da jovem, mas com o olhar perdido na distância: imóvel, mas em tensão.

— Não tema, não vou pular — murmurou María apontado o mar com o olhar. — Temo a asfixia.

— O desespero...

— O desespero vem em ondas, se acalma, regressa...

— Beba um pouco de aguardente.

— O quê? — murmurou María com estranheza.

— Você quer lutar contra a exasperação ou deixar que ela a leve?

— Eu não quero nada. Eu só quero que ela não morra — sussurrou María e voltou a se afundar no silêncio.

— Espere — pediu Trejo. Saiu e voltou depressa com uma garrafa de aguardente.

O dia avançou; avançaram os quatro dias seguintes. Avançou o barco, impelido por uma discreta brisa. Avançou a conta de cadáveres entregues para sempre ao oceano. María não faltou a nenhum dos encontros irrevogáveis dos corpos com o mar. Despediu-se com dor de cada morto. Cada vulto que feria a água salgada salpicava-a de terror. Era como se o nome de cada mortalha que afundava anunciasse que o seguinte seria o de sua irmã.

Com o passar dos dias, a enfermidade teve menos pessoas a sua disposição. Parecia impotente para atacar quem já sofrera com ela e ignorava aqueles de quem havia se livrado. Os cadáveres escassearam, mas María continuou temendo. Começou a crescer dentro dela uma raiva surda; um ressentimento incendiário.

— Deus — blasfemou María — reserva a minha irmã o lugar de última vítima. Maldigo com todas as minhas forças — a idéia atravessou seu coração — esse Deus capaz de usar o sofrimento de minha irmã inocente para castigar minha soberba.

Deixou de assistir às missas celebradas sem cessar para agradecer à recuperação de enfermos. Não quis mais participar dos ofícios destinados a rogar pela alma de quem havia partido. Frei Agustín reprovou-a, e ela respondeu com uma amarga saraivada de blasfêmias. O religioso nem se indignou nem se surpreendeu e abriu os braços para recebê-la e consolá-la.

— Quando você tiver atirado a cruz no mar — cuspiu María.

O terror de María se manteve em um nível estável: era insuportável. Foi sufocada pelo ressentimento quando a vida decidiu ficar ou escapar dos últimos enfermos.

— Já não resta ninguém, a não ser Mencita — falou para si, mas desafiando Deus. — Este é o sinal que lhe implorei? — ironizou, querendo se despedaçar no ar.

Mencía a chamou. María desejou com toda a alma ser cega e surda. Todo o seu ser estremeceu e impeliu-a a fugir, mas não ousou fazê-lo e foi correndo.

— Ouça! — gritou Mencía.

— Viverei — murmurou Mencita. — Viverei — repetiu como quem anuncia a verdade.

María se deteve como se tivesse se chocado contra um muro. Abriu a boca como se fosse gritar, mas ficou muda. Seus olhos se dilataram como se não tivessem como abarcar o que tinham diante deles. Em um instante passou-lhe pelo cérebro toda a sua vida. Cambaleou como se seu corpo fosse água e desabou como se seus ossos fossem farinha. Guardou silêncio como se a palavra nunca mais fosse ser necessária. Afundou ao lado de sua irmã como se sempre tivessem habitado um mesmo corpo.

No dia seguinte, Mencía, Mencita, María e a boa-nova subiram ao convés. Foram da popa à proa, de um lado ao outro, como se estivessem anunciando que já não haveria mais cadáveres. Dizendo que voltava a ser a hora de pensar na iminente costa do Brasil.

María começou a desfrutar o ar marinho, o sol e o pão como uma pessoa que tivesse recebido uma segunda oportunidade.

— Foi um sinal? — interrogava-se sem que a dúvida abafasse sua alegria. — Gostaria de acreditar nisso, mas não percebo nem a mão de Deus nem Sua mensagem. Não consigo vê-lo nem nos que se salvaram nem em quem morreu — revelou a frei Agustín o que pensara inúmeras vezes.

— Parece pouco humilde esperar que o Senhor se preocupe em responder às suas súplicas com seus sinais — observou o religioso.

— Você dirá que estou apenas procurando me justificar, mas como não se desesperar sem ter nenhum sinal?

— Se dependesse de sinais, a verdadeira fé não existiria. Você ama nosso Senhor gratuitamente ou o obedece porque lhe convém?

— Por Deus, não diga coisas tão complicadas, pois não consigo entendê-las — pediu María.

— Se o Senhor lhe desse as garantias que você lhe pede, se lhe desse as respostas que você pediu, você reconheceria Seu poder?

— Sim, claro.

— Nesse caso você se ampararia Nele, se submeteria a Ele, mas não o amaria da mesma maneira que ama Mencita, que lhe pediu tudo e não pôde lhe dar nada em troca.

— Estou perto das lágrimas, mas são lágrimas próximas da felicidade. Se há verdade no que você diz, acha que Ele poderá me perdoar?

— Maldizer seu nome pelo amor de suas criaturas...

Deixou a frase inconclusa, mas sorriu e olhou para ela como se desejasse abraçá-la.

— Pelo amor de suas criaturas... — María devolveu o sorriso e brincou. — Gostei de sua frase. Claro — continuou com um pouco mais de seriedade —, teria de ver quanto foi esse o motivo e quanto por amor a mim mesma.

— Ora, ora... Como dizia Cabeza de Vaca, como as mulheres complicam as coisas!

— Eu lhe daria uns beliscões e uns apertões, querido amigo, se não desconfiasse que você preferiria que outra o fizesse.

— María!

— É que as mulheres complicam muito — riu, e convidou-o a percorrer o navio que até a véspera havia sido hospital.

— Vamos encontrá-los? — perguntou depois.

— Chegaremos? — respondeu frei Agustín.

— Claro — riu María. — Não é possível ter vindo até aqui e não chegar.

— A costa do Brasil também está infestada de corsários franceses.

— Ora, ora — María usou sua oportunidade de brincar —, como dizia Cabeza de Vaca, você está ficando velho.

— Velho não; apenas um pouco mais sensato.

— Tenha cuidado com a *sensatice*, pois quando resolver cuidar "daquele" assunto pode ser que o destino lhe pregue uma peça e o jogue na velhice — riu a jovem enfatizando a rima.

— María!

— Frei Agustín! — continuou rindo María. — Então é lógico você continuar lutando por minha alma pecadora e se horrorizar porque sente cócegas no coração e na pele sempre que vê Josefa?

— Você pergunta se encontraremos os outros navios porque não se atreve a dizer que o que lhe importa é a sorte do arcabuzeiro — tentou se defender atacando.

María riu cheia de satisfação.

— Claro que gostaria de encontrá-lo. Mas se demorarmos muito a chegar à margem não será estranho se antes disso encontrar um substituto — sorriu.

— María!

— Ora, ora, querido amigo. Você se escandaliza com tudo. Venha — sugeriu —, eu o levarei a Josefa.

— Não pode fazer isso comigo — murmurou frei Agustín e se escondeu em uma expressão pesarosa.

— Sinto muito — desculpou-se María. — Venha — pediu e voltaram a ficar contemplando o mar.

Depois de um tempo, voltou a se desculpar:

— Sinto muito; é que a vida voltou com força — disse.

— Que história é essa de substituto? — inquiriu o frade, dando por encerrada a questão.

— Substituto? — riu María.

— Fale sério comigo.

— Por quê? Por acaso não temos falado seriamente muitas vezes?

— É verdade — sorriu o religioso.

— O que você acha de Hernando de Trejo?

— Você me pergunta como alcoviteiro ou como frade? — brincou frei Agustín.

— Como irmão — afirmou María, e fez um movimento para colocar o braço no ombro do frade.

— Como irmão eu lhe daria cem chibatadas — sorriu balançando a cabeça de um lado para outro, em atitude de reprovação.

— Vamos — pediu —, o que acha dele?

— Pelo menos é mais adequado do que o rústico alemão.

— Maldito! — María fingiu que se ofendia.

— Começo a achar que você o esqueceu.

— Esquecer, esquecer... Deus queira que esteja vivo. Deus queira que as duas caravelas estejam esperando por nós.

— Com nosso mastro quebrado, elas já devem ter chegado. Deus queira — desejou também frei Agustín.

* * *

Os DIAS foram passando e o navio continuou procurando a costa perigosa. A dos arrecifes, a dos falsos recifes, a dos falsos portos, a das praias traiçoeiras. A que escondia corsários, a que estava semeada de naufrágios, a que era habitada por índios que comiam carne humana. A desejada.

A embarcação perseverou procurando o poente. E ali um dia se insinuou a margem, e foi saudada com lágrimas de gratidão. A nave virou e se dirigiu ao sul procurando a latitude do ponto de encontro. Para evitar que um mau vento a atirasse contra a praia, foi mantida em alto-mar, tanto que a costa era apenas uma tênue presença. Driblando a vigilância de piratas escondidos em ilhas ou enseadas, singraram o alto-mar, de onde mal distinguiam as montanhas mais altas. Um dia, ao meio-dia, a altura do sol coincidiu com a da ilha de Santa Catarina, e então mudaram de rumo e se dirigiram à costa. A proa procurou o canal de água resguardada, entre a ilha e o continente. O vento, como se tivesse se animado e ressoprasse ironia, fortaleceu-se e empurrou para o sul. No meio da manhã virou, começou a soprar com força do leste e a nave escorregou para a sua perdição. As âncoras bateram fundo, mas a areia não as segurou suficientemente. A margem foi se aproximando em passo mais lento e exibiu as cores de suas areias e montanhas. O capitão Salazar determinou que improvisassem balsas com barris vazios e mandou amarrar as armas. Afirmou:

— Assim que a quilha roçar o fundo, o navio se partirá. Que então cada um seja seu próprio capitão. Quem chegar à margem não deve se desesperar, pois se o mar o levar também levará as armas. Que Deus nos ampare.

Como se fosse o imediato, María convidou:

— Rezemos; que o Senhor não tenha nos permitido chegar até aqui para nos afogar no último abrolho. Chegaremos! Que cada qual — reclamou — se ocupe em colocar sua consciência em paz, como se fôssemos naufragar. Amanhã — afirmou e convenceu — pisaremos mais leves no mundo novo que nos espera.

Durante todo o dia a terra continuou se aproximando sem pressa. Os relâmpagos, o resvalar das âncoras sobre o fundo arenoso, o gemido das madeiras mostraram durante a noite que a água entre a nau e o naufrágio era cada vez menor. As horas sem luz transcorreram ao som das rezas pronunciadas para conjurar o perigo e o silêncio de quem esperava o estalido da quilha ao se partir contra o fundo.

Ao amanhecer o vento amainou e deixou que chegassem da terra os sons e as primeiras cores de um sol tímido. No meio da manhã o dia resplandeceu e soprou a melhor das brisas. Muito à distância avistaram duas elevações que podiam ser as que ladeavam o canal procurado, aquele que ficava entre a ilha e o continente. Ao cair da tarde não havia mais dúvida: na manhã seguinte poderiam fundear no lugar onde haviam combinado encontrar os outros navios. O bom clima e a impaciência pela chegada da aurora dominavam as conversas no convés.

— Ah, María de Sanabria — esperançou-se frei Agustín —, a noite está esplêndida, como se fosse um presente de despedida desta travessia desafortunada.

— Vamos encontrá-los?

— Deus lhe ouça.

— Terão embarcado também a febre?

— Pare já de perguntar o que vai saber amanhã.

— Como se se tratasse de calar.

— Outra vez o arcabuzeiro? — sorriu frei Agustín.

— Sim e não.

— Como sim; como não?

— Sim em tudo, mas...

— Mas?

— Na costa da Guiné ele escolheu a vida e eu a glória Odiei-o por isso e por isso deixei de amá-lo.

— E?

— Não o amo mais, mas...

— Não o ama mais?

— Você não entende — murmurou María, para se corrigir imediatamente: — Não, não é que você não entenda. É que eu também não entendo.

— Não entendo o quê? Você não entende o quê?

— Que eu quero amá-lo como o amei, mas não consigo. Tive nas Canárias os melhores dias da minha vida, mas encontrar Staden não vai me devolvê-los. Fez o correto; fez o que eu faria agora, mas me assestou um golpe mortal.

— O que você faria?

— Pelo amor de suas criaturas... — riu María parodiando seu interlocutor.

— Não entendo você — sorriu frei Agustín.

— Foi muito fácil.

— Você está louca. Fala sem coerência.

— Espere — riu María, e respirou profundamente, desfrutando o ar fresco da noite, o do verão austral que se insinuava na costa.

— Espero — sorriu o religioso desfrutando igualmente a noite.

— Foi extremamente fácil. Os homens foram extremamente fáceis. Custou-me tão pouco me movimentar no mundo dos homens, seguindo as regras dos homens, que perdi o interesse.

— Você não se apaixonará nunca mais?

— Não me entenda mal — riu María e insinuou um gesto obsceno. Depois retomou com seriedade: — Foi fácil percorrer o caminho que leva à glória. A do meu tio Hernán Cortés, assassino de sua esposa. A de Juan de Sanabria, carrasco de minha mãe. A do nosso querido náufrago Cabeza de Vaca. Você sabe que o capitão Salazar deveria reconhecer que foi minha a tropa e não a dele que nos trouxe até aqui.

— E?

— Foi extremamente fácil. Eu acreditei que havia mais coisas no mundo dos homens e encontrei muito pouco. Vi muitas vezes substituírem a arrogância pelo tremor ao perder o controle da espada e da chibata. E vi que os poucos homens honrados estão tão desarmados como eu. Aprendi que sou tão capaz de matar como eles; soube de nosso completo desamparo para proteger a vida.

— Em síntese: descobriu que um louco atira uma pedra no mar e cem sábios não podem resgatá-la.

— Você está filosófico — sorriu María. — Mas se trata disso mesmo.

— Ora — sorriu frei Agustín. — Parece que você tem novos planos.

— Novo coração — sorriu María, e abraçou-o com o olhar.

Assim que a luz do novo dia permitiu, internaram-se nas águas mansas do canal que separa a ilha de Santa Catarina do continente. Ao dobrar uma curva, encontraram a menos de mil passos uma nau.

— É uma das nossas! — alçou-se um clamor cheio de felicidade.

— É a de Staden! — María deixou escapar um grito.

Procurou os seus com o olhar e viu sua mãe no outro extremo da embarcação. Correu ao seu encontro e enquanto avançava para comemorar uma luz abriu caminho, vindo das profundezas de seu cérebro. Quando se fundiram em um abraço, a nebulosa tornou-se uma recordação nítida e um sussurro em seu ouvido:

— O Imperador é meu pai?

María sentiu em seu corpo o tremor que sacudia o de Mencía e se separou rindo. Afastou-se enquanto sua mãe mexia os lábios sem conseguir pronunciar palavra.

— Graças a Deus! — o ar estava cheio de exclamações. Também repicavam as frases trocadas pelas do navio que estava chegando e as da caravela que aguardava. — Graças, graças a Deus! — María abraçou todos que se colocaram em seu caminho. Salazar se deteve diante dela e a saudou com uma ligeira reverência.

— Parabéns, capitão — sorriu María.

— Parabéns para você também, dona María — respondeu o capitão. Hesitou por um momento, em atitude de quem procura as palavras adequadas, e depois, em tom cortês, suave e firme, disse: — Apesar das dificuldades, você acabou nos trazendo até aqui!

Uma torrente de palavras acudiu à garganta de María, mas antes que pudesse pronunciá-las Salazar saudou-a com uma leve inclinação de cabeça e continuou seu caminho. María seguiu-o com o olhar, deu um passo para ir ao seu alcance e responder-lhe o que merecia, mas seus olhos encontraram os de sua irmã. Correu para abraçá-la e durante um momento pareceu que dançavam juntas, como se estivessem se contrapondo ao movimento do navio.

— Você não vai ficar aborrecida? — perguntou Mencita.

— O que você está dizendo? — riu María.

— Tenho certeza: alguém quer se casar comigo.

— O quê! — ficou fitando-a com os olhos muito abertos e sem conseguir fechar a boca. — É piada?

— Não disse a ninguém porque temia que não fôssemos chegar.

Como se continuassem dançando, as duas irmãs ficaram se movimentando pelo convés ao compasso das ondas. Como se estivesse esperando a música seguinte e com dissimulada seriedade, María se afastou como se exigisse:

— Na praia você terá de me contar tudo!

No outro lado viu frei Agustín e Josefa, que contemplavam a praia com olhos que reluziam alegria. Aproximou-se cheia de desejo de lhes dar seus parabéns.

— Nova terra, nova vida! — vaticinou.

— Deus queira — respondeu o frade.

— Tudo isto — murmurou Josefa, esfuziante de felicidade — para aprender que nós que atravessamos o mar temos que mudar de ar e não de alma.

— Venha — propôs María —, vamos procurar as outras jotas.

— O quê?

Entre risadas, María levou-a para perto de Juana e Justa. No caminho seu olhar pousou no rosto de uma mulher que havia perdido seu noivo, vítima da febre. Parou de rir, mas, tomada de emoção, convidou-a com um gesto a juntar as oito mãos. Voltou para perto de frei Agustín, ia brincar com quem estava perto de Josefa, mas, mudando de idéia, afirmou:

— Obrigada. Você é o melhor.

— O melhor? — sorriu com um toque de tristeza.

— Pare por um momento de pensar tanto e desfrute!

— Penso naqueles que não poderão desfrutar esta praia: você quer que eu lhe recorde os nomes da boa gente que ficou na travessia?

— Pelo amor de Deus! Hoje é dia de comemoração! Desse jeito, o que você levará aos índios que hoje o têm mais perto?

— O pensamento está sempre viajando, sem pagar pedágio, passagem nem hospedagem.

— Cale-se já!

— Você tem razão — murmurou o religioso, forçando o mais amplo sorriso. Avistou à distância o arcabuzeiro, apontou-o com um dedo e perguntou: — Você não havia dito que se demorasse a encontrá-lo iria substituí-lo?

— Substituí-lo? — ironizou María, explodindo de felicidade.

— É um sinal? — perguntou frei Agustín, como se não tivesse ouvido.

— O arcabuzeiro ou o fato de ter chegado?

— A promessa de primavera, para a gente e para os índios.

— Gostei da frase — riu María. — Repita "promessa de primavera" — pediu brincando.

Frei Agustín não contestou, voltou a apontar com o indicador a direção em que estava o soldado alemão e depois indicou com o olhar o lugar ocupado pelo cavaleiro da Extremadura. Depois disso perguntou entre risadas, como se estivesse ébrio de alegria:

— Há ou não um substituto?

María fitou-o, desviou a vista para onde estava Staden e depois procurou com o olhar Hernando de Trejo. Enquanto a felicidade lhe arrancava risadas, e o destino, lágrimas, respondeu:

— Veremos.

Documentação

A MAIOR PARTE das poucas fontes relacionadas à expedição Sanabria estão guardadas no Arquivo Geral das Índias de Sevilha e no Arquivo Geral da Nação Argentina. Documentos de grande relevância foram publicados por Enrique Martínez Paz no apêndice de sua obra *El nacimiento del Obispo Trejo e Sanabria* (Córdoba: Editora da Universidade, 1946).

Ni espada rota ni mujer que trota, de Mary E. Perry (Barcelona, 1993) e *Los hombres del océano*, de Pablo E. Pérez-Mallaína (Sevilha, 1992) são leitura interessante e introdução adequada à transgressão e à vida cotidiana em Sevilha e no mar, em meados do século XVI.

Os livros — publicados e fáceis de conseguir — de Álvar Núñez Cabeza de Vaca e de Hans Staden são fundamentais. As relações entre eles e María de Sanabria pertencem ao território do romance. Cabe ao leitor transitar com acerto pela complexa fronteira onde realidade e ficção interagem.

A documentação não permite discernir o modo como se organizaram as dezenas de protagonistas, mas a historiografia tendeu a atribuir-lhes uma atitude próxima da submissão. Por exemplo, em relação ao episódio acontecido na costa da Guiné, o eminente historiador Enrique de Gandía escreveu: "Enquanto as damas e as mocinhas se agrupavam atemorizadas e silenciosas, abafando os soluços, na popa do navio os franceses pilhavam tudo o que estava a sua mão." Os detalhes sobre o ataque mencionado são escassos, contraditórios e, logicamente, não sustentam tal versão dos acontecimentos.

A SORTE DA EXPEDIÇÃO

Entre o fim do ano de 1550 e o princípio do seguinte, a armada desembarcou na ilha de Santa Catarina, no atual estado brasileiro do mesmo nome. Em 1551, a nau e a caravela que haviam conseguido chegar foram a pique. Em conseqüência, os expedicionários tiveram de desistir de continuar a viagem por mar. Na mesma época e mediante atos não violentos, o capitão Salazar foi afastado do comando e substituído por Hernando de Trejo, que pouco antes havia se casado com María de Sanabria.

Mais tarde os sobreviventes se locomoveram para o norte, procurando o amparo dos portugueses do atual estado de São Paulo. As autoridades locais, ao que parece procurando resolver o problema da falta de mulheres européias, impediram que o que restava da armada continuasse viagem. Algumas das expedicionárias se casaram com súditos de Sua Fidelíssima Majestade. Outras o fizeram com seus companheiros de travessia ou com os espanhóis que já estavam no rio da Prata. María e os remanescentes de sua tropa partiram ou fugiram até o final do ano de 1555. Depois de dois meses de marcha atravessando a selva, chegaram às portas de Assunção do Paraguai. Haviam transcorrido seis anos desde a partida de Sanlúcar de Barrameda. Assim que entraram em Assunção, Hernando de Trejo, marido de María de Sanabria, foi encarcerado por ordem do governador Irala, o mesmo que havia promovido a deposição de Cabeza de Vaca. Em outubro desse ano Irala morreu subitamente e Trejo recuperou a liberdade.

Personagens

Hans Staden embarcou como arcabuzeiro na expedição Sanabria. Era sua segunda viagem às Índias e chegou ao Brasil na caravela que precedeu a nau capitânia. Depois de suportar penúrias na costa, mudou-se para perto dos portugueses do atual estado de São Paulo. Ali foi capturado por indígenas antropófagos e durante nove meses assistiu aos preparativos que deviam acabar transformando-o em comida. Conseguiu fugir e voltou para dar graças a Deus, escrever e supervisionar as gravuras feitas para ilustrar seu relato. Seu testemunho é hoje a principal fonte para quem quer conhecer os rituais antropofágicos dos índios tupis-guaranis. Há contradições entre o relato de Staden e outras fontes disponíveis a respeito do itinerário da armada.

Álvar Núñez Cabeza de Vaca foi ao Caribe em 1527 em uma expedição muito castigada por furacões tropicais. Desembarcou ao lado de trezentos homens nas terras pantanosas, cheias de crocodilos e serpentes, do atual estado norte-americano da Flórida. Às dificuldades do território inóspito se somaram ataques indígenas, fome, sede e enfermidades.

Cabeza de Vaca ficou sozinho entre os índios durante os seis anos seguintes. Foi escravo, comerciante e curandeiro. Quando encontrou três outros náufragos, empreenderam juntos a travessia de leste a oeste de todo o sul dos atuais Estados Unidos, para chegar ao México. Dali voltou à Espanha e conseguiu ser designado governador avançado do Rio da Prata. Chegou a Assunção do Paraguai depois de uma viagem espantosa que descreveu habilmente. Suas tentativas de limitar os abusos dos europeus contra as mulheres indígenas parecem ter influído na criação do movimento que o depôs. Os insurgentes não se atreveram a executar um governador enviado pelo Rei e o enviaram acorrentado à Espanha. Depois de superar uma série de adversidades que incluíram a tentativa de envenená-lo, fugiu e se dirigiu à Corte; no entanto, foi precedido por seus inimigos.

Cabeza de Vaca viveu nos anos seguintes mergulhado em disputas com a burocracia. A presença em Sevilha, as características da prisão e a convocação à Corte que lhe são atribuídas no romance não têm base documental, sem que por isso estejam fora do que seria plausível. Desconhece-se com exatidão a data de sua morte. Alguns historiadores afirmam que no último ano de sua vida foi reabilitado e chegou a ocupar um alto cargo em Sevilha, em 1556.

Mencía Calderón foi mãe de María, de Mencía e de uma terceira filha que, aparentemente, morreu durante a travessia. Não é claro se era mãe ou madrasta de Diego de Sanabria, herdeiro da capitania outorgada a Juan de Sanabria. Enviuvou em 1548 e representou seu filho ou enteado, que nunca foi ao Rio da Prata. De um interrogatório datado em Assunção se depreende que rechaçou as pressões de sua mãe para que abandonasse a armada e desistisse de seu dote. O mesmo documento pretende provar que parte considerável do que foi perdido para os corsários franceses era de sua propriedade.

Mencita de Sanabria, irmã de María e filha de Mencía Calderón. Seu nome era Mencía, mas por comodidade narrativa foi modificado. Não encontrei documentação significativa que se refira a ela. Casou-se, provavelmente na costa do Brasil, com Cristóbal Saavedra, filho do chefe dos correios de sua cidade, Sevilha.

Juan de Salazar foi às Índias na expedição de Mendoza, responsável, em 1536, pela primeira e efêmera fundação de Buenos Aires. Coube-lhe um papel importante na exploração dos rios Paraná e Paraguai, considerados então o caminho para

Eldorado. Nesse contexto fundou o forte que deu origem à cidade de Assunção, atual capital do Paraguai. Já deposto, Cabeza de Vaca lhe deu uma procuração secreta para que o substituísse. Salazar tornou-a pública quando a caravela que levava o deposto governador rumo à Espanha já havia zarpado. Os insurgentes prenderam-no e o despacharam em uma embarcação menor, que alcançou a caravela na costa do Uruguai. Dessa forma, Salazar e Cabeza de Vaca compartilharam, na qualidade de prisioneiros, a travessia do Atlântico. Em 1547, foi nomeado tesoureiro geral do Rio da Prata. Com esse cargo e exercendo o de capitão geral da armada de Sanabria, voltou às Índias.

María de Sanabria — segundo o historiador erudito Dr. Enrique Martínez Paz — sofreu antes de partir da Espanha "a grave perda da morte de seu noivo, o primogênito do conquistador Hernán Cortés".

O autor se refere, provavelmente, a Martín, o filho mestiço do conquistador do México, que — se a palavra pode ser usada — parece ter sido substituído pelo Martín Cortés legítimo, que morreu muito mais tarde no México.

Tais circunstâncias, que permitiriam explorar relações de amor, de conveniência, de pressão familiar e de preconceitos em voga no final do século XVI, não foram levadas em conta na presente narrativa. Não obstante, influíram para que se desse atenção à informação disponível sobre essa mulher.

Em 1551 ou 1552, María de Sanabria contraiu matrimônio com Hernando de Trejo, e graças à união o converteu em governador. Em 1553, nasceu seu primeiro filho, que foi batizado com o nome de Hernando. Os anos de 1554 e 1555 foram de imensas dificuldades na costa do Brasil. No final deste último ano empreendeu uma viagem que haveria de durar meses através da selva para chegar, finalmente, a Assunção do Paraguai.

María de Sanabria enviuvou provavelmente em 1558. Recebeu como herança bens de imenso valor e a liberdade de escolher se os desfrutaria no Rio da Prata ou na Espanha. Mais tarde voltou a se casar, desta vez com Martín Suárez de Toledo, que havia chegado ao Prata com Cabeza de Vaca. Teve outro filho com ele, que também se chamou Hernando.

O filho que tivera quando estava casada com Trejo se tornou franciscano. Mais tarde, foi um dos grandes protagonistas da vida religiosa e intelectual no Rio da Prata. Entre outros fatos, é interessante assinalar que foi o primeiro provincial crioulo de sua ordem, terceiro bispo de Tucumán e fundador da Universidade de Córdoba.

Hernando Arias, ou, como é mais conhecido, Hernandarias, foi filho de seu segundo matrimônio. Entre o final do século XVI e o princípio do XVII, foi três vezes governador e grande protagonista civil e militar do Rio da Prata. Hernandarias é hoje uma figura-chave para a reconstrução do próprio passado promovida pelas repúblicas do Paraguai, Argentina e Uruguai.

María de Sanabria conheceu a versão impressa das obras de Álvar Núñez Cabeza de Vaca. Houve, na década de 1540, uma edição limitada dos *Naufrágios*, mas foi em Sevilha, em 1555, que foram publicados pela primeira vez em conjunto *Naufrágios e comentários*. Embora seja menos provável, talvez também lhe tenha chegado a edição alemã de 1556 de *Vera Historia*, livro ilustrado em que Hans Staden narrou seu cativeiro.

Vislumbro María vivendo feliz entre os sobreviventes da armada. Imagino-a com uma pitada de vaidade pelo que conseguiu e outra porque seus filhos alcançaram as mais altas posições. Percebo-a sonhando com as várias luzes que iluminarão o devir humano. Conjeturando que em algum tempo se daria atenção aos regulamentos que havia escrito entre linhas. Mas, sobretudo, a suponho menos interessada na posteridade do que na vida.

Este livro foi composto na tipologia Electra LH,
em corpo 11/14,7, impresso em papel off-white 80g/m²,
no Sistema Cameron da Divisão Gráfica
da Distribuidora Record.

Seja um Leitor Preferencial Record
e receba informações sobre nossos lançamentos.
Escreva para
RP Record
Caixa Postal 23.052
Rio de Janeiro, RJ – CEP 20922-970
dando seu nome e endereço
e tenha acesso a nossas ofertas especiais.

Válido somente no Brasil.

Ou visite a nossa *home page*:
http://www.record.com.br